小説 陸軍

（上）

AshiHei
HinO

火野葦平

P+D
BOOKS
小学館

目次

序章

北辺 ―――――― 7

第一部

三代 ―――――― 47

御変動 ―――――― 68

丙寅会 ―――――― 85

赤瓢簞 ―――――― 97

筒井筒 ―――――― 112

軍旗 ―――――― 119

花の都 ―――― 144
幾山河 ―――― 170
第二部
あの子この子 ―――― 195
古い大将 ―――― 245
城 ―――― 267
獅子頭 ―――― 278
軍服 ―――― 303
星 ―――― 349

序章

北辺

（次の文章《しょう》は満洲にいる高木秋人伍長《ご》が、折《お》りにふれて、故郷の両親にあてて出した三十通ほどの手紙のうちからの抜粋《ばっ》である。無学な母への顧慮《こりょ》から、多く仮名が用いられてあり、漢字《かん》には振り仮名が附してある。＊地名はすべて仮名＊＊）

〇

きょう、久しぶりで、楽陽に出て、町の本屋にあたらしい雑誌《ざっし》をさがしに行き、はからずも、神崎さんの居られる隊がわかりました。わかってみるとそんなに遠いところではなかったのです。戦友と二人で、話をしながら雑誌《ざっし》をひっくりかえして居りますと、言葉のなまりに気づいたのでしょう、その本屋さんが、「あんたがたも福岡の兵隊さんでござすやな。そんなら、神崎輝夫ていわっしゃる上等兵の兵隊さん、御存知やなかですな、ようここへ来ござりますが」というわけでした。神崎さんはお母さんから何度もぜひ会って様子してくれといわれていましたので、前からずいぶん気をつけていましたのに、わからずにいたのです。本屋さんに教えられるとは思いがけませんでした。この本屋はちかごろできたので、まだ本は揃わないのか、本棚にはたくさんすきまがあります。主人は吉川さんといって、もう五十ちかい人です。頭があまりみごとに光っているので、はじめはもう六十かと思いましたが、吉川さんは「可哀《わい》そうに、まだこれで丁度には間がありますったい」といって笑いました。大名町で魚屋をしていたのが時節柄《がら》うまくいかないので、思いきって本屋に転業して満洲に来たということでした。話してみると、お父さんにも何度か会ったことがあるそうで、お父さんをよく知っていました。「ばって、禿頭《はげ》の者な、風のつめたい満洲には不向きでござすやな。あたしゃ南と北と方角をとりちがえましたばい」などという面白い人です。

神崎さんにはまだ会っていません。この次の休日にたずねて行くつもりです。遠くはないのですが、ふだんはそんなに勝手な出あるきができませんので。しかし、奥さんの病気がわるいことはいわないでおきます。三人の子供さんの元気なことだけ、いっておきましょう。

○

冬季《き》の耐《たい》寒訓《くん》練のはじまるころになって、手套《とう》をなくして弱りました。夜間演習のとき、どこかに落したと思い、探してみたが見あたりません。よくこのあたりに出てくる狼か、野鹿《のろ》か、ひょっとしたら、豹《ひょう》でもくわえて逃げたのかも知れません。届《とどけ》をだして、また下げて貰《もら》うことにしました。中隊長の松尾大尉《い》殿から、演習に熱心すぎたんじゃろう、といわれて顔が赤くなりました。まだ心の緊《きん》張が足らんぞと、お父さんの声が耳のそばでとどろく思いがしました。

年の暮ちかくなっても、寒気のきびしさにくらべて、雪はあまり降りません。降っても、サラサラとした粉雪なので、めったに積もるということはありません。積もるのはかえって春ちかくなった四月ごろです。ただ、寒気のきびしさと風のつめたさとはお話にならず、ときどきはげしい吹雪に荒れることがつづくようになると、いよいよ凍傷《とう》とたたかう冬が来ます。

このあたりは国境線をはさんで、波のように重畳した山の連《れん》続ですが、吹雪は、青空の一角から、ちょうど純《じゅん》白の幕《まく》を舞台《たい》にひくように、くっきりと区画をなして、サアッと通りすぎます。空の奥でヒュウヒュウと鳴りながら、山の稜線におおいかぶさって来て、陣地のうえを横なぐりにたたきつけます。

「高木伍《ご》長は鼻頭遮蔽準備《しゃへいじゅんび》」

こんなときには、私はいつもこういって戦友にからかわれます。

子供のときからも、よくそういわれましたが、私の鼻がお父さんに似てすこし高いので、戦友たちがそういうのです。高いといって、一寸も二寸もよけいに飛び出ているわけではなく、私自身では秀でた立派な鼻だとひそかに思っているのですが。しかし、そういわれると、つい両手が鼻のあたりにいって、また笑われます。凍《とう》傷で鼻が腐《くさ》っては困るといつも思っているからです。

いちばん寒いときには零《れい》下三十度ちかくなるので、冬季《き》には凍傷《とう》にやられる者が少くありません。地下は六尺以上凍ります。はじめて満洲の冬に会う初年兵のために、私たちはなによりも寒さに馴れることに気をつけねばなりません。隊長はいつも「兵隊をねぶるように可愛がれ」といいます。私たちも上官からねぶるように可愛がられるわけですが、これはなかなかむずかしいことで、私はそのたびに、いつもお母さんのことを思いだします。お母さんは、私たち兄弟を、とりもなおさず、ねぶるように育てて下さったのではなかったか、と。

一昨日、班《はん》の兵隊をあつめて凍《とう》傷の実験《けん》をしてみせました。凍《とう》傷にかかれば、かかった場所を切らねばなりませんので、戦争もしないうちに不具になっては申しわけないのです。寒暖計を見ると、零《れい》下十六度でした。しかし、つめたい風が吹いていて、もっと寒く感じました。秒《びょう》速一メートルの風が吹けば、一度だけよけいにつめたいといわれています。そのときは風速七メートルでしたから、その計算からいけば、零《れい》下二十三度といえたでしょうか。営庭の土はコチコチに凍っていました。舎前に兵隊を整列させた私は、

「全員、軍靴と靴《くつ》下をとれ」と命じました。

はじめは兵隊たちはキョトンとして、私の顔を見ました。そんな乱暴《らんぼう》な命令を下されるとは思わなかったからでしょう。モジモジしていますので、私は、「はよう靴《くつ》ぬがんかい」といいました。

「班《はん》長殿、はだしになるのでありますか」

「あたりまえたい。靴《くつ》と靴《くつ》下をとりゃ、はだしにきまっとる。とったあとでグズグズしとったら足が腐《くさ》る。足が大事な者《もん》は、すぐに俺《おれ》につづいて走れ」

そういった私は、大急ぎで自分の靴《くつ》と靴下《くつ》をぬぎすてると、駈《か》け出しました。一度にたくさんの針を刺《さ》したように、足の裏がキリキリとしました。はだしになった兵隊たちも、私につづいて走りはじめました。思いきりのよいのや、悪いのが居って、はじめはバラバラであった隊伍《ご》が、走っているうちに、しだいにととのって来ました。フイゴのように白い息をはきながら、ワッショワッショと、兵隊たちはやけくそのように走ります。中隊本部の窓硝子をあけて、笑いながら見て居られる中隊長殿の髯《ひげ》の顔が見えました。

走りながら時計を見ていた私は十分になったので、兵隊たちを洗濯《たく》場に誘導《ゆうどう》して、「止まれ」と号令をかけました。足の腹は血の気をうしなってまっ白になっています。ジインジインとひびくように痛みます。これが凍《とう》傷の一歩手前です。すぐ水で洗わせて手でこすらせました。かわいたタオルでもよいのです。もう凍《とう》傷にかかったのかと、兵隊たちは半信半疑《ぎ》な顔で、必死に足の裏をシュッシュッとこすります。

「班《はん》長殿、どうしても、もとのようになりません」

図体の大きいくせに、気の小さい田宮二等兵が泣きそうな顔でいいます。

「一時間くらい、こすらな」

それでやっと安心した顔になります。

○

今朝、日朝点呼のあとで、私は村岸一等兵を下士官室によんで、食塩《えん》冷水を作ることをいいつけておきました。村岸は津屋崎の漁師の息子ですが、陰日向のない感心な男で、いちばんに上等兵になる兵隊でしょう。金盥《だらい》に水を入れて、それに小さく割った氷のかけらをまぜ、食塩《えん》を加えさえすればよいのです。これで零《れい》下十二三度くらいになりますが、じっとしておくとすぐ凍《こお》ってしまいますから、いつも金盥《だらい》を動かしていなければなりません。やがて金盥《だらい》の水をカランカランとゆすぶりながら、村岸がやって来たので、私は兵隊に集合を命じました。私は集って来た兵隊たちに、右手の人さし指を根元まで、塩《しお》水のなかにつけるように命じました。私もさしこみました。

「早よう、つけんかい」

ゆすり役の村岸から、また田宮がおこられています。金盥《だらい》のまわりからいっせいに指をさしこんだ兵隊たちは、奇《き》妙な表情をして顔を見合せます。はじめはヒヤリと冷たい感じですが、十秒《びょう》ばかりすると痛い感じにかわり、だんだん、針でつつくようなたまらない痛さになって来ます。兵隊たちはどうなることかと、顔をしかめて、私の顔を見ます。

「よしというまで、あげることたならんとど」

私がわざときつい顔つきで睨《にら》みつけていますので、兵隊たちは歯《は》をくいしばるように唇をゆがめて、そのまま指を水につけています。村岸だけが面白そうにニヤニヤ笑いながら、金盥《だらい》をゆすぶります。四十秒《びょう》ほどすると、なんにも感じなくなってしまいます。そのときに上げさせます。兵隊は心細そうな顔になって、すっかりかわってしまった自分の指をながめます。水につけているうちに自分の指はなくなって、まったく別のものがくっついて来たように、一本だけまっ白くふやけているからです。ちょうど蠟燭《ろうそく》のようです。これが凍《とう》傷の第一期《き》で、ほっておけばくさりますから、やはり、一時間ほどこすらせます。いったい、もとの指になるだろうかと、とても心配なものですが、一生懸《けん》命にこすっているうちに、しだいに血の気がかえって来て、赤味づいて来ると、なにか大切なものをとりかえしたような、ほっとした、よろこびとも悲しみともつかぬ切ない感情がわいて来ます。白状《じょう》しますと、私も初年兵のときには、指が白くかわったのを見て、これはたいへんなことをしたと気がめいって泣きたくなり、こすっているうちに、だんだん赤味がかって来ると、急に胸がこみあげて来て、クッ、クッと腹の底から涙があふれて来て、しばらく止まらなかったことがあります。また、指をみがきたてるようにこすりながら、私は、故郷のいろいろなこと、少年時代のこと、お父さんやお母さんのこと、庭の古い梅の木の枝ぶり、青い杉垣、天井の梁《はり》に巣《す》をかけた燕《つばめ》が白い腹を翻して、天井とすれすれに外へ飛びだしてゆく姿、長年うちの庭にいる蝦蟇、裏の稲荷さんの赤い鳥居、そんなものが、グルグルと廻りながら、いっぺんに頭にうかんで来た不思議な記憶《おく》があります。私の前で、いま、必死の表情で指をこする兵隊たちも、同じように、そういう心の状態《じょうたい》にいるでしょうか。この一本の指を窓にして、兵隊たちの心は、切なく、また、強く、堅《かた》くひらけてまいります。指を虐《ぎゃく》待したあとは、なおったあとも一週間ほどはズキンズキンと息をして、まるで借《か》りものみたいです。これで凍《とう》傷は本人の油断《だん》からだということをのみこませるのですが、指がなくなったあとにニョキニョキと芽が出て、それに迎春花《インチユンホア》に似た花が咲いた、などというとぼけた夢《ゆめ》を兵隊たちが見るのはそのころです。

◯

（絵《え》ハガキ。その一）

藤田先生からの慰問袋と、隣組からのていねいな慰問《い》のおたよりとを頂きました。藤田先生のは果物でしたが、林檎も蜜柑《みかん》もコチコチに凍ってしまっていました。あたためてもグジャグジャで、もとの味にはかえらず、食べられません。ここでは冬分はいつでもそうなのです。野菜なども、部隊で自給自足でやっていて、地味が肥えているので、いろんなものがよくできますが、冬は困るので、九月ごろから地に穴を掘って春までの分を貯《ちよ》蔵するのです。輸《ゆ》送なども困難で、冬来る慰《い》問品はたいてい駄《だ》目になっています。蒸気があがらずに汽車が止まることもめずらしくないのです。（この絵《え》ハガキの絵《え》は、雪の中に立っている歩哨《しよう》の姿です。私たちは、ここでは、こんなボテボテした服装でいるのだと思って下さい。）

◯

（絵《え》ハガキ。その二。つづき）

でも、藤田先生にはそんなことはいえませんので、たいへんおいしくいただきましたと、お礼状《じよう》を出して置きました。あなたがたからも、よろしくお伝え下さいますように。「飲マン飲マンノ謙朴《けんぼく》サン」といわれた藤田先生には、このごろのようでは、好きなお酒もいかがでしょう。できれば、こちらの満洲酒でも送ってあげたいほどです。藤田先生の隣組長ぶりは、なかなかよろしいそうではありませんか。紋《もん》つき羽織の藤田老人が、長い顎鬚《ひげ》をひねりひねり、猫背《ぜ》でひょこひょこやって来て、口癖《ぐせ》の、「そも、そも」なんてやっている姿が眼に浮かぶようです。「そも、そも、薬ちゅうもんな、信用してのまんと、きかんばい」とは、よく聞かされたものです。それにしても、軍医《い》で出征した息子の謙《けん》一君は、いま、どこにいるのですか。こちらでは、いっこう消息を聞きませんが、仲《しん》太郎兄さんと同じ、南の方でしょうか。それとも、支那の方ですか。もっとも満洲はひろいですから、どこかにいるかも知れませんが。それから、礼三兄さん（もう、仁科《にしな》の人ですから、兄さんとはいえませんね。）は、いったい、どこの戦線にいるのでしょう。（この絵《え》ハガキの絵《え》は、満人の家を描《えが》いたものです。……せまいハガキに、たくさん書こうと慾《よく》ばって、こんな豆粒のような小さい字を書いてしまいました。年よられたあなたがたの眼に悪かったかと、いま気づきました。おゆるし下さい。）

〇

（絵《え》ハガキ。その三。またつづき）

礼三兄さん（どうも、どういったらよいかわかりませんので、やっぱり、兄さんにします）は、いま中尉《い》ですね。もう、まもなく、大尉《い》なのではありませんか。私と一つしかちがわないのですから、二十五の中隊長殿ですね。私はときどき考えていると、ふきだしたくなることがあるのです。仲《しん》太郎兄さんは三十三だけど、まだ軍曹《そう》でしょう。私たち三人兄弟が同じ部隊にいたら、どうなりますか。私は伍長《ご》ですから、どっちに敬礼するのもなんでもありませんが、仲《しん》太郎兄さんは礼三兄さんに、チャンと不動の姿勢をとって敬礼しなくてはならんでしょう。どっちも、どんな顔をするか見てみたいと、いたずら気が起るのです。仲《しん》太郎兄さんはウンと年長のうえに、杭州湾《こうわん》敵前上陸以来、南京攻略《りゃく》、広東攻略《りゃく》などの、歴《れき》戦の勇士ではありますが、「軍紀ハ軍隊ノ命脈ナリ」ですからね。（この絵《え》は、ペチカという満洲煖炉です。これに石炭や薪《たきぎ》をたいて煖をとります。今日美しい慰《い》問絵《え》ハガキをたくさん貰《もら》ったので、さっそく、つづきの便りを書きました。）

露営の天幕《テント》の中で、絵《え》葉書に、故郷への連載《れんさい》通信をしたためていた高木秋人伍《ご》長は、万年筆を持っている指が、冷たくなって痺《しび》れて来たので、もう一枚と思っていたのを止めた。万年筆のインクも凍ったように出がわるくなり、字がかすれるので、何度も同じ字をたどった。冷えきった指をこすりながら、秋人は胸を張って、ふうと息をついた。

この八錐形天幕の中には、二十五六人ほどの兵隊がいた。中央に浅く土を掘って、木炭がまっ赤に熾《おこ》っている。兵隊たちは火のまわりを車座に囲んで、大きな声で話をしている。夜毎の習慣《かん》だ。賑《にぎ》やかな笑い声が多く聞える場所には、たいてい加島一等兵のいるのが通例《れい》であるが、今夜もそのとおりである。兵隊たちのなかには、炊爨《すいさん》している者もあった。食べている者もあった。数人の兵隊は寝ていた。藁《わら》がないので、草を切って敷き、そのうえに、上下二枚ずつの毛布を重ねた寝床である。天幕《テント》の一隅《ぐう》に、小隊長横瀬少尉《い》が身体を横たえていた。作戦の打合せに行って、中隊長松尾大尉の姿は見えない。

炊爨《すいさん》をしている兵隊のなかに、村岸一等兵の顔もあった。火にかけた飯盒のなかを、ときどきのぞいては匙《さじ》でしきりに掻きまわす。そうまぜかえさない方がよいのだが、彼は飯《めし》たきの名人ではないとみえる。しかし村岸は自分の分はあとにして、腹をこわし、熱を出している小隊長のために、お粥《かゆ》をつくっているのである。秋人は兵隊のどの顔よりも、いまは村岸の顔が気になった。木炭の火照りに兵隊たちの顔はいずれもまっ赤に照らし出されている。そのなかに、やや大柄《がら》であるというだけで、ほかにはどこといってとりたてていうところもない平凡《ぼん》な村岸の顔は、かくべつ目だちはしなかった。一週間ほど前に、村岸の弟が海南島の討伐戦で戦死した知らせがあった。二人の兄弟の一人が死に、郷里に長く中風で寝ている老齢《れい》の父だけが残ったのである。車座の話に加わるともなく、加わらぬともなく、彼はお粥《かゆ》つくりに余念《よ》がない。

みんなが笑うときには、彼もついて笑うが、どこか空虚《きよ》なひびきがあった。

兵隊たちのたわいもない談笑は、いつ果てるともわからない。加島一等兵が持ち前の銅鑼《どら》声で、得意の弁舌をふるっているのだ。加島は入隊するときには、若松港のある回漕店につとめていた。それまでにずいぶん苦労《ろう》したらしく、一時、友人の伝手《つて》で小倉《くら》の到津《いとうづ》動物園に働いていたことがある。彼は苦労《ろう》にもめげず、すこしもじめじめしたところのない男で、そのころのことをよく話した。今夜は、春になってから行われる野鹿《のろ》狩りのことから、まだ味《あじ》も知らない初年兵が、「野鹿《のろ》の味はどんなでありますか?」ときいたのに始まったらしい。

「さあてな、どげんいうたらええかのう。雉《きじ》や牛《うし》のようにも、うもうはないが、柔《やわら》こうて、あっさりしちょるし、馬よりも、よっぽど、味はええど」

彼は動物園にいたときに、象《ぞう》をのぞいた以外のあらゆる動物の肉の味を知っている、というのが自慢《まん》なのである。その味をいろいろ風がわりな表現で説明してみせる。それでも、百獣の王の肉はまさかと疑《ぎ》念をはさんだのであろう、初年兵の桑野二等兵が、おそるおそる、「獅子《し》はおあがりになりましたか?」とたずねた。

「ライオンかい。食うたとも」加島一等兵は昂然《こうぜん》と答えた。

すると、たちまち、「違反《い》」「違反《い》」という声が四方から起って、彼は隊の掟《おきて》にしたがって、懲罰《ちようばつ》を受けることになった。

松尾中隊では開戦の十二月八日以来、ひとつのかたい約束ができた。兵隊たちがいいだしたのだが、将校も中隊長も笑ってこれに参加した。それは、この後はけっして米英語を使わないということだ。そうして、その掟《おきて》を破った者は、罰《ばつ》金として一回五銭を醵《きよ》出するというのである。そういう言葉のなかに、インキとか、ボタンとか、ペンとか、すっかり日本語同様になりきっているものもあって、うっかり口に出してしまうのだが、兵隊たちは、頑《がん》固に、いかなる米英語も使わぬということを堅《かた》く申しあわせた。直接、米英にぶっつからずに、北方の警備《けいび》についている兵隊たちの気持が、そういうことにあらわれたのであろう。あるいは子供らしいこ

とかも知れないが、敵に対する兵隊たちの憎《にく》しみの素朴《そぼく》なあらわれであった。たとえば、その辞典《じてん》を繰ると、

スイッチ——点滅《めつ》器

パン——麺《めん》麭、又は配給饅頭

赤インキ——赤汁

青インキ——青汁

トンネル——隧道、又は、汽車くぐり

ボタン——とめ玉

マッチ——すりみ

ペン——西洋筆

ポスト——四十年式直立円筒上方差入下方抽出式郵便箱《ちよくりつえんとうさしちゆうゆう》

はじめのころは、うっかりと口を辷《すべ》らせて罰《ばつ》金を徴《ちよう》される者が多かった。献《けん》金箱はたちまち底を没《ぼつ》する盛況《きよう》を呈《てい》した。ひどいのは一日四十五銭もだした兵隊があった。兵隊の給料は知れている。罰《ばつ》金ばかり支払《はら》っていては、小使いにも煙草代にも差《さ》しつえる。そこで、兵隊たちもよほど慎《しん》重になり、熟《じゆく》練して来たので、このごろでは罰《ばつ》金箱も閑《かん》散なことが多くなっていた。

こういうわけであるから、加島一等兵の「ライオン」はたちまち懲罰《ちようばつ》に問われた。

「お前がいらん質問をするけじゃ、半分、出せ」彼は桑野二等兵に男らしくない無心を吹っか

けた。

「はい、出します」桑野は正直にさっそく蟇口《がまぐち》をさぐりだした。

「五厘銭を持ちませんが……」

「馬鹿たれ。冗談《じょうだん》じゃ。お前から二銭五厘貰《もろ》うてもしょうがない」

それから、加島一等兵は笑いながら木炭を思いきりよく炉《ろ》のなかにくべ、

「俺《おれ》は獅子《し》を食うたがな、その獅子《し》に食われかかったこともあるんじゃ。それを話して聞かそ。俺《おれ》は、毎朝、檻の掃除《そうじ》するのが仕事じゃったが、ある朝、ライ、……むう、獅子《し》、の檻を掃除《そう》しよった。獅子《し》をとなりの檻に追いこんどいて、掃《は》くんじゃが、俺《おれ》が竹箒《ぼうき》で獅子《し》の糞《ふん》を掃きよったら、うしろから尻《しり》をつつく奴《やつ》がある。だれかが、にくじをしよると思うたけ、いらんことすんな、というて、手ではらう真似《まね》をした。それでもやめん。すんなちゅうたらすんな、というて、ひょっとふりむいたら、それが……獅子《し》じゃ。大けな牡の獅子《し》のやつが、俺《おれ》のうしろに居って、眼を光らかして、尻《しり》をつっつきよる。俺《おれ》がふりむくと、じろっと俺《おれ》を見た。となりの檻の戸の閉めようが悪かったんじゃろ、いつの間にか、出て来おったんじゃな。それこそ、心臓《ぞう》がとまったかと思うたほど頭のしんがじいんと鳴った。胸がどきんどきんする。じゃが、こりゃ騒《さわ》いだらかえってようないと糞度胸《くそ》をきめた。しっ、しっ、と細い声でいうて、身体で押すようにしたら、獅子《し》の奴《やつ》、だんだん後ずさりをしよった。びくびくして舐められたらいかんと思うて、えらそうに睨《にら》みつけてやったんじゃ。うまいこと、檻のなかにはいりやがったんで、

大いそぎでがちんと鉄の戸をしめた。そうしたら獅子《し》の奴《やつ》、思いだしたように、うおっ、と唸《うな》り声をあげて飛びかかって来た。重い奴《やつ》が力をこめて扉《とびら》にとびついたので、鉄棒がしおった。じゃが、もうこっちのもんじゃ。俺《おれ》はいうてやった。人間さまを食おうなんて、無礼にもほどがあるぞ。俺《おれ》の方で食うてやるぞよ。……ところが、それがほんとになって、その獅子《し》は間ものう死んでしもうた。肉を貰《もろ》うて食うたが、うまくも、なんともなかった」

「蛇はどうでありますか？」

「蛇《へび》かい」と、今度は罰《ばつ》金の気づかいがないので、安心したように、「蛇は、とても、うまいぞ。頤がすっぽ抜《ぬ》けそうじゃ。このあたりにも、雪がとけて暖《ぬく》うなったら、蛇が出て来るけ、とって食わそ。兵隊はなんでも食う稽《けい》古をしちょらないかん。どんなとこで、戦争せんならんか知れんからの。蛇は、いまは冬眠《みん》しちょろ」

「トウミン、た、なんちゅうことでありますか」と、初年兵の相川二等兵がきいた。

「冬眠を知らんのかい。なあも知らん奴《やつ》じゃな。そんなこっちゃ、上等兵候補にゃなれんど。読んで字のとおり、冬眠《ねむ》ることたい」

「冬中、眠るのでありますか」

「そうよ。冬の間中、眠る」

「なんにも食わずにでありますか」

「うん、眠っちょる間はなんにも食わん。まあ、いうてみりゃ、仮死の状態《じょうたい》になるんじゃ」

「カシ？　と申しますと」

「仮死も知らんのか。あきれた。死んだと同じ状態《じようたい》ちゅうことじゃ。……状態《じようたい》は、知っちょるのか」

「はい、それは知っちょります」

「こげな何も知らん奴《やつ》と話をするのは、手間がかかってしようがないな。……お前、操典《そうてん》の綱《こう》領、第六、攻撃精神の項《こう》をいうてみい」

「は？」と相川は突然《ぜん》なので、きょとんとして眼をしばたたいた。が、すぐに立ちあがって不動の姿勢をとった。ちょっと考えるように首をかたむけたが、活潑《ぱつ》に、

「軍隊は、常に、攻撃精神なかるべからず。攻撃精神は忠君愛国の至誠《せい》より発する軍人精神の精華《せいか》にして、鞏固《きようこ》なる軍隊志気の表徴《ちよう》なり。武技《ぎ》これによりて精をいたし、教練《れん》これによりて光を放ち、戦闘《とう》これによりて、勝を奏《そう》す。蓋《けだ》し、勝敗《はい》の数は……」

「よし、もう、わかった。こいつ、なあも知らんかと思や、兵隊のことはよう知っちょる。ま、兵隊は兵隊のことさえ知っちょりゃ、ええわい。よし、お前は上等兵にしてやる」

「はっ、ありがとうございました」

みんなどっと笑った。むろん、加島一等兵がしてやるといったところで、なれるわけはないのだ。それどころか、加島はもう三年兵なのに自分はまだ上等兵になれずにいる男である。万年一等兵と自分でもいっている。よい兵隊なのであるが、すこし勘《かん》がにぶいので、ちょっとの

間にあいかねるところがあるからであろう。この快活な加島一等兵の姉婿《むこ》も出征しているのであるが、出て以来、半年ちかくにもなるのに、まったく消息がわからないという。ただ、おぼろに、南の方とだけわかっている。ときどき戦友がたずねると、「まあだ、わからんが。もう、おおかた九段住居じゃろうで」などと、こともなげにいいすてるのである。加島にはまた兄が二人あるが、次兄の方が秋人の兄伸《しん》太郎と現役時代の同年兵だと話したことがある。明瞭《りょう》でないが、どうもそうらしいというのである。

さっきから炭火にかけた飯盒を、気ぜわしくかきまわしていた村岸一等兵は、やっとお粥《かゆ》ができたらしく、ぐつぐつ白い泡《あわ》をふいている飯盒を下げて立ちあがった。ここでは、飯をたくのもなかなか容易ではない。村岸は屯《とん》営を出発する前に用意して来た氷を、いったん割って溶かしてから、あらためてまた炊いたのだ。厳《げん》寒季《き》には、食糧《りょう》にはいつも苦心する。演習に出発する時には、前日、水と米とを飯盒に入れて、夜になってから外に出しておく。一時間くらいで、すっかりいっしょに凍る。それを朝になって背嚢《はいのう》につけて出て、昼、そのまま、火にかける。遠方のときには氷をはこんでゆく。牛や豚《ぶた》や鶏なども、こちこちになるので鋸で引く。水筒もいっぱいに水をつめると凍りやすいので、八合目ぐらい入れる。動いていると凍らない。野外のときには、飯盒飯《めし》は食べている最中に凍って来る。口のなかでかしかしと冷たく歯《は》にしみる。氷飯《こおりめし》である。飯盒には毛の飯盒覆《おお》いをかける。醤油飯《しょうめし》がわりあいに凍りにくいので、外出にはよく醤《しょう》油飯をたく。こういう調子であるから、大休止になってからでも、飯を食べるまでが大変なのである。

村岸は飯盒を下げて、横瀬少尉《い》の寝ている天幕の隅《すみ》に行った。それを、空き箱のうえにそっとおいた。

「小隊長殿、小隊長殿」

遠慮《りょ》がちな声で呼んで、横瀬少尉《い》の肩をしずかにゆすった。毛布《ふ》を肩までくるんで、寝ていた横瀬少尉《い》は、う、ううん、と寝《ね》がえりを打った。

「お粥《かゆ》が出来ましたが、召しあがられますか？」

「そうか、ありがとう。すこし食べよう」

横瀬少尉《い》は起きあがった。いかにも苦しそうに見えた。相当熱が高い模様《も》である。細面《ほそおもて》の若々しい顔が熱に充血《じゅう》し、木炭の火照《て》りをうけて、てらてらとまっ赤に光っている。瞼《まぶた》がはれていた。いく筋《すじ》も額《ひたい》を汗がながれ落ちた。小隊長は村岸がさしだす飯盒から、粥《かゆ》を中子《なかご》にすこしうつした。匙《さじ》を持ったが、食欲《よく》はあまりすすまないらしかった。しかし、せっかく、兵隊が自分のためを思って作ってくれたものなので、いくらかでも食べようと、無理に、匙《さじ》を口に持っていった。熱のため舌が荒れていて、味はまったくないのである。

かたわらの壺《つぼ》から食塩《えん》を匙にすくって、お粥《かゆ》をかきまわしながら、

「村岸、弟の戦死の状況《じょう》はわかったかね？」ときいた。

「はい、いいえ、まだ、戦闘詳報《とうしょう》がまいりませんので、……」

「お前、死におくれたね」

「はい、死におくれました」村岸一等兵は、ふっと下をむいた。

囲炉裏《いろり》の周囲の座談会は、いつ果てるとも知れなかった。加島一等兵は、まだ、しゃべりたらぬとみえて、「あ、冬眠で思いだしたがのう」と、話しつづける。

「こげなことがあった。やっぱ、その動物園でのことじゃ。ある朝事務所に居ったら、小使が、南洋から来た大きい方の錦蛇《にしきへび》が死んだ、というて来た。行ってみたら、長い奴《やつ》がぐたっとなっちょる。棒でつついてみたが動かん。金槌《つち》でだんだん力を強めてたたいても、こくこくと鳴るが、びくともせん。まだ、冬眠にゃ早いころじゃったし、死んだもんときめた。それで食べてみよう、ちゅうわけで、鋸を持って来て、胴なかを、ごすごす引いた。半分に引っきるつもりじゃったのじゃ。そしたら、胴に二寸ほども切りこんだと思うたころ、いきなり、くわっと蛇が鎌首《かま》をもちあげた。わっ、生きちょるぞ、ちゅうて、たまがって、大いそぎで飛んで逃げたよ」

兵隊たちの笑う声に、横瀬少尉《い》も力の弱い視線《し》を投げて、面白そうだな、といった。

「起きて坐《すわ》っとられるのは、おきつうござっしょうもん、おやすみになられたら、……」

苦しそうな小隊長を、村岸は見かねた。

「いいんだよ。大したことはない」

「小隊長殿は、すこうし、御無理をなさりすぎます。おからだを、もちっと大事になさらねば、いけまっせんです。営所を出発のときから、あげん熱がおありになったとに、無理してお出かけになるもんでござすから……、それに、毎日、演習までされて……、今度は、おやめになられたが、よろしかったとです」

「そういうわけにはいかんよ。大切な冬期演習には出ないでは、相すまんからな」

「ばって」と、村岸は不服そうに、「御病気を押してまで、そげん……、村岸らとちがうて、御大事なおからだですのに」

「病気が重って、もしものことがあってはというんだね。心配してくれてありがとう。でも、それで俺《おれ》はいいんだよ」

それから、横瀬少尉《い》は黙《だま》った。村岸も黙《だま》った。それ以上、聞かなくとも、村岸には小隊長の言葉の意味がよくわかったのだ。

秋人は、絵《え》葉書を書き終ったあと、机代用の空箱のうえで、中隊の連中日誌を整理していた。聞くともなく、彼の耳にも、横瀬少尉《い》の言葉は聞えた。そして、彼にも、また、小隊長の言葉の意味がよくわかった。日頃から横瀬少尉《い》は言葉が少かった。なんでもくどくどと説明することがきらいなのだ。言葉はただちに実行であった。実行のなかにむだな言葉は消えた。そのために、ときに、兵隊を面くらわせた。秋人は小隊長の「それでいいんだよ」という言葉を、恐ろしいと思った。小隊長は死ぬつもりなのだ。戦闘《とう》のなかで、弾丸を受けて死ぬばかりが、兵隊の唯一《ゆい》の死ではないと、いましめている。小隊長は大切な冬期訓《きくん》練に自分の精魂《せいこん》をかたむけつくせば、たとえ、自分はいまたおれても、自分の気魄は、兵隊たちのなかに残って生きると信じているのだ。いまに始まったことではないが、秋人はこのような小隊長のためには、いつ命を棄《す》てても惜しくないと思わずには居れなかった。秋人は父を思いだしていた。父から、つねに聞かされて来た「草莽《そうもう》の志」ということが、いましみじみとわかる気がした。

「秋人は短気者《たんきもん》で困る。いまに、飛んでもないしくじりをしでかすぞ」

小さいときから、父からも、母からも、兄からも、姉からも、いわれた。すぐに、かっとなる、我慢《まん》の足りなさ、落ちつきがない、そのうえ、見栄坊《ぼう》なところもある、そんな生れつきを、自分でよく知っていて、どうにもならぬこともあった。そういう秋人は、北辺の守りについてから、なんとなくいらいらする気持を押えることができなかった。ここでは、なんともいいようのない重量《りょう》に、じっと耐《た》えていて、しかもその重量《りょう》につねに負けぬ力を持っていなくてはならぬ。忍耐《にんたい》のいるここの警備《けいび》生活は、これでもか、これでもかと、短気な秋人の性格《かく》をたたきつけた。花々しい動きのある南方の作戦を聞くと、たまらない焦躁《しょう》を感じた。南に行った兄伸《しん》太郎に、はげしい羨《せん》望を感じた。南の戦場をかけ廻りたかった。毎日、南方の戦果を報じる新聞を見るのもはがゆかった。しぜんに、兵隊に口やかましくなった。あやうく、兵隊の本分を忘《わす》れかけた。そして、小隊長横瀬少尉《い》にたたきのめされた。外面の花々しさにあこがれ、動きのない地味な満洲警備《けいび》に、ちょっとでも不満の気持をいだいたことを、秋人は恥《は》じた。横瀬少尉《い》は、演習にたおれても本懐《かい》だといった。その謙虚《けんきょ》な精神が真の兵隊の道であった。秋人は父の言葉を思いだす。「派手《は》に手柄《がら》を立てることばかり考えたり、死んで名をのこそうなどという考えは、ほんとうの臣民の心ではない。名を殺《ころ》し、おのれをむなしくして、無のなかに一切を没入《ぼつ》するのが草莽の志だ」秋人は眼のさめる思いがした。なにか眼底のうるんで来るのを覚《おぼ》えた秋人は、あわてて、まだ、がやがやと騒《さわ》いでいる兵隊たちをどなりつけた。

「やかましいぞ。ええ加減で寝らんかい。小隊長殿の熱のありござるとが、わからんとか」

兵隊たちは秋人の見幕《まく》におどろいて、話をやめた。おこられてうろうろした。兵隊たちはべつに小隊長を無視《し》していたわけではない。かえって、小隊長に甘《あま》えていたわけであろう。兵隊たちは一人ずつ火のまわりをはなれた。加島だけがうつむいて火をいじった。兵隊たちはそれぞれ寝床をつくりはじめた。

「高木伍《ご》長、そんなにおこらんでもいいんだよ」と、小隊長は笑いながらいった。

「は、いいえ、怒ったわけではありまっせんが、明日がまた早いもんでありますから、……」

「明日は払暁《ふつぎょう》戦だね」

「はあ、地獄谷総《そう》攻撃であります」

「お前も、もう寝るとよい」

「はい」

「中隊長殿は遅《おそ》いな」

「一時間ほど前、本部へ参られましたが、……自分が見に行って参りましょうか」

「いや、もう帰られるだろう。中隊長殿が迷子になられることもあるまいからな」

「小隊長殿も、おやすみになられましたら」

「中隊長殿のかえられるまで、起きていよう。作戦のことを聞いておきたいから」

横瀬少尉《い》の顔はいよいよ赤くなって、息さえも苦しげに聞かれた。村岸は気づかわしげに見た。

秋人は話しながら、小隊長をなにか惚《ほ》れ惚れする思いで見ていた。しかし、秋人は知っている。このような若くて立派《ぱ》な将校が、日本軍のなかには、いっぱいいるのだ。士官学校というところは、いったいどういう教育をしているのだろうと、秋人はときどき首をひねることがある。父友彦《ひこ》も古い陸士出身の退役大尉《い》である。いま、国軍の中堅《けん》といわれている叔父久彦《ひこ》は、陸士から陸大を出た人である。近くは、兄の礼三も士官学校を出た。めったに会わないが、会ったときには奇《き》妙にまぶしい。小隊長は秋人より一つ年下だ。中隊長の松尾大尉《い》も、まだ三十に満たないのである。

「ちょっと、……高木に話がある」

秋人は耳元で呼ばれた。加島であった。

「なんじゃい?」

「ちょっと、天幕の外に出てくれんか」

二人は外に出た。

暖気のこもった天幕から急に出たので、寒気が、いきなり叩《たた》くように、痛く顔をさした。秋人はあわてて鼻をおさえた。雪が靴《くつ》の踵を没《ぼっ》する。外は暗く、満天に星が冴《さ》えている。

「高木、お前」加島は一等兵であるが、同年兵なので、言葉使いに遠慮《りょ》はないのである。「たいそう、さっきは派手《は》におこったがな。……悪る思わんでくれや。俺《おれ》や、なにも、小隊長殿が御病気ちゅうことを、忘《わす》れていたんじゃないぞ。俺《おれ》や、ほんとはな、小隊長殿を、なんぼかでも、お慰《なぐさ》めしようと思うて、あげな馬鹿話をしとったんじゃよ」

しょげて弁《べん》解する加島がおかしかった。

「そりゃ、わかっとるたい。お前をおこったわけやなか。……朝が早かけん」

「そうか、そう、わかってくれりゃええが」

加島一等兵が天幕のなかにはいると、横に立っていた歩哨《しょう》が、銃を腕に托《たく》したまま敬礼をした。

「立哨《しょう》中、異状《いじょう》ありません」

田宮二等兵であった。六尺を越える田宮を、秋人は見あげずには居られない。

「御苦労《ろう》さん」と秋人は答礼したが、ふっと、遠くへ、耳をすました。

「あら、狼かい？」

「はい、いいえ、犬であります。今晩は、どうしたとか、たいそう、ぎゃんぎゃん鳴いとりますが」

「いつもより、はげしいごたるが」

「大かた、飢《ひも》じかとでしょう」

星あかりに雪はほのかに白かった。渓《けい》谷をはさんだ雨斜《しゃ》面に、大小、十にちかい天幕が張られ、ぼうと明かりが洩《も》れていた。兵隊たちの影がちらほらする。数箇所に、多くのトラックや、戦車がならんでいる。時折《お》り、静寂をやぶって、天幕の間からあらわれた伝騎《き》が、雪を蹴《け》ちらして駆けすぎた。雪のなかに立つと、秋人は、よく、日清《しん》、日露の両戦役、シベリヤ出兵、または、八甲《こう》田山の雪中行軍のことなどを思いだすのである。自分たちの背《はい》後に、先輩《ぱい》たちの戦って来た道のつづいていることを知って、鼓《こ》舞される思いになる。ときには、眼前の風景が、遠い昔の風景のように錯覚《さっかく》されて来て「防人《さきもり》」という言葉が浮んだ。

かすかに、遠くの森林を騒《さわ》がす風の音にまじって、しきりに犬の遠吠がきこえる。倫化屯《リンカトン》の方角である。ひとつの声がおこると、それにこたえる声がおこり、ときに、いくつもの声が同時におこった。鋭《するど》く、凍りつく夜気に冴《さ》える。(向うでも、聞いとるな)ふっと、秋人はそう思って、微笑《ほほえみ》がこみあげて来た。眼はぎろぎろと光った。

倫化屯《リンカトン》は国境線をなしている川の岸にある無人の部落である。千戸にちかい大小の家々が、そのまま、廃《はい》屋になって残っている。もとはやや繁華《はんか》な町であったが、国境の風雲をはらんで、すっかり空家になった。そうして、なにもなかった草原に、新しく町ができた。それが楽陽《よう》である。人の住まなくなった倫化屯《リンカトン》には、犬どもがわがもの顔に入りこんだ。ときに、狼や豹《ひょう》が犬の町を荒した。顔がいたいほど冷たくなって来るなかに、秋人は胸を張るようにして、前方を睨《にら》んで立っていた。

はじめて満洲に来たときに、兵団長が、初年兵の閲《えつ》兵式のあとでいった言葉は、簡単《かんたん》明瞭《りよう》であった。

「お前たちは、よく来た。ここで死んでくれ」

その簡単《かんたん》な言葉は、兵隊たちの耳をどかんとはじいた。しかし、その冷厳《げん》な言葉をはいた唇《くちびる》は、あたたかさにあふれていた。兵隊は、この言葉を大切な遺《い》産のように受けついだ。二年兵になると、自分たちも初年兵に同じことをいった。将軍と同じことが、確信をもって、初年兵にいえるようになった。初年兵にいいきかせ、自分にいいきかせた。秋人もそうした。その言葉のひびきは、出征の折《おり》に、母が淋《さび》しいがほっとした面持で、「やっと、おあずかりした子を、天子さまに無事におかえしできた」と、泣いてつぶやいた声と同じであった。

「なにを、そこで、ぼんやりしているか」

背《せ》なかをどんとたたかれて振りかえると、中隊長の松尾大尉《い》が、笑いながら立っていた。

○

二週間の冬期《き》演習が終ると、屯《とん》営は春を待つ姿勢になる。しかし、四月、五月と過ぎても、なかなか寒気は去らず、吹雪が荒れ、ときに、膝《ひざ》を没《ぼつ》する雪が降った。そのなかで、たえまない訓《くん》練が行われた。至猛《もう》の訓《くん》練と軍紀《き》風紀の厳《げん》正とは、氷のきびしさをもって、兵隊たちを北辺の野に鍛えた。それは、おのずから、凄壮《せいそう》な無言の威圧《あつ》となってあらわれたのである。

あるとき、夜間演習で、高木伍《ご》長を長とする六人の斥候《せつ》は、狼に遭遇《そうぐう》した。倫化屯《リンカトン》にちかい灌《かん》木林であった。倫化屯の方角からは、犬の鳴き声が聞えていた。

「班《はん》長殿、あれはなんでありますな？」

先頭を歩いていた田宮二等兵が、そういって立ちどまった。彼が立ちはだかると、まるで衝《つい》立をたてたようである。暗い林のなかに、うごめいているものがあった。

「犬くさ」

「いんね。犬たあ、ちがいますばい。どうも、狼《おおかみ》のごとある」

秋人は林のなかをすかしてみた。ぎょろりと、二つの眼がこちらを睨《にら》んだ。犬ではなかった。このあたりの狼は小牛くらいの大きさがあって、ふさふさとした逞《たくま》しい尻尾を持っている。兵営の附近にあらわれて、鶏《にわとり》や、牛や、豚《ぶた》を食い、ときに軍馬を襲《おそ》うことがあった。

「班《はん》長殿、じっとしとって下さいや」

田宮は外套《とう》のポケットから、煙草をとりだした。一本をくわえると、マッチを擦って火をつけた。すぱすぱと、わざと急に吸った。赤い火が明滅《めつ》した。煙草の火を明滅《めつ》させながら、田宮はまっすぐに獣にむきあって、ごそごそと林のなかにはいりこんで行った。薄闇《うすやみ》のなかに光っていた二つの眼が、ふっと消えた。林を鳴らして、足音が遠ざかっていった。

「ふうん」と村岸一等兵が感歎《たん》した。

田宮は煙草をふかしながら、てれくさそうに引っかえして来た。

「お前の攻撃精神をみとめたぞ。ことにあたって沈着、勇敢《かん》、もって兵の模範《もはん》とすべし、じゃ」

「ひやかさんで下さい。狼ちゅうもんな、火が好かんとですたい」

「そうじゃなか。図体の大けな奴《やつ》が、赤い眼を光らかして、のっそり、のっそり、近づいたもんじゃけん、狼のやつ、どげな、どえらい化けもんが来たかと思うたとじゃろう」

斥候《せっ》たちは、林のなかで、笑いころげた。

八面山の麓《ふもと》で、松尾大尉《い》は、豹《ひょう》と格闘《かくとう》した。八面山は、満洲、ソ連にまたがった千古の密林《みつ》である。落葉松《からまつ》、樅《もみ》、白樺《かば》などの巨木《きょ》が密《みっ》生しているが、三尺くらいから下は岩盤《ばん》なので、樹木は大きくなっても根を地中に張ることができず、いたるところで倒れた。昼でも暗く無気味であった。豹《ひょう》は春がちかづくと、餌をもとめて部落へ出張して来るのである。

こういうことがあっているうちに、双《そう》林城、土龍《りゅう》子、紅《こう》花台《だい》、地獄《ごく》谷などの凍《とう》結した渓《けい》谷が、春の陽ざしにぬるんで流れはじめた。国境線を画《かく》している新月溝《こう》も、やがて、葦《あし》をゆるがせ、水の面をきらきら光らせた。砂原も雪の下からあらわれ、水辺の猫柳《やなぎ》にも芽がふくらみはじめた。

冬期《き》演習中の二月十五日に、シンガポールが陥《かん》落した。三月八日、ラングーンが占領された。三月九日に蘭《らん》印軍が全面的降伏《ふく》をした。四月十一日にはバタアン半島が陥《かん》落した。つぎつぎにもたらされる南方作戦の報道を、秋人はむさぼり読んだ。そのなかに、兄たちの消息をさがした。なにもわからなかった。そういうときに、久しぶりで来た父の手紙は、秋人を不安にした。

いつものとおり、巻紙の父の手紙は、几帳《ちよう》面な候文で、郷里の近況がこまごまと記されてあった。そのなかに、「父モ老骨ヲ引提ゲテ御奉公ト存居候モ、生来ノ頑《がん》固一徹《てつ》、我乍《なが》ラ困リ者ニテ、近頃ハ謙朴《けんぼく》老人ノ肝《きも》煎ニテ、青年学校ノ歴史講《こう》座ヲ担《たん》当致居候モ、兎角、彼方此方ト衝《しよう》突勝ニテ」とあるのには、微笑《ほほえ》まずには居れなかった。身体虚《きよ》弱で、誰からもはたして軍隊生活に耐《た》え得るかと危《あや》ぶまれていた筑《ちく》前屋の八木重造君が、ブキ・テマ高地の激《げき》戦で、突撃路をひらく殊勲《くん》を立てたこと。神崎輝夫君の細君は、病状《じよう》がいよいよ進み、あるいは気の毒なことになりかねないこと。家の商売は、友二兄が一生懸《けん》命にやっているので、心配ないこと。母は相かわらず、筥崎宮と裏の稲荷様とに朝詣りのお百度を欠《か》かさず、ときには、久留《る》米の高良神社や、福間の宮地嶽神社に、祈願に参拝していること。ただし、それは、日本が勝って、天子さまの御心が安まるようにお祈りしているのであって、なにも、お前たちが手柄《がら》を立てたり、武運長久であるように願っているのではないこと。その他、いろいろ書いてあったあとに、兄伸《しん》太郎が、マニラ陸軍病院に入院しているらしい、ということが報じられてあった。しかし、それは病気なのか、戦傷なのか、まったくわからなかった。父にもわかっていないらしい。

「久方振リナル伸《しん》太郎ノ文面、如何ニモ乱レ勝ニテ、日頃ノ長兄トモ思ハレズ、文字モ亦《また》、宛《あたか》モ左手ニテ書キシ物カト疑ハルル計リニ候」

これはどういう意味であろうか。父も気づかわしげな書きぶりであるが、秋人もすくなからず不安を感じた。礼三兄の方は、いまだに、まったく消息が不明であるとのことであった。

秋人は、休日の半分をつぶして、父と、フィリピンの兄とへ、心をこめて長い手紙を書いた。書き終ったところへ、村岸一等兵と田宮二等兵とが外出の許しを得に来たので、外出証《しょう》をあたえ、「この手紙を、森田准尉《じゅんい》殿の検閲《けんえつ》をうけて、出がけに、隊の、四十年式直立円筒上方差入《さし》下方抽《ちゅう》出式郵《ゆう》便箱に、ほりこんどいてくれ」と、たのんでおいてから、営庭に出た。柳《やなぎ》の芽の出た裏門を通って、病院に行った。数人の戦友が入院していた。まず、小隊長を見舞った。横瀬少尉《い》は病を冒《おか》して演習に出たことで、軍医《い》にひどく怒られた。まだ衰《すい》弱はしていたが、紅顔に二重瞼の眼がいきいきと動いていた。

「中隊長殿がこの間、しとめられた豹《ひょう》の皮を、兵団長閣《かっ》下にさしあげたら、たいへん喜ばれたそうだよ。しかし、豹《ひょう》の肉はくさくて寄《き》生虫が居るから食べない方がいいって、加島が意見具申したそうだ。そのくせ、加島は自分では食ったそうじゃないか」そんなことをいって笑った。

別室に、不注意のために右手を凍《とう》傷にやられた相川二等兵がいた。秋人がはいってゆくと、彼は日あたりのよい窓側《まどがわ》で、うつぶせになって、絵《え》葉書を書いていた。迎春花《インチュンホア》の花をさした花瓶《びん》が枕もとにあった。相川は、鉛《えん》筆をなめなめ、一生懸《けん》命で、左手で書いている。秋人は胸がどきんとした。兄伸《しん》太郎の白衣の姿が相川の姿のうえに重なった。酷《こく》熱の南方に凍《とう》傷があるわけはあるまい。兄は右手を失ったのか。恐しい想《そう》像であった。妄《もう》念をふるい落すように、眼を

つぶって、ぶるぶると首をふった。（なにも、わからないことは考えまい）

秋人の顔《かお》を見ると、相川は、少年のように、ぽっと顔を赤らめて、寝台《だい》のうえに起きなおった。

「あれだけ班《はん》長殿にやかましゅういわれとりましたとに、とうとう、やられました。申しわけありまっせん」そういって相川はちょっと眼をふせたが、すぐ顔をあげて、「加島一等兵殿から、せっかく、上等兵にしていただきましたとに、二等兵で止まりになりました」といって、ころころと笑った。

「なにをいうかい、じき癒るくさ」

秋人はあわててうち消して（兵隊というものは、こんなときでも、まだ馬鹿な冗談《じよう》をいうとる）

と、ふと悲しくなった。

「こっち出してみい。俺《おれ》が書いてやる」

秋人は相川の便りを代筆してやった。相川は気はずかしげに、こげん、書いて下さい、とか、おかしかでしょうかな、とか、いちいち弁《べん》解した。母親へあてたものであった。相川の家は代々の百姓《しよう》であった。秋人の頭のなかに、郷里の母の姿がうかび、ふっと、自分の母へ書いているような錯覚《さつかく》がおこった。

雪はまったく溶けた。まだ凍っているうちから、まっさきに花をひらくのは迎春花《インチユンホア》である。

チューリップに似た紫色の花が、ひとつの株から五六本も出る。やがて、鈴蘭《すずらん》が足のふみ場もないほど、重畳した丘陵《きゅうりょう》を掩《おお》って咲きみだれ、その香が谷々にみちわたる。荒漠《ばく》たる国境の原野では、兵隊たちは花を見るのが、なによりたのしみだ。兵隊たちは、兵営のまわりを花園にする。金仙花、朝顔、コスモス、あずま菊。山頂にある浅い湿《しっ》地帯には菖蒲《しょうぶ》が咲く。躑躅、あやめ、芍薬に萩《はぎ》、刈萱、桔梗などの秋の七草がつづく。地獄《ごく》谷は険峻《しゅん》な深い谷で、自動車事故なども多いために、その名があるのだが、恐しい名に似あわず、ここは、また、たぐいない花の名所でもある。兵隊はときに花見としゃれる。

「花は、踏《ふ》みとはなかの」

「惜《お》しかもん」

はげしい演習で花のうえを飛びまわると、兵隊たちは残念そうに話しあった。演習中は仕方がないが、小休止になると、けっして花のうえに腰かけない。

五月ごろから耕作がはじまる。野菜や麻《あさ》をつくるのだ。こんなときには、百姓《しょう》出の兵隊が権《けん》威者であるから、二年兵でも、下士官でも、初年兵からきめつけられる。

「班《はん》長殿、そんなこっちゃ駄《だ》目であります。もっと、根をふこう掘らにゃ。……なんぼ、いうて聞かせても、わかりまっせんな」

訓《くん》練はいよいよ激《はげ》しくなるばかりであった。諸兵連合の部隊対抗《こう》演習がたびたび、行われた。

春になって、秋人は神崎輝夫にはじめて会った。地獄《ごく》谷の丘《おか》で小休止をしていると、花をかきわけて一人の兵隊が上って来た。編隊《へん》で飛ぶ飛行機を見あげていた秋人は肩をたたかれてはじめて気づいた。神崎は砲兵《ほう》であった。神崎上等兵は、高木伍長《ご》に敬礼をした。年は十二も違うのである。それから、二人は鈴蘭《すずらん》のなかに、ならんで腰を下した。

「秋ちゃんがここに来とること、あたきも吉川さんから聞いて、知っとった」

前からおたがいが近くにいることを知っていて、どちらもなにかと会いはぐれていたのである。秋人は、父の手紙に「神崎君夫人ノ病状《じよう》悪化ノ一途ニテ、藤田、森、両医師懸命《いけん》ノ治療《りよう》モ、或ハ徒労《ろう》ニ終ルカト案《あん》ジラレ」とあったのを思いうかべて、どうも、神崎の顔を見づらい思いがした。

神崎上等兵は元気な様子でなにかと話をした。しばらく話したあとで、「仁科に行った礼三君は戦死したとや？」といったので、秋人はおどろいて、神崎の顔を見た。

「なんにも、聞いとらんとや？」

秋人が驚愕《がく》したのを見て、神崎は戸まどいした顔をした。

「知りません。それは、ほんとうなんですか？」

「妙なことな。あんたが知んなさらん筈《はず》はなかが」と、神崎は首をひねって、「そんなら、人ちがいかも知れん」

「誰から聞いたとです」

「うちの部隊で、将校さんが話しよったのを、ちらと小耳にはさんだんじゃが……、なんでも、礼三君と、士官学校の同期《き》生とかちゅう、中尉《い》さんが居ってな」

　秋人はものがいえなかった。

「そればって、あんたが知らんごとありや、人ちがいじゃろう。あたきの方で、あんたに聞いてみようと、思うとったとたい」

　神崎はいわなければよかったと後悔《かい》した様子で、強いて、話題《だい》をかえるように、

「そら、そうと、澄《すみ》しゃんな、どげんしなしたな？」

「澄しゃんて？」

「澄江さんくさ。あげん、白ばくれとる。……あたきが出る時、あんたのお父はんな、澄しゃんば、あんたの嫁御に貰《もら》おうかいて、話しござりよったが」

「知りません」

「知らんとな。澄江しゃんの姉さんの芳《よし》江さんが、伸《しん》太郎君の奥さんじゃけん、きょうだい同士でよかろうもん。……ちった、便りでもあるな？」

「ときどきあります」

「澄しゃんな、ええ気立のひとじゃけん、あんたには、ちょうど、よかばい」

　神崎は、まるで、はしゃぐように、そんな話をした。秋人は兄礼三のことが心にひっかかって、虚《きょ》心に受け答えができなかった。

「神崎さん」と、秋人は思い切って、顔をあげた。

「なんな?」

「奥さんの御病気が、ようなかそうですが」

「うん。そげん、いうて来た。ひょっとしたら、つまらんか知れんて。仕様んなかたい」

神崎はなにもかも知っていた。秋人は無造作にうそぶく神崎を見たが、けおされる感じがした。すべてをまかせ切った人の姿であった。神崎は旋盤《せんばん》工である。子供が三人ある。妻子思いといわれた神崎が、このように、静かに自分の運命をかたるとは意外であった。まだまだ自分などの覚悟《かくご》は足りないと、秋人は深く省みた。

「集合の喇叭《ラッパ》が鳴っとるごたる」と、神崎は立ちあがった。「礼三君のこた、も一ぺん、たしかめてから、知らそ」と、花のなかを歩き歩きいって、手をふりながら、砲車の列の方へ走り去った。

杏《あんず》の花がひらくころになって、小隊長横瀬少尉《い》と、相川二等兵とは退院した。横瀬少尉《い》はまったく健康《けんこう》を回復し、相川二等兵も右手を切らずにすんだ。「も一ぺん上等兵になりなおします」と、元気で出て来た。

万年一等兵の加島は、安否を気づかっていた姉婿《むこ》が、まだ、九段に行っては居らず「ボルネオの原住民に好かれて、毎日、バナナを五十本ずつ食べて、無事消光いたし居る」ことを知って、今度は、ボルネオ産の動物の話をしはじめた。

このあたりには、渓《けい》谷が多いので、川も多い。兵隊たちはその川をせきとめて、魚をとった。

流れを変えてしまうのである。なんでも、兵隊にできないことはない。鮠《はや》や、鯰《なまず》や、八目鰻《うなぎ》などがとれた。一回、川を干《ほ》すと、部隊で二日食うほどもあった。

短気者で困るといわれた秋人は、ここに来てから、自分でも気づくほど気が長くなったと思うことがあった。しかし、兵隊が、最後の瞬《しゅん》間に発揮《き》するために蓄《たくわ》えている勇気は、いつでも跳躍《ちょうやく》できるように、弾みきった発条《ばね》に似て、心の底にひそんでいた。

「訓《くん》練に明け暮れする地味な警備《けいび》の通信ばかりしか送れません。しかし、やがて、いつかは、戦闘《とう》の通信が来るだろうと、思わないで下さい。私は、戦闘《とう》の通信など出すようになろうとは思ってはいないのです」

そういう便りが、すこしの誇張もなく、落ちついた気持で書けるようになった。

礼三兄のことは、いつまで経っても、はっきりしたことがわからなかった。

加島の初年兵教育には、「兵隊イソップ」という綽名がついた。なんでも動物の話に結びつけるからである。たとえば、

「なんでも、訓《くん》練が第一じゃ。でけんというのはせんからじゃ。俺《おれ》の動物園に猿《さる》ケ島というのがあった。上の方を内側に反らせた広い囲いのなかに、猿《さる》をたくさん入れといた。そうしたときや、金網は無うてもええ。猿《さる》の跳躍《ちょうやく》力をはかって、壁の高さが作ってあるけんじゃ。ところが、一匹の猿《さる》の奴《やつ》、なんとかして飛び出そうちゅうわけで、毎日、毎日、壁にむかって跳躍《ちょうやく》する。とどかんで、落ちる。何百ぺんちゅうてやって、とうとう、囲いのそとに飛びだした。そ

したら、他の猿《さる》どもも真似して、みんな出てしもうた。残ったのは、俺《おれ》みたよな、のろくさい奴《やつ》だけじゃ」という工合に。

祭日に、野鹿《のろ》狩りが行われた。部隊全部が出動するのである。これも、きびしい演習の一つである。この大巻《まき》狩りに、兵隊たちの士気はあがった。四組の将校斥《せっ》候が敵情偵察《ていさつ》に出された。横瀬少尉《い》は、高木伍《ご》長や、加島（彼をはずすことはできない）など、五名ほどをつれて、紅花台《だい》の渓《けい》谷を偵察《ていさつ》した。

「小隊長殿、ここに寝たあとがありますばい。糞《ふん》もある。まだ、新しい。野鹿ちゅうもんな、三匹、五匹、固まっちょりますけん、きっと、この台《だい》の奥に居ります」

加島のいる将校斥《せっ》候の報告にかなうものはない。作戦命令が出される。

「斥《せっ》候ノ報告ニ依《よ》レバ、数日前ヨリ、有力ナル野鹿《のろ》部隊ハ、紅花台《だい》ノ西側高地ニ侵入《しん》シ、潜伏《せんぷく》シ居ルモノノ如シ。本隊ハコレヲ包囲殲滅《せんめつ》スル企《き》図ヲモッテ、直チニ攻撃ヲ開始セントス。村上部隊ハ右第一線、小野寺部隊ハ左第一線、武田部隊ハ予備《よび》隊。……松尾中隊ハ尖《せん》兵トナリ、……」

一部隊は、山の稜線上に偽《ぎ》装網を張りめぐらして待機する。野鹿は高い方へ逃げる習性があるからである。

「おい、野鹿《のろ》の匂《にお》いがするぞ」加島がいうが、ほかの者には、野鹿の匂《にお》いなどわからない。灌《かん》木林に目ざす野鹿の姿が認められる。監視《かんし》兵は高いところにあがって、手旗信号で本隊に知らせる。

「野鹿四匹、紅花台《だい》、二本松ノ下、五十メートルノ地点ヲ西南ノ方向ニ向ッテ移動シツツアリ」

近づいた攻撃部隊が石油罐《かん》をがんがん叩《たた》いて、わあっと喊《かん》声をあげる。おどろいた野鹿の群は逃げだす。斜《しゃ》面を山頂へむかって走る。待ちかまえた山頂部隊が、棍《こん》棒をふるって、野鹿と白兵戦を展《てん》開する。発砲《ぽう》することは許されない。包囲された野鹿《のろ》は、兵隊の間を縫って、右往左往する。追いつめられた数匹は、兵隊の頭をとびこして逃げる。森林のなかからは、狐《きつね》や兎《うさぎ》なども、なにごとかと飛び出してきて、獲《え》物になる。狼は兵隊もあまり歓《かん》迎しない。

秋人は、雪のように花を蹴《け》散らして逃げる野鹿のあとを、棍《こん》棒を握《にぎ》りしめ、撃滅《めつ》の一念をこめる心で、追いまわした。

＊、＊＊——本文は必ずしもそうなっていないが、原文ママとする。

第一部

三代

高木一家は現在では福岡に在住しているが、明治の末年ごろまでは小倉《くら》に住んでいた。遠いことはよくわからないが、小倉《くら》を郷土として、相当にながくつづいた商家であった。友彦《ひこ》は秋人への手紙のなかに、「近頃ハ謙朴《けんぼく》老人ノ肝《きも》煎ニテ、青年学校ノ歴史講《こう》座ヲ担《たん》当致居候」と書いているが、べつに友彦《ひこ》が学者であったのでもなければ、歴史《れきし》研究家であったわけでもない。維《い》新のころ、小倉《くら》の古い人々が「御変動」と呼んでいる事件の渦《か》中に高木一家の運命も置かれた。そのはげしい時代のながれのなかで、日本人である高木友彦《ひこ》の眼が、歴史《れきし》と思想《そう》とにむかって開かれたのである。

「秋人は短気者で困る。いまに、とんでもないしくじりをしでかすぞ」

父はよくそういったが、短気というのは、多分、高木家のお家の芸《げい》なのであろう。息子を責める柄《がら》ではない。父の生涯《がい》こそ、しくじりの連《れん》続といってもよいのだ。自分でも、「生来ノ頑《がん》固一徹《てつ》、我乍《なが》ラ困リ者ニテ、兎角、彼方此方ト衝《しょう》突勝」と、苦笑を洩《も》らしている。しかし、その言葉は、いたずらにおもねらず、いやしくも邪《じゃ》に屈しない毅然《きぜん》としたものをかくしていた。

伸太郎《しん》をはじめ、多くのきょうだいたちは、祖《そ》父母の面影を、写真《しゃ》のほか知らない。長女の国子がおぼろげに祖《そ》母の記憶《おく》を持っている。「鎮台婆《ちんだいばあ》さん」といわれた祖《そ》母セツは、伸《しん》太郎が生れた翌年に死んだ。

友彦《ひこ》の父友之丞《じょう》は五十に満たずして死んだが、生前はすこぶる祖《そ》父友助を手こずらせたようである。もっとも、放蕩《とう》無頼《らい》であったわけではなく、町人のくせに、天下の風雲をにらんで、家業を留守にすることが多かったのである。友助は、そういう息子友之丞《じょう》を少からず苦に病んだ。

「町人の子は、町人らしくせにゃ。町人が、戦争場など飛びまわって、なんするか。怪《け》我でもしたらどげするか」

長州戦争の前後、そわそわと、まるで家に居つかない息子を、父は涙をためてたしなめた。

高木屋は大きくはなかったが、老舗の質屋であった。

「こんな時代に、じっと、金の番なんか、しちょられるもんか」

あわただしげな風雲が、下関海峡《きょう》をはさんでみなぎっていた。外国の軍艦がしきりに去来し、大砲《ほう》の音がとどろいた。なにか容易ならぬことが起こりつつある。住民たちにもそんな予《よ》感がした。不安な毎日がつづいた。しかし、騒《そう》動の意味などは、つかむことはできなかった。友之丞《じょう》とて「こんな時代に」といったが、どんな時代なのか、真実の意味がわかっていたわけではない。

小倉藩《くらはん》は徳《とく》川譜《ふ》代の大名である。ことに、九州探題《だい》たるべき位置にあった。したがって、長年、その恩顧《こ》の下に生活して来た城下の住民たちが、殿様に敵対する長州を心よからず思うは当然《ぜん》であった。

「長州の者《もん》な、どうした横道者《おうどうもん》かん。戦争をしかけち来るちゅうが、生意気たらしい」

「なんでもごろつきや、百姓《しよう》なんどを駆《か》りあつめて調練しちょるそうな。……奇《き》兵隊てら、なんてら、いうげなが、一人でん残らんごつ、首ひこぬいてやるがええ」

高木屋の店さきで、客の噂《うわさ》を聞きながら、若い友之丞は、特徴《ちよう》のある二重瞼《まぶた》の大きな眼を、きょろきょろさせた。

小倉《くら》城、三ノ丸に接《せつ》して、御用商人街《がい》である蟹喰《かにはみ》町があった。俗《ぞく》に、坂ノ下とよばれていた。お城の御用であるだけに、物資も豊富で、魚町に魚のないときでも、坂ノ下に行けばいつでもあるといわれていた。高木屋もその一郭《かく》にあった。城は青い水をたたえた濠《ほり》にとりかこまれ、本丸の石垣のうえ高く、白亜の天守閣《かく》が仰ぎみられた。坂ノ下は藩士との関係がとくべつに深かった。したがって、時局《きよく》の緊迫《きんぱく》とともに、家中の動揺《よう》がはげしくなると、それは、そのまま坂ノ下の商人たちに伝わった。藩では、近年になく、出入がはげしくなった。他藩との交渉《しよう》、京都との往来もあわただしく、城下には、ただならぬ気配が満ちわたっていた。血気の友之丞《じよう》が、うすくらい格子の帳場《ちよう》に、算盤《ばん》を抱いてじっとしていることのできなかったのも、無理はないのである。

沿岸の防備は日とともに固められた。門司海岸、田ノ浦《うら》から、大里、長浜につづく一帯に、警備《けいび》隊が配属《ぞく》された。各所に砲台《ほうだい》が築かれた。朝、出たきり一日いない友之丞《じょう》が、夕飯のときには、かならず、その日の踏査《とうさ》の報告をする。実直で、無口な父友助と、母と、二人の妹が聞き役である。

「今日はな、室町裏浜の台《だい》場落成のお祝いがあった。お酒を下されてな、今日だけは無礼講《こう》ということで、大にぎわいじゃった。どんどん、篝火《かがり》たいて、まだ酒くれるというたけど、あんまり、おそうなると、家で心配すると思うたから、帰って来た」とか、

「今日はな、到津《いとうづ》の水神さんの横で、大砲《ほう》の試し射ちがありよった。いろいろな大砲《ほう》があってな、どたあん、というと、ぱあっと砂煙があがる。海の方に向かうて射っとった。お櫃《ひつ》くらいの大きな大砲《ほう》があった。焼き玉で射つんじゃ。口の前に大きな皿《さら》がつけてあって、砲《ほう》丸を鞴《ふいご》でまっ赤に焼いて、その上に乗せて転《ころ》がしこむ。どかあん、どどど、ち、どえらい音がして、耳が張り裂《さ》けよった」

妹たちは、「ほう、それが、頭にでもあたったら、どうなろかな」などと、相槌《づち》を打ったが、父は苦虫を嚙《か》みつぶした顔をして、黙々《もく》と、飯を口にはこんだ。母は、父と息子との両方に気がねして、黙《だま》っていた。

「兄《あん》ちゃん、その大砲《ほう》の玉、飛んでいくのが見ゆるかん?」

「うん、黒いのが、ぶわ、ぶわと、飛んでいくのが、よう見ゆる」

「そんなら、逃げられるな？」

「竹内の喜左衛門《え》さんが、試し射ちの監督《かんとく》でな、いっぺん、やってみんか、というたけど、今日は恐ろしかったから、止めた。明日、いっちょ、やってみようと思うちょる」

「お前」と、母は、おだやかに、「そんな、大砲《ほう》を射つよな恐ろしいことを、町人の子がすることはなりませんぞ」

友之丞《じょう》は、頰《ほほ》をふくらませた。

「それでも、町人の子、町人の子、というて、百姓《しょう》の人は、たくさん、兵隊になっとるもん。鉄砲《ぽう》をかたいで、毎日《まいひ》に、調練したり、大砲《ほう》を打ったりしよる。講《こう》武所で、撃剣を習うたりしよる。御家老の島村志津摩先生も、いわしゃった。戦争は武士《さむらい》だけがするもんじゃないって。いまに、どんな大戦争が始まるか知れん。俺《おれ》も、戦争に出たいんじゃ」

「馬鹿たれ」

箸《はし》を持った父の手がぶるぶるとふるえた。

下関海峡《きょう》に浮んだ数隻《せき》の軍艦が、しきりに辺海を遊弋《ゆうよく》した。対岸の長州藩《はん》では、彦《ひこ》島、檀《だん》ノ浦《うら》、前田、観音崎などのあたりに、早朝から、日の没《ぼっ》するまで、多くの人々がいそがしげに働いているのが見えた。台《だい》場が築かれてゆくらしく、蟻《あり》がかたまってなにかを運ぶように、大砲が運ばれてゆくのがみとめられた。

「長州と戦争するんですか？」

友之丞《じょう》は、尻《しり》はしょりして、台場《だい》の赤土を畚《もっこ》にかきいれながら、竹内喜左衛門《え》にきいた。

「そげなこた、わからん」

怒ったようにいって、竹内は刀の柄をなでた。

「西洋が相手ですか？」

攘夷《じょうい》の期限《き》のことなど、小耳にはさんでいた友之丞《じょう》は、わけのわからないままに、きいてみた。

「向こうが仕掛けて来んのに、戦争にゃなるまいだい」

吐きすてるような口調だった。精悍な眉《まゆ》がぴくぴくとおどった。つかみどころがなかった。やむなく、友之丞《じょう》は、ただ、どこと戦争してもよい、小倉《くら》が負けんように、と祈らねば仕方がない。お国のためだ、という一念で、台場《だい》を築く赤土を、せっせと運んだ。

文久三年に、友之丞《じょう》は、十六歳であった。

「隊に入れて下さい」

彼は知り合いの藩士《はん》のだれかれに頼《たの》んでみたが、だれも取りあわなかった。なにかのときには、目をかけてくれる竹内でさえ、このことになると、笑って相手にならないのである。竹内喜左衛門《え》の行動は、ときに友之丞《じょう》を面くらわせることがあった。竹内は稗《ひえ》田村にある村上佛山の塾《じゅく》に出入することで、藩《はん》の重役から、睨《にら》まれていた。佛山は、桜田の変を聞くと、ただちに

「落花紛々《ふんぷん》雪紛々」の詩《し》を作った漢学者《かんがくしゃ》である。（百姓《しょう》は農兵として、ちゃんと、隊に編《へん》成されとる。町人は、どうして、兵隊になれんのか？）友之丞はどう考えてもわからないのである。

お国を思う心は、だれにも負けんと、いくら力んでみても一人合点の一人角力になった。

篠《しの》崎口御門側にある新築の講《こう》武所では、まいにち、演習が行われた。べつに、広場に設けられた射《しゃ》場で、実弾射《しゃ》撃がなされた。友之丞は、その爽《そう》快な音に身ぶるいする思いで、羨《うらや》ましげに眺めているばかりであった。具足をつけた農民が、隊伍《ご》を組んで、草鞋ばきで整列する。胴丸に結んだ紺の帯に、刀を一本さしている。日に焼けた顔がずらりとならぶ。畠の畔《くろ》をおこし、大根や芋《いも》をそだてた節くれだった手に、鍬《くわ》ならぬ銃がにぎられている。動くたびに、銃の金具が豪華《ごうか》な金色に光る。馬に乗った号令官が、鞭《むち》を振る。筒袖《そで》の陣羽織がうしろで二つに割れて、朱鞘《しゅざや》長刀がのぞき、紋章《しょう》のついた陣笠《がさ》が初夏の陽にきらきらとまぶしい。

「気《き》をう、着けえ」

気合のこもった銅鑼声がひびく。兵隊達は不動の姿勢になる。

「小隊右へえ、向け」

兵隊たちは、ぐるりと踵《きびす》で右に向く。中に左に向く者もある。あわてて、向きかえる。

「動作がにぶいぞ。もっと、しゃんしゃんやれ」

号令官は、馬を隊伍《ご》の正面に走らせる。

「左半隊《ひだりはんたい》、右向きい、廻《まわ》れ」

「はやごを、こめろ」

「四だん、こめ筒《つつ》」

「抜《ぬ》けえ、籠矢《こめや》」

号令どおりに隊伍《ご》は動く。しかし、まだ、あまり上手ではないらしい。まごまごする者が多く、号令官の鞭《むち》の厄介《かい》になる兵隊も少くない。

「高木の友さん」

ぼんやり立っていた友之丞《じょう》は、ふいに呼ばれてふりむいた。だらだらと流れる汗を、豆しぼりの手拭《ぬぐい》でぬぐいながら、一人の頑《がん》丈な兵隊が、にこにこと立っていた。

「おや、これは武作さん」と、友之丞《じょう》はおどろいた。武作は、長年、高木家に出入りしている曾《そ》根村の百姓《しょう》武右衛《え》門の二男坊《ぼう》だ。友之丞《じょう》とは竹馬の友である。小さいときから、足立山の茱萸《ぐみ》ちぎりにも、紫《むらさき》川の魚つりにも、よくいっしょに行った。長浜では角力をとった。その武作なのだが、彼はいままで訓《くん》練をやっていたのであろう。見ていたのに、まったく気づかなかった。おそらく、眼の前に立ちふさがられても、声をかけられねば、すぐには武作であることが、わからないかも知れない。友之丞《じょう》は、まぶしい思いで、変りはてた友人の姿を見あげた。

「あんたが、毎日、ここへ来よるのを俺《おれ》は知っとった。あんたは俺《おれ》に気づかんようにあるけ、声をかけんじゃった」

「そうかん」

毎日、友人を見ていて、知らなかったのである。

「あんたも、隊に入らんかん？」

「うん、入りとうてたまらんけど、……入らしてくれん」

友之丞《じよう》は前々からのことを話した。すると、武作は、ほんとに、そんなに入りたいのなら、自分が話してみてやろうといった。昔、友之丞《じよう》がいったようなことを、今度は武作がいうのである。「たのむ」と友之丞《じよう》はすなおにいった。

武作は、叉銃《さ》してある銃を指《ゆび》さしながら、

「今度の鉄砲《ぽう》は新式ばい。ゲベール銃ちゅうて、雨降りの日でも射たるる」といった。

半信半疑《ぎ》ながら、武作の斡旋《あつせん》を心だのみにして、友之丞《じよう》は兵隊になる日を夢《ゆめ》みた。ところが、武作はその翌日から、講《こう》武所に姿をあらわさなかった。いつか会えるかと、毎日行ってみたが、調練は相かわらず行われていたが、武作の姿はなかった。どこか、警備《けいび》隊の部署《しよ》につけられたらしかった。

五月十日、砲《ほう》声が馬関海峡《きよう》に鳴りわたった。雨に風が加わって海峡《きよう》は荒れた。

友之丞《じよう》は戸上山に登ったが、よく見えないので、駈《かけ》足で風師山に行った。夕暮であった。ほかにも見物にのぼる者が多かった。すると、赤羽織の役人がやって来て、「こら、こら、そんなとこに上んな。長州が遠眼鏡で見るといけん。下りて見い」といった。麓《ふもと》に下りた。海峡《きよう》は波が高かった。対岸の台《だい》場を人馬があわただしく往来する。一隻《せき》の外国汽船が田ノ浦《うら》沖に投錨《びょう》している。壇《だん》ノ浦寄《うらよ》りに、長州の軍艦がいる。前からよく知っている庚申丸《こうしん》だ。小舟がしきりに海上を行きかう。海戦がいまにも始まるかと待ったが、睨《にら》みあった形のまま、日が暮れた。

「ありゃ、どこの船かん？」

「アメリカよ」

「どうして、わかる？」

「いまは、もう、暗うなったけわからんが、明るいときにゃ、旗が見えとった。星条旗ちゅうて、アメリカの国旗じゃ」と、見物のもの識りが得意げにいった。

暗い海上に、外国船は、しきりに火花を散らしはじめた。夜明けを待って出航するために、石炭をたきはじめたのであろう。あたかも、それを目標《ひょう》とするごとく、砲《ほう》撃がはじまった。庚《こう》申《しん》丸からである。砲弾の数発は、船に命中した。異《い》様なもの音が海をつたわって来た。砲弾が海に落ちるらしく、だぼおんと、にぶい水音が断《だん》続した。砲撃しているのは、庚《こう》申丸だけではないらしい。べつの方向からも砲声が聞えた。海上らしいところをみると、丙《へい》寅丸か、癸亥丸かが、どこかに応援《えん》にあらわれたのであろう。陸上台《だい》場からも撃っているかも知れない。（こっちからも撃つかな）そう思って、注意したが、小倉《くら》側の砲台《だい》は沈黙《もく》していた。ただ、提灯が右往左往し、とき折《お》り、あわただしげに、夜のなかを、伝騎が往来した。風雨ははげしさを加えた。雷《かみなり》が鳴った。ひらめく稲妻が、一瞬《しゅん》、海峡《きょう》をまっ青に浮きあがらせた。海上は、砲弾の発射《しゃ》と、雷光とで、赤くなったり青くなったりした。不意の砲撃に狼狽《ろうばい》した米国船は、豊予《ほうよ》海峡《きょう》の方へ遁《とん》走したらしかった。砲声が止んだ。

にわかに、雨のつめたさを感じて、海上を凝視《ぎょうし》していた友之丞《じょう》は、われにかえった。ふう、と、ひとりでにため息が出た。いつの間にか、あたりには、もう、だれもいなかった。ぶるぶると寒気がした。

（馬鹿たれ）

脳裡《のうり》に父の苦虫の顔がうかんだ。友之丞《じょう》は、はずみのついた毬のように飛びあがると、降りしきる暗夜の雨のなかを駈けだした。香春口《かはるぐち》をすぎて、豊後《ぶんご》橋をわたった。大戸をおろした暗い町を抜《ぬ》けて、やっと、家の前に来た。もう、締めだされたものと覚悟《かくご》していた。そっと潜り戸に手をかけた。かたんと栓《せん》がはずれた。あいていた。

「友之丞《じょう》かい」

母の声がした。はいる勇気をうしなって、友之丞《じょう》が軒の下にたたずんでいると、内側から、母の顔が出た。

「まあ、お前、こんなに濡《ぬ》れて……」

母にみちびかれて、他人の家にはいる思いで、閾《しきい》をまたいだ。二人の妹も起きていた。母は、べつになにもいわず、濡《ぬ》れた着物をぬがせて、身体《からだ》をふいてやった。あたらしい絣《かすり》を出して来た。妹が濡《ぬ》れた着物をしぼった。五つか、六つかの子供のときのように、着物を着せられ、帯を結んでもらって、友之丞《じょう》は涙がこみあげて来た。

「お父はんは？」

（自分を寝ずに待っていてくれた母にくらべて、父はもう寝ているのだ。自分のことなど、どうでもよいのだ）友之丞《じょう》は自分の勝手を棚にあげて、いくらか、むくれた語調でたずねた。

「お父はんは、お前、心配して……お前をさがして来るというて、出たきり、まだ、帰っておいでにならんとじゃが……」

友之丞《じょう》はなぐられた思いであった。深く悔《く》いが、心の底からわいて来た。着物をきちんとなおして、帳場《ちょう》に坐《すわ》り、父の帰るのを待った。外ではまだ雨の音がしていた。母や妹たちに、見て来たことを、なにか悪いことでも白状《じょう》するような口調で、ぽつりぽつりと話した。父はなかなか帰って来なかった。

一時間以上も経ったころ、表で、雨が傘《かさ》をたたく音が聞えた。友之丞《じょう》は話をやめた。ぴちと番傘《がさ》をたたむ音がして、潜り戸があいた。「高木屋」の提灯を下げた父が、身体をかがめて入って来た。ちらと、友之丞《じょう》を見たが、なんにもいわなかった。高下駄をぬぎすて、奥にはいった。

その日、砲《ほう》撃を受けたのは、米国商船ペムブローク号であった。五月十日は、朝議によって定められた攘夷《じょうい》決行の期《き》日であったのである。

この日を境として、長州藩《はん》と小倉藩《くらはん》の間には抜《ぬ》きがたい確執《しつ》が生じた。長藩《はん》からは小倉藩《くらはん》が傍《ぼう》観をしていたというので、はげしく詰《きつ》問して来た。小倉藩《くらはん》の方では幕《ばく》命によって、過激《げき》の振《ふる》舞《まい》に出るなという示達を受けていたので、両者の意見はまったく一致しなかった。小倉藩《くらはん》では、外国船が先方から襲《しゅう》撃して来れば、これと戦うが、積極《きょく》的に出る意志はなかったのである。長州では、ついで、二十二日には、仏船キンシャン号を、二十六日には、蘭《らん》艦メデュサ号を砲《ほう》撃した。六月一日に、備砲《びほう》六門を持ったアメリカ軍艦ワイオミング号が馬関海峡《きょう》にあらわれた。ペムブローク号の報復にやって来たのである。長藩《はん》では、さっそく砲《ほう》撃を開始したが、かえって庚《こう》申丸を撃沈された。壬戌丸は大破した。四日の夜には、仏艦セミラミ号と、タンクレード号とが海峡《きょう》に乗りいれて来た。長藩《はん》との間に砲戦が展《てん》開された。多数の陸戦隊は前田海岸に敵前上陸を敢《かん》行した。砲台《だい》を破壊《かい》し、二十数軒の民家を焼いて引きあげた。「フランスの兵隊が、田ノ浦《うら》に上って来てな、洗濯《たく》をしよったが、蟹《かに》が泡《あわ》ふくように、いっぱい白い泡の出る薬で、上衣を洗うとった。……長州とは戦争しとったが、小倉《くら》のお役人とは、なんか、にこにこ笑うて、話しあいをしよった」

そういう風に、門司から来た取引先の客が、「高木屋」に来て、その日の状況《じょう》を友之丞《じょう》に話した。帳《ちょう》場に坐《すわ》った友之丞《じょう》は、算盤《ばん》を膝《ひざ》の上に立てて、身体をのりだし、眼をきょろきょろさせて聞いた。

「長州は、さんざんやられてなあ、ええ気味じゃった。横道者《おうどうもん》じゃけ、ちったあ懲らしめるがええ。長州の大砲《ほう》の玉が、軍艦の甲板のうえに、どさんと落ちた。そしたら、フランス兵が、それを、毛布でつつんで、海にほりこみよった。フランスの兵隊はバッテラで、前田の浜にたくさんあがったが、砲台をうちこわすのが、手にとるように、見えちょった」

友之丞《じょう》の眼が異様《い》に光りはじめた。客が、調子に乗って話しつづけるのに、

「馬鹿たれ。止めてくれ」と、はげしく、どなった。

おどろいた客は「覚《おぼ》えちょれ」と悪態《たい》をついて、帰っていった。

友之丞《じょう》は茫然《ぼうぜん》としていた。ぽかんと口をあけて、しばらく門口の方をながめていた。聞いているうちに、なにか腹が立って来て、思わずどなってしまった。なにが、どう腹が立ったのか、自分でもしばらくわからなかった。長い取引の大切な客であった。(こんな時代に金の番なんか、しちょられるもんか)初めは、ただ、世間がざわざわしているので、落ちつかなかった友之丞《じょう》は、前にはわからなかった「こんな時代」の意味に、ふいに、どかんとぶつかったような気がした。

(異人《い》に、お国をけがされて、たまるか)

三日坊《ぼう》主の友之丞《じょう》の姿は、また帳《ちょう》場の格子のなかから消えた。父友助の姿が、ふたたび、古ぼけた帳《ちょう》場のなかに見られた。

隣藩《はん》の困難な事態《たい》を眼前に見ながら、小倉藩《くらはん》がすこしの応援《えん》もしなかったことは、二藩《はん》の仲を決定的に離《り》反した。どこからともなく、来春、米英蘭《らん》仏の四国連合艦隊が大挙《きょ》して、下関を襲《しゅう》撃するという風評《ひょう》がつたわって来た。小倉藩《くらはん》では長藩《はん》に協《きょう》力しないことにさだめ、ただ、自領沿岸の防備《び》を厳《げん》にした。

突然《ぜん》、友之丞《じょう》は行方不明になった。

対岸の長藩《はん》はなにかと多事であった。元治元年になると、七月十八日に起った禁《きん》門の変によって、ついに、長州追討の軍が起されることになった。小倉藩《くらはん》は、征長の先鋒《ぽう》を仰せつかって、大いに得意となった。このときこそ、なんのはばかるところもなく「錦《きん》旗を奉じて」戦うことが出来るからである。

米英蘭《らん》仏の四国連合艦隊十八隻《せき》は、八月二日、姫《ひめ》島沖に集結した。八月五日、旗艦ユリアス号を先頭に、三縦陣をなして馬関海峡《きょう》に進入して来た。長藩《はん》には、内憂《ゆう》外患《かん》ともにいたったのである。午後三時四十分、旗艦の檣頭に、開戦の信号があがった。艦隊からはいっせいに火蓋《ぶた》が切られた。下関側各砲台《だい》も、ただちに、これに応じた。砲声は海峡《きょう》を圧《あつ》してとどろきわたった。砲煙はただよい、海面にたえまなく水柱が立った。門司、小倉《くら》の海岸から、戦況は手にとるように見えた。前田、壇《だん》ノ浦台《うらだい》場には、つづけさまに砲弾が命中して、炸裂《さくれつ》した。艦隊も損傷を受けた。夕刻にいたって、前田海岸に、陸戦隊が上陸した。前田諸砲台《だい》は占領された。翌朝も、多くの兵隊が上陸した。破壊《かい》した台《だい》場から、鹵獲《ろかく》した大砲をボートに積みこむのが見えた。

多くの見物人のなかに、友助と、姉娘《むすめ》うめの姿があった。二人の視《し》線は海上の戦闘《とう》にはむけられていなくて、見物人の顔にむけられていた。二人は、必死の目つきで、見物人の間をかき

わけて歩いた。友助はなにもいわなかったが、うめは、ときどき、親子の

「友之丞《じよう》兄ちゃあん」と呼んだ。

前日も、翌日も、二人の姿は見うけられた。

「居りゃせん」

二人はたずねあぐねて、綿のように疲れて、かえって来た。待っていた母も妹娘《むすめ》も、しおれた様を見てなにも聞かなかった。

小倉《くら》の町は異《い》様な賑《にぎ》わいを呈《てい》した。諸藩の兵隊が、陸続と小倉《くら》につめかけ、町に溢《あふ》れた。それぞれ各藩は、寺、旅館等に本陣をかまえた。紋章《もんしよう》のついた幔幕《まく》が張りめぐらされた。さまざまの服装と、言葉とが交錯《さく》した。各地方の兵隊たちは、おのおの土地の気風をよくあらわしていた。武器、弾薬、甲冑《ちゆう》、弓矢、兵糧《りよう》などが、ぞくぞくと到《とう》着し、海岸から荷揚《あげ》され、本陣に積みあげられた。いたるところの屯《とん》所で、兵隊たちの訓《くん》練が行われた。蟹喰《かにくい》町の忙《いそが》しさは眼のまわるばかりである。物価《か》は騰貴《とうき》するばかりであった。このために、一般の民衆《しゆう》はすこぶる困却《きやく》した。

城内に召集されて、攻撃部署《しよ》が定められた。しばしば軍議が行われた。軍令状《じよう》や、下知状《じよう》が発せられ、諸軍は緊《きん》張した。部隊の往来がはげしく町はますます混雑《こんざつ》を呈《てい》した。こういう雑沓《ざつとう》のなかに、「高木屋」もまきこまれたが、友助はぼうとなったように、いつもの緻密《ちみつ》さに似あわず計算をよくまちがえた。

「お父《と》はんは、ぼけとんなさる。ちっと、やすんだがよかろ」

そういって、母が家を切りまわした。ふだんはつつましく遠慮《りよ》勝であるが、いざとなると、その勝気な性分をあらわした。

軍都と化した小倉《くら》が、戦気をはらんで、鼎《かなえ》のように煮えくりかえっているさなかに、まるで、天狗《ぐ》かくしにあった男のように、瓢然《ひようぜん》と、友之丞《じよう》がかえって来た。眼は落ちくぼみ、頬《ほお》はこけ、着物は破れていた。「高木屋」の玄《げん》関に、まるで乞《こ》食のように、蹌踉と、あらわれたのである。

それから、四五日が経ち、父の友助も、友之丞《じよう》も、健康《けんこう》を回復した。

「俺《わし》ゃ、もう、お前は死んだもんとあきらめとった。戦争場《せんそうば》ばっかり飛びまわる奴《やつ》じゃけ、流れ玉にでもあたったと思うた。どのみち、なんぼ、あいすろうても聞く奴《やつ》じゃなし、高木屋はうめに養《よう》子して継《つ》がそうと、お母はんと話しおうて、きめとった」

「すみません。もう、このうえ、御心配はかけません。罰があたります」

帳《ちよう》場の格子のなかに、また、友之丞《じよう》があらわれた。店は以前とはくらべものにならぬほど、いそがしかった。その目まぐるしさを、彼はよく切りまわした。もともと、小倉《くら》藩士は微禄《びろく》の者が多く、質屋はよく利用された。藩士の妻の多数は、内職をした。小倉《くら》織もそうして紡がれた。小禄《ろく》者は、家をかまえていることができず、下宿をしている者もあった。したがって、日ごろから、出陣の門出を花々しくかざる用意が、だれにもできていたわけではなかった。多くの藩士が「高木屋」の暖簾《のれん》をくぐった。

眼のまわるいそがしさのなかにあって、ともすれば、友之丞《じよう》の頭は「天狗《ぐ》かくしの時」の回想《そう》に奪《うば》われた。

（奇《き》兵隊）

その思い出は、彼をたのしくさせる。

いつか、門司の取引客をどなりつけたときに、彼の心はきまった。（異人《い》にお国をけがされてたまるか）意を決して、馬関にわたった。前から奇《き》兵隊のことは聞いていた。宇《う》部の者であると偽《いつわ》って、入隊を志願した。体格検査《かくけんさ》があって、入隊を許された。その日から、たちまち、きびしい規律《きりつ》のなかに投げこまれた。わななく心をおさえながら、隊士簿《ぼ》に名を記入した。隊士の一人が、大小を二本、鷲《わし》づかみにして、無造作に彼の手にのせた。その重味で、手がしびれたように撓《しな》った。顔がぽっぽっと火照って来た。

「今日から、兵隊じゃ。そんな腰前じゃ、つまらんぞ」隊士は笑っていった。そういわれても信じられぬように、そっと、尻《しり》をつねってみた。

奇《き》兵隊には、七面倒な規《き》則はなかった。しかし、いやしくも隊規《き》に反き、隊の名誉《よ》を汚《けが》す者に対しては、仮借《しやく》せぬ軍紀の厳《げん》烈さがあった。銃をわたされた。翌日はもう、散兵教練で、一日鍛えられた。隊には、じつに、いろいろな者がいた。下士、足軽などの武士に、百姓《しよう》、町人がまじり、また、びっくりするほど、風がわりな職業の者もあった。しかし、ここで、聞くすべての言葉は、新鮮《せん》なひびきをもって、強く、友之丞《じよう》の耳にやきついた。

（勤《きん》皇）

（殉《じゅん》忠報国）

（攘《じょう》夷《い》）

（四民皆兵）

友之丞《じょう》は耳を洗われ、眼を洗われ、心を洗われる思いであった。お国のために、などと、嘗《かっ》て、自分が力みかえって考えていたことが、恥《はず》かしくなった。自分の小ささが、われながらおかしかった。自分の考えたのは、小倉藩《くらはん》のために、ということに過ぎなかった。小さな忠義だてだった。ここではすべてが、皇国のために、日本のために、であった。大君に、すべてをささげまつる。そういうものが、鬼気のごとく、満ちあふれていた。

ところが、友之丞《じょう》のよろこびも、わずか五日とは続かなかったのである。山縣狂介《きょうすけ》、高杉晋作、赤根武人、大村益次郎などという人たちの名や、顔をやっと覚《おぼ》えたばかりのとき、彼が小倉《くら》の者であることが発覚《かく》した。間諜《ちょう》として捕《とら》えられ、牢《ろう》につながれた。すでに、首をはねられるところであった。牢《ろう》のなかで彼は憔悴した。きびしい糺問《きゅう》の結果、間諜《ちょう》の嫌疑《けんぎ》は晴れたが、小舟にのせられて、放逐《ちく》された。この時期《き》こそは、おそらく、友之丞《じょう》にとって、一生に一度の冒険《ぼうけん》であったであろう。同時に、彼は、ここに、あたらしい自分を発見したのである。そうして、友之丞《じょう》のおどろきは、高木一家の家風となって、友彦《ひこ》を経、現在、大東亜《あ》戦線の各地に転戦している高木兄弟の血のなかに、あたたかく、受けつがれて来たのである。

（奇兵隊《きへいたい》）考えるたびに微笑《び》がこみあげて来る。両親や、妹たちは、ときどき、算盤《ばん》をにぎったまま、帳場《ちょうば》の格子のなかで、にやにやとひとり笑いしている友之丞《じょう》を、気味わるそうに見た。

ある日、甲冑《ちゅう》姿の竹内喜左衛門《え》がぶらりとはいって来た。この青年武士の武者ぶりは、凛々《りり》しかった。

「居るかん？」

「おいでなさい」

「ちょっと、すまんがな、家までついて来てくれんか」

「まいりましょう」

「いよいよ、俺《おれ》や、先鋒《ぽう》の一番隊にはいることになった。明日の朝、未明《み》に出発じゃから、たのんどきたいことがある」

三ノ丸に、竹内の居宅はあった。外に出ると、城内は人馬があわただしく行きかい、雑沓《ざっとう》をきわめていた。その間を縫って行った。竹内は独身であった。母親が一人いて、玄関《げん》に出むかえた。みちびかれて奥に入った。竹内は牀《とこ》の間を指さした。金襖《ぶすま》の袋戸棚のうえに、高さ三尺、幅二尺ほどの桐の本箱があった。木の目の濃《こ》い蓋《ふた》に、墨痕《こん》もあざやかに「水戸義公大日本史《し》」と書いてある。

「これじゃがのう」と、竹内は微笑《び》をふくんで、「質草にするわけじゃない。あずかっとって貰いたいんじゃ。ほかの本は惜しゅうはないが、こればっかりは、兵燹に焼きとうないんじゃ。こりゃ大切でなあ。……光圀公のこの本を、お祖父《じい》が、生前、どうしても欲しいと思うとったらしいが、死ぬまで、とうとう、手に入らんじゃったらしい。それでお祖父《じい》、本箱だけを作って、題名《だい》だけ書いといた。これは、お祖父《じい》の字じゃ。そして、死ぬときに、俺《おれ》の親父に集めろと遺言した。親父も、なんぼか集めたが、これも、うまくいかなんだらしい。また、俺《おれ》に集めるように、いいのこして死んだ。俺《おれ》はなんとかして出ているだけは揃えたいと思うて苦心したが、やっぱり、むつかしゅうてなかなか集まらん。手に入らん本でなあ」

竹内の語調は、いかにもたのしそうであった。明日、出陣する人とは思えなかった。

友之丞《じょう》は、馬関からかえって来て以来、竹内を見る自分の眼がちがっているのに気づいた。前には、不可解に思われた竹内の行動が、いまは、浮き彫りのごとく、はっきりと理解された。

「それで、これをあんたにあずけちょく。……俺《おれ》が戦死したらあんたにやる」

「たしかに、あずかりました」

と心をこめていった。

御変動

蛤御門《はまぐりごもん》の戦によって、長州再征がきまると、小倉城下《くら》のあわただしさと、雑沓《ざっとう》とは、いよいよ、その度をくわえた。諸藩《はん》の兵隊が町にあふれたうえに、幕府《ばく》千人隊がにぎやかにくりこんで来た。この千人隊は幕府《ばく》直轄《かつ》部隊であるから、服装も派手《は》で、大いに羽ぶりをきかせた。田ノ浦《うら》や、長浜海岸あたりに出ばっては、鐘《かね》をじゃんじゃんと鳴らして、さかんに示威調練をした。しかし、この部隊の景気のよかったのは、戦前だけで、長州軍奇《き》兵隊が田ノ浦《うら》に敵前上陸をして来ると、たちまちくずれ、そののちは後詰《づめ》ばかりにまわっていたのである。小倉《くら》海岸に、黒煙《えん》をはきながら回天艦、富士艦など、幕《ばく》府の軍艦があらわれた。そわそわと落ちつかなかった友之丞《じょう》は、その後は、帳《ちょう》場から出なかった。意地のごとく格子《こう》のなかに端坐《たんざ》した。彼の二重瞼《まぶた》の眼は、往来の混雑《こんざつ》にそそがれ、ときおり、不安とも苦悶ともつかぬ表情をたたえて、怒ったように算盤《ばん》を鳴らした。それかと思うと、にやにやとひとりで笑った。動揺《よう》するなかに、ふかく決するものを、眦《まなじり》のあわいにあらわしていた。

店に来る人たちが、不安の面持で、父の友助とさまざまの話をする。

「長州総《そう》攻撃は六月の四日にきまったそうなが、あんた、聞きなさったかん?」

「聞かん」

「九州軍の総《そう》大将として、小笠《がさ》原壱岐《き》守様が来らしゃったと聞いた。一番手の大将は御家老の島村志津摩《ま》様じゃげな。……荒生田《あらうた》にゃ、企救《きく》の農兵が出ばっちょる。あっちこっち、農兵が出ちょるが、これまで野良仕事ばっかりしよったもんに、武士《さむらい》と互角《いっこ》に戦争ができるじゃろかな?」

「さあ」

「こないだ曾《そ》根の新次郎が話しよったがな、刀二本さした兵隊が田圃《ぼ》の横通りかかってな、胸そりくりかえらして、ははん、稲ちゅうもんな、こげして作るもんかのう、というて、感心した顔をしたげな。ところが、なにが、これが、こないだまで隣《となり》村の百姓《しょう》じゃった奴《やつ》で、兵隊になったもんじゃから、そげなことをいうとる」

「そうかん」

「戦争はええが、……こう物があがっちゃ、かなわんで。このごろじゃ、米が一升《しょう》四百五十銅《どう》もするが。薪《まき》の値《ね》まで、百二十銅《どう》になった」

「ほう」

「まあ、しかし、戦争は、どちみち、こっちの勝ちにきまっちょる。相手は長州だけで、こっちは幕府《ばく》がた全部じゃけのう。赤子の手をねじるようなもんよ。そう思わんかん？」

友助がはかばかしい返事をしないので、客は張りあいがなくなって出てしまう。

夕食のときに友之丞《じょう》は父にいった。

「お父《と》はんは、今度の戦争はどっちが勝つと思いなさる？」

父は、面倒くさそうに、

「そんなわかりきったこと、きかんでもよかろう」

「何故ですか？」

「はじめから勝負はきまっとる」

「相手は長州だけで、こっちは全部というんですか」

「そうよ」

「私はそう思わん。きっと、長州が勝ちます」

友助は、敵の勝利を宣《せん》告する息子を、怒りと悲しみとをまぜた眼つきで見た。

毎日、ぞくぞくと部隊が前線へ進発していった。出征する者と、送る者とが、城下にあふれた。

ある日、

「さよなら」と表を、竹内喜左衛門《え》が叫んで通った。にこにこと笑っていた。格子《こう》のなかから、大あわてで下駄《た》をつっかけた友之丞《じょう》は、表にとびだした。雑沓《ざっとう》をわけて、竹内のあとを追った。

竹内は三ノ丸から二ノ丸の家老屋敷の方へ抜《ぬ》けた。道路には武装した多くの兵隊たちが、刀や槍をそれぞれに持ち、鉢巻をしめなおしたり、草鞋の紐《ひも》をしめたりしていた。甲冑や銃の音《おと》が、ほそいがものものしげな音を立てた。城内に、殺《さつ》気と不安と寂寞《せきばく》ににたものがたちこめていた。島村志津摩《ま》の屋敷の門を竹内はくぐった。入ってもよい、と眼でいわれて、友之丞《じょう》もつづいた。家のなかにはあかあかと燭がともっていた。歌声や笑い声がきこえた。女の声もまじった。謡《よう》曲が鼓にのってひびく。竹内はのことその団欒《らん》のなかに踏《ふ》みこんでいった。竹内は島村一番隊に属《ぞく》して、明日は出陣なのであろう。友之丞《じょう》は垣のわきにしゃがんだ。

白皙《せき》の部隊長島村志津摩《ま》は、正面に端坐《ざ》して、謡《よう》曲をうたっていた。やがて、立って舞いはじめた。甲冑が燭を反射《しゃ》してきらきらと光った。うちふる鉄扇《せん》の黒地にえがかれた真紅の日の丸が、殺《さつ》気のある火焰《えん》のようにおどった。友之丞《じょう》はこの美しい姿に、まぶしいような圧《あっ》倒されるものを感じた。

「来とったな」

島村は竹内に気づいて、そういったが、舞をつづけた。終ると、手が鳴った。

「ま、いっぱい、のまんな」

島村はかたわらの陣笠《がさ》をとってさしだした。黒漆《うるし》の地に金の紋章《もんしょう》が光った。竹内はだまって受けとった。さかさにした陣笠《がさ》に、酒瓶《がめ》から酒がそそがれた。竹内は見る間にそれをのみほした。

「大将おかえし」

「うん」

島村志津摩《ま》は陣笠《がさ》をうけとった。酒がつがれた。「もっと入れんな」と催促《さいそく》した。それをのみほした。

「のみおさめかも知れんばい」

島村はそういって、白い歯《は》をうかせて、声たかく笑った。

友之丞《じょう》はすさまじい身ぶるいのようなものを感じて、追われるようにそこを出た。後でよびとめる声がしたようであったが、ふりかえらなかった。なんども雑沓《ざっとう》につきあった。逃げだす彼の頭のなかに、奇《き》兵隊の人々の顔がうかんで来た（どっちが勝つか？）そのような詮索《せんさく》や興味などは愚劣《ぐれつ》のきわみだ。友之丞《じょう》の頭は混乱《こんらん》した。戸まどいする頭のなかに、ただ、兵隊の立派さばかりが、あおぎみるただひとつの真実としてうかんだ。「長州が勝ちます」などと、したり顔に父にいったことが恥かしくなった。

幕《ばく》府軍の戦略《りゃく》は、はなはだ迅速を欠《か》いた。決定された総《そう》攻撃の日は、無為《い》のうちに暮れた。前線の部隊に張りあいぬけと、奇《き》妙な倦怠とがおこった。六月十六日の夕方、田ノ浦《うら》の漁師が家財をまとめて、逃げ支度をはじめた。奇《き》妙なことに思っているうちに、突如、長州勢は、翌払暁《ぎょう》、奇《き》兵隊、報国隊を先頭として、敵前上陸をして来た。

どろうん、どろうん、と遠雷のように、砲声が小倉《くら》城下まできこえて来た。戦がはじまったということがわかった。門司の方角にあたって、いくすじも黒煙が天に冲するのが望まれた。各所に火災がおこっているのであろう。

「兄ちゃん、どっちが勝つじゃろか？」

妹たちは不安な顔つきで、友之丞《じょう》にたずねる。

「そんなこと、わかるもんか」

友之丞《じょう》はどなりつけた。友之丞《じょう》とて、いいようもなくいらだつ心を鎮《しず》めかねているのである。長州勢のために、田ノ浦《うら》、門司村は占領されたという噂《うわさ》がつたわって来た。小倉《くら》軍は大里まで撤《てっ》退したというのである。城下の雑沓《ざっとう》はいよいよ増し、人馬のおたけびは城内に満ちた。伝騎が鞭《むち》をならして、しきりに往復する。雨が降り、日が照った。そのように、ひとびとの顔も、曇ったり晴れたりした。確実な情報がわからないときには、途方もない風評《ひょう》や、荒唐《とう》無稽《けい》の説が横行するものである。篠《しの》崎口の城濠《ほり》にすんでいた多くのすっぽんが、一夜のうちにことごとく死んで浮きあがったことや、月のいろが赤味をおびたことや、将軍星の色のうすれたことなどが、いろいろともっともらしい説明をつけて、なにかの兆かのように、ひとびとの口にのぼった。

「御家老島村志津摩《ま》先生が田ノ浦《うら》で討死されたそうな」

その風評《ひょう》は城下のひとびとの心をくらくした。友之丞《じょう》は棍《こん》棒でなぐられたように、眼のさきの暗くなるのを覚《おぼ》えた。

七月三日、ふたたび、はげしい砲声がおこった。ずっと近くであった。大里村で戦争が始まったらしい。戦況はまったくわからなかった。

「島村隊長は死んでは居られん。腹《はら》をこわして、下痢《り》がひどかっただけじゃげな」

「そうかん。それで安心した。島村御家老にもしものことでもあったら、小倉《くら》方はどげなるかわからん」

「いま、そこで聞いたがな、奇《き》兵隊の高杉晋作ちゅう大将が、急病でくたばったげな。奇《き》兵隊ちゅうのは、とても、あらけない奴《やつ》ばかりで、手に負えんちゅうで」

友之丞《じょう》が店先の雑沓《ざっとう》をながめて立っていると、そんな風に話しながら通る者があった。

「また、海を越して、彦島の赤台《だい》場が射ちだした」

「弟子《でし》待《まち》のボンベイ砲も射ちやがる」

「蒸気軍艦も射ちやがる」

すさまじく起こった銃砲声によって、赤坂《さか》、鳥越《ごえ》方面で激《げき》戦が展《てん》開されたことがわかった。七月二十七日である。城下から望むと、黒煙が足立山の背《はい》後にもくもくと湧《わ》いた。血にまみれた伝騎が、戦場の方から城下へ駈《か》けこんで来るのを見て、ひとびとの不安はいやがうえにも高まった。城下の雑沓《ざっとう》は、いまは混乱《こんらん》の状態《じょうたい》にかわって来た。部隊がつぎつぎに出ていった。刀や槍を杖についた負傷兵が、ぞくぞくと引きあげて来る。長州勢は手ひどい損害を受けて退却《きゃく》したともいい、もう城下はずれまで迫《せま》っているともいう。銃声が近くでする。日が暮れるとともに、雨が降りだした。

「高木屋」は早くから大戸を下して、一家は行灯のまわりに集っていた。外にはただならぬ気配がみなぎっていた。だれも、あまり、口をきかなかった。友之丞の眼は興奮《ふん》に充血《じゅう》している。はげしく降る雨のなかを、足音が行ったり来たりするのが聞えた。馬の蹄《ひづめ》の音が駈《か》けすぎた。異《い》様な声でわめいて通る者もあった。父は苦虫をかみつぶした顔をして、しきりに真鍮《ちゅう》の鉈豆《なたまめ》煙管《ぎせる》で煙草をふかした。いらだたしげに、煙草盆《ぼん》をつよくたたいた。母は両手を膝《ひざ》のうえに重ねて、お祈りをするように眼をとじていた。妹たちは、ちょっとの物音にも敏《びん》感に顔色を変える。

深夜のことである。表をどんどんとたたく者があった。皆は顔を見あわせた。友之丞は立っていった。土間に下りて、下駄《た》をつっかけ、潜り戸の栓《せん》に手をかけた。

「どなたですか?」

表では聞えなかったらしく、また、戸をたたいた。うめき声のようなものが聞えた。

「兄ちゃん、開けたらいけん」

妹のきみが、顔をまっ青にしていった。声がふるえている。(もう、敵が城内に攻めこんで来たのかも知れぬ)みなの顔色はそういっていた。戸をたたいているのは長州方の者かも知れない。友之丞は、眉《まゆ》の間に決意をあらわして、潜り戸の栓《せん》をはずした。戸にもたれかかっていたらしく、戸があくと同時に、木をたおすように転がりこんで来たものがあった。みな、思わず、あっと軽いさけびをあげた。血にまみれた一人の兵隊であった。胴丸が大きな音を立てた。したたかに胸を打った兵隊は、うっと苦しげな呻《うめ》き声をあげた。杖にしていたのであろう、持っていた鉄砲が、投げだされて、庭の隅《すみ》の用水甕にぶっつかり、大きな音をたてた。

「武作さんじゃないか」

おどろいた友之丞は、すぐにその兵隊をだきおこした。腕のなかで眼をひらいた武作は、

「ああ、友さん、……すまんが、あついお茶をいっぱい、くれんかん」と、思いのほか、元気な声でいった。

「おうめ、ええ茶を入れ」

「はい」

「友さん、ええ茶こた、いらん。番茶でええ」

「まあ、なかに入らんな。……だいぶ、ひどい怪《け》我しちょるようにある」

「愚図愚図《ぐずぐず》しちょられん。俺《おれ》や、また、これから延《えん》命寺に行かにゃならん。……あつい茶がのみとうなったけ、ちょっと寄《よ》ったんじゃ」

「そんなこというて、……そげな大怪《け》我で、また戦争に行くなんて……」

「怪《け》我したところが、下れというて、いや、というのに、無理ご無態《たい》に下げられた。どう考えても、じっとしちょられん。……俺《おれ》や、治療《りょう》場を抜《ぬ》けだして来たんじゃ」

「そんな、無茶、……」

うめが框《かまち》のところから、

「兄ちゃん、うまい、はい、ああ、うまい」と、武作は湯のみ茶碗《わん》にかぶりつくようにしてのんだ。

ふっと思いだしたように、

「あ、あんたにいおうと思うちょった。竹内の喜左衛門《え》さんが、戦死なさった、鳥越でなあ。……鳥越の戦争な、とてもはげしかった。俺《おれ》も鳥越でやられた。……あ、大きに。もう行かにゃいけん。さよなら」

そういって、銃をひろって立ちあがった武作は、足がなえたように、ぱたりとたおれた。

小倉《くら》方が敗《はい》戦であることが伝わると、城下はあたかも鼎《かなえ》のわく騒《さわ》ぎとなった。いかなる理由か知らないが、総《そう》指揮《き》である小笠《がさ》原壱岐《き》守が幕《ばく》府の軍艦によって小倉《くら》を去ったという噂《うわさ》がとぶころには、城下には、動揺《よう》と、絶《ぜつ》望と、なげきと、いかりとの渦《うず》がまいた。諸藩《はん》の部隊も小倉《くら》を去るものが相ついだ。

八月一日、突然《ぜん》、城内に火焔《えん》がたちのぼった。すさまじい黒煙はたちまち本丸をつつみ、城内の各所からも火の手があがった。みるみる焔《ほのお》に焼きこがされて、白堊《はくあ》の天守閣《かく》は、美しい火花をまきちらしながら、轟然《ごうぜん》たる音をたててくずれ落ちた。城下の混乱《こんらん》は極《きょく》に達した。はじめは、敵軍がふいに城下に攻めいって、城を焼いたものと信じた。すると、上を下への騒《さわ》ぎのなかを、使番が声を涸らして城内を叫んで通った。

「敵が来たんじゃないぞ。味方の御自焼じゃ。おのおの、家宝系図《けい》をとりまとめて立ち退《の》かれい」

しかし、その声は混乱《こんらん》のなかに徹《てつ》底しなかった。また、自焼であるとわかってもいったんおちいった混乱《こんらん》を、いかようにも防ぎようはなかった。「火が廻ったぞう」とあちこちで叫ぶ声がする。

ひとびとは涙をながし、住みなれた家をすてた。家財をとりまとめる余裕《よ》はなかった。着のみ着のままで城下にあふれ、小倉《くら》をあとにした。たきかけの飯もそのままにした。雨が降りだした。老人も子供も、女も、手をひき、背《せ》に赤ん坊《ぼう》を負い、杖をついて去っていった。親をよび、子をよぶ声が巷《ちまた》にあふれた。溝《みぞ》には箪笥《たんす》のひきだしがうちすてられ、破られた米俵が道ばたに投げだされてあった。

火の粉《こ》が「高木屋」の軒さきにふりこんで来た。三ノ丸に接《せつ》した蟹《かに》喰町は、しだいに焔《ほのお》の下じきになりつつあった。父も、母も、妹たちも、友之丞も、おのおのわずかな風呂《ろ》敷づつみだけを持った。長いあいだ住んで来た家である。父は、軒さきから、「高木屋」と白で抜《ぬ》いた紺《こん》の暖簾を下して、くるくると自分のからだに巻きつけた。表に出ると、それまではおどろきの方がつよくて、出なかった涙がはじめて出て来た。母は何度も門口の一番柱をなでては泣いた。みんな頬《ほほ》かむりをした。

篝《ほうき》のさきに油火をつけて、坂ノ下の家々に火をつけてまわる者があった。火の手はしだいに二ノ丸、三ノ丸にひろがり、城内一円にみなぎって来た。紅蓮の焔《ほのお》が火の粉を散らして来るなかを、高木一家はくぐっていった。

木町《きまち》口に出ると、先頭の友之丞は立ちどまった。

「それでは、ここでお別れいたします」

友之丞はそういって、ていねいに頭を下げた。

「どうしても、お前」と、母はまだあきらめかねて、「残るというのかい。そんなこといわずに、いっしょに引きあげたら、……お父はんも、それで安心されるし……」

「はい、なん度も申しあげたとおりです。かんにんして下さい」

「ほっとけ」

父はそう叫ぶと、すたすたと歩きだした。母と妹たちも仕方なしに、そのあとにつづいた。何度もふりかえった。妹は手をふった。やがて、雑沓《ざつ》のなかにわからなくなってしまった。

友之丞《じょう》は、きゅっと唇《くちびる》を嚙《か》んだ。

「右向きい、廻れ」

できるだけ大きな声で号令をかけると、くるりと廻った。

「突貫」

避《ひ》難民の波のなかを、逆に、友之丞《じょう》は燃《も》えさかる火焔《えん》にむかって走りだした。

（大義に生きたい）彼の行動は、ほとんど矛盾《むじゅん》に満ち、ときには狂気じみてはいたが、一途な願いは、そのことであった。彼は、奇《き》兵隊の人々にふたたび会えると思うことによって、自分の運命の方向を信じていたのである。

友之丞は、狂人のごとく雑《ざつ》沓をかきわけて、坂ノ下へたどりついた。黒煙はすでに三ノ丸を掩《おお》い、蟹《かに》喰町の一部は火焔《えん》につつまれていた。町並にはむっと火気があふれ、顔に火の粉《こ》がふりかかって来た。天水桶の水を頭からかぶってから、友之丞は自分の家にとびこんだ。蔵の鍵《かぎ》をあけた。金網戸をひらいた。鎧《よろい》窓からはすでに黒煙がふきこんで来た。蔵の隅《すみ》にある「大日本史《し》」の本箱の蓋《ふた》をとった。中の本を縄《なわ》でいくつかの包にした。それを表にかつぎだした。頭のなかに、竹内喜左衛《え》門の顔がこびりついてはなれない。二度往復した。本箱は一人の手に負えなかった。鉈《なた》をもって来て、蓋《ふた》をこわし、字の部分だけをとった。全部を紺《こん》の大風呂《ろ》敷につつんだ。火の手が軒をなめはじめていた。友之丞《じょう》はそれを引っかつぐと、外にとびだした。もう人かげもあまり見えず、だれもいない城内に、火ばかりが荒れていた。犬がけたたましく鳴きながら、飛びまわった。豊後《ぶんご》橋には火がついていたので、また、木町口に出た。

無我夢《む》中で、風呂《ろ》敷づつみを引きずるようにして、黒崎まで来た。汗によごれた。一軒の農家にはいった。

「居るかん？」

色の黒い十六七の娘が出て来た。眼で返事をして、案《あん》内をした。竹馬の友である与吉の家である。奥座敷に入ると、武作が煎餅《せん》布団にくるまって寝ていた。与吉夫婦が枕許《もと》に坐《すわ》っていた。

長州軍はその日には入城して来なかった。突然《ぜん》出火と退却《きやく》のため、なにか魂胆《たん》でもあるのではないかと用心をしたとみえる。小倉《くら》城下はまったく空家となった。がらんとした町のなかを鶏や犬や猫が横行した。人かげはさらになかった。町中の家には、番頭などが留守をあずかっていた者もあるが、天井裏にひそんで、町には出なかったのである。謀略《ぼうりやく》を慮った長州からは、空虚の町にさぐりの大砲が射ちこまれた。犬や鶏がおどろいて逃げまわった。

二日目に長州軍は入城して来た。町の軒下に潜伏《せんぷく》をしていた友之丞は、ぞくぞくと入って来る奇《き》兵隊士の顔を、必死の思いでさがしもとめた。ときどき（あ、あいつも来とる）と、知った顔に心がおどったが、彼ははやる心をおさえた。さがす顔にはなかなかぶつからなかった。あるいは戦死したか、と、不安がわいた。

四日目に、友之丞は、通りかかった一人の奇《き》兵隊士の前に、毬のようにとびだした。

「小野田さま、私です」

長身の隊士はおどろいて友之丞《じよう》を見た。

「なんじゃ、高木か」とすぐわかった。

友之丞《じよう》が入隊したときの検査《けんさ》官で、大小を二本鷲《わし》づかみにしてわたし、「兵隊がそんな腰前じゃつまらんぞ」と背《せ》中をどんとたたいた男であった。彼はまた、友之丞《じよう》が間者の嫌《けん》疑をうけて、あやうく首をはねられるところを救《すく》ってくれたのである。

「お前、どうしてこんなとこに居るか？」と、小野田はふしぎそうにたずねた。

「奇《き》兵隊の人にお会いしたかったからです。あなたのおいでを、お待ちして居りました」

「おかしなことな」

わけがわからないのである。

占領された小倉藩《くらはん》は長州藩《はん》の軍政下におかれた。長州軍の本陣は、はじめ、橋本の大阪屋にあったが、のちに真浄寺《じょう》にうつされ、また、広寿山《じゅ》に転じた。住民は早く回家して、業に復すべき旨の布告文がはりだされた。

「年貢が今度は三俵でええげな」

五俵であった年貢米が下げられたので、農民たちはふしぎそうに語りあった。

金辺峠《きべ》、狸山《たぬき》などに拠《よ》った小倉《くら》軍は島村志津摩《ま》を指揮《き》官として、果敢《かん》な遊撃戦をくりかえした。これには長州軍も大いに悩《なや》まされたのである。

友之丞《じょう》は、いまは、奇《き》兵隊に加わろうとは思わなかった。ただ、彼は奇《き》兵隊とともにあることによって、自分の思想《そう》をかためたかったのである。「奇妙《き》な奴《やつ》」と笑われはしたが、彼の誠実な心は、奇《き》兵隊のひとびとにも理解された。五日間ではあるが、前に隊士であったこともあり、鑑《かん》札をもらって出入りもゆるされた。入城後も、奇《き》兵隊は、屯所において調練を欠かさなかった。また、いくつかの部隊は郊外において、なお、小倉《くら》軍とたたかっていた。奇《き》兵隊の戦闘《とう》精神の旺盛さと、軍紀の厳《げん》正さとを見て、友之丞《じょう》は、自分の行動はあやまっていなかったという確信を得た。

彼は、小野田の引きあわせで、山懸狂介《すけ》や、前原一誠《せい》などという人たちを知った。

「この男、変な奴《やつ》でな、小倉《くら》の者のくせに、奇《き》兵隊が好きでたまらんちゅうことじゃ。質屋の倅《せがれ》じゃそうなが、勤《きん》皇の心があるんで、小倉《くら》の佐幕《ばく》が気に食わんのじゃろ」そんな風に紹介《しょうかい》された。

山懸狂介《すけ》は奇《き》兵隊の軍監であった。

「うちの隊の奴《やつ》ら、どうも困りもんでな。あんまり出たらいかんというのに、どんどん進む。先のやつに、援《えん》兵をやろうとすると、いらんことすんなという。少々の怪《け》我じゃ、下らん。……百姓《しょう》、町人や、そのほか、いろんな者が居るんじゃが、その元気には、武士の腰ぬけは足下にもよらん」

きわだった眉《まゆ》をうごかして、山懸は笑った。

「お前、奇《き》兵隊に入りたがっとったというが、入っとったら、困っとったろう」

「はい、困りました」と、友之丞《じょう》はすなおに答えた。

「長年の恩顧《こ》をうけた小倉《くら》の殿様にむけて、鉄砲うつことはできまいからな」

友之丞《じょう》は顔が赤くなった。

「でも」と、顔をあげて、「私は奇《き》兵隊にはいって、異《い》人と戦いたかったとです。異《い》人にお国をけがされてたまるかと思いました。小倉《くら》の殿様は、攘夷《じょうい》をされませんでしたので」

奇《き》兵隊の演習を、まいにち、友之丞《じょう》はほれぼれと見た。

城下にはすこしずつ住民が帰って来た。兵燹にかかったのは城内だけであった。そびえていた天守閣《かく》はいまはなく、蟹《かに》喰町はまったくの灰燼に帰した。あたらしい地域《いき》に建築がはじまり、復興のきざしが見えはじめた。巷《ちまた》にはあたらしい唄《うた》がうたわれた。

長州奇《き》兵隊おそれはすんな鬼や鬼神の子ではない
小倉《くら》焼けあとに菜種をまいて萩《はぎ》の蝶々《ちょうちょう》が来てとまる

丙寅会

　これはずっと後のことであるが、高木一家が福岡に移住してから、丙寅会《へいいんかい》というものが古い人たちによって作られた。「御変動《ごへんどう》」は慶応《けい》二年で、丙寅《ひのえとら》の年にあたっていたので、またの名を丙寅《へいいん》の変とも呼ばれている。長州側では四境戦争といっているうちの、小倉口《くら》の戦争に「御変動」が当る。丙寅会《へいいんかい》は当時長州戦争に参加した生きのこりの老人たちを中心にした思い出の会である。会員のなかには小倉《くら》側の者もあれば、長州側の者もある。御一新になって、すべての恩讐《しゅう》はあらいながされた。まったく新しい時代が来たからである。この丙寅会《へいいんかい》ができたのは大正の中ごろで、もはや、高木友之丞は死んでいた。いまは、数年前に物故していないが、室井武作老人が会の世話役で、会のできたときが、七十一歳であった。奇《き》兵隊のなかには、小倉《くら》に攻め入って来てから、土地に住みついた者もあって、そういう人が会員になっていた。いまはこの丙寅会《へいいんかい》もおのずから解散のやむなきにいたっている。なぜなら、当時十九歳であった友之丞が、なお生きていたとして、換算《かん》すれば、今年、九十六歳の筈《はず》である。そのように長命な者は数多くはないのであるからして、丙寅会《へいいんかい》の会員がしだいに物故して、まもなくだれひとり居なくなることは、自然《ぜん》の理であろう。もう友之丞の長男友彦《ひこ》が六十六になり、友彦《ひこ》の長男伸《しん》太郎が三十四になっているのである。

丙寅会《へいいんかい》の会合は、なにかの機会に、小倉《くら》や福岡でひらかれた。ある年（大正十一年）、福岡の高木友彦《ひこ》の家に丙寅会《へいいんかい》の老人たちが集まった。それは、その年の二月に、山縣有朋卿《きよう》が薨《こう》去したことが直接《せつ》の動機になった。「御変動」の時代に、奇《き》兵隊を指揮《き》して戦い、小倉《くら》に入城して来た慓悍の青年隊士山縣狂介《すけ》は、丙寅会《へいいんかい》の老人たちには、親しみの深い人であった。会員には、山縣卿《きよう》の部下として戦った木村宗《そう》右衛《え》門老人もいる。当時の青年山縣狂介《すけ》は、のちに、大村益次郎とともに、近代日本陸軍の創設《そう》者となった。

たまたま、その年の春、友彦《ひこ》の長男伸《しん》太郎が福岡商業学校に合格《かく》、入学した。会合の席にいた近所の漢《かん》法医《い》藤田謙朴《けんぼく》が、「もう、飲まん、飲まん」と辞《じ》退しながら、さかずきをかたむけていたが、赤鼻をさすりさすり、

「どうな、伸《しん》ちゃんも中等学生になんなさっとじゃけん、いっちょ、腕だめしばやってみんかい。御老人の話ば、書きとってんやい。ええ、記念ばい」といった。

伸《しん》太郎は「さあ」と赤くなって尻《しり》ごみしたが、父の友彦《ひこ》も笑って「伸《しん》太郎やってみい」といったので、伸《しん》太郎も意を決した。

こういうわけで、この日の丙寅会《へいいんかい》の会合の記録《ろく》が、伸《しん》太郎の苦心の速記によって残っている。

聞きちがいや、書きおとしがいくらかあるらしいが、十三になったばかりの少年にしては、よく書きとめている。この「丙寅会談話筆記録《へいいんかいだんわひっきろく》」を読むと、当時の戦争の状態《じょうたい》、人心のありどころ、などがうかがえるとともに、現代の比類《るい》ない日本陸軍の隆盛を見ている眼に、その草創《そう》の時期《き》の状態《じょうたい》が、微《び》笑をもって回想《そう》される。相当に長いものなので、全部といえば紙幅がないので、ここに若干を抜《ぬ》き書きしてみよう。……

日時　大正十一年六月四日

場所　福岡市外箱《はこ》崎　高木友彦《ひこ》宅

一、初めに丙寅《へいいん》戦争の戦死者の冥福をお祈りいたしたり

一、次に、丙寅《へいいん》会員ですでに逝《せい》去された方の冥福をお祈りいたしたり

一、次に山縣有朋卿《きょう》の薨《こう》去を悼《いた》むお祈りがありたり

一、企救《きく》郡是《これ》石平右衛《え》門氏より丙寅騒擾《へいいんそうじょう》の際《さい》、唱えたる「アホダラ経」と称《しょう》する俗歌の寄贈《ぞう》がありたり

一、パラパラと時々驟雨が降れり

一、御名前を一々書くのは面倒なる故、失礼乍《なが》ら、次の記号によることとす

（イ）室井武作氏　　七十七歳

（ロ）齋《さい》藤正章氏　　七十八歳

（ハ）原口辰《たつ》次郎氏　八十一歳
（ニ）是石平右衛《え》門氏　七十七歳
（ホ）内山登氏　七十九歳
（ヘ）木村宗右衛《そうえ》門氏　七十六歳
○内山氏と木村氏とは当時長州方なり
ハ「一番隊は島村志津摩《ま》、三番隊は渋《しぶ》田見新、この人は部屋住でした。六番隊が小笠《がさ》原織衛《おりえ》、この人は中老か家老でした。この三隊が揚々《ようよう》として出陣しましたが、聞きおよぶ昔の絵《え》のような美しさで、旗差《さし》物を立て、陣笠《がさ》を被り、具《ぐ》足を着けましたが、美しいなあと、しばし茫然《ぼうぜん》として居りました」
ホ「小倉《くら》方はみんなそんな鎧兜《よろいかぶと》だったのですか」
イ「小倉《くら》方でも、我々農兵は胴丸具《ぐ》足に、鉄砲を持って居りました。ゲベール銃という新式銃をもらって、こりゃ、雨降りでも射たるるちゅうて、よろこんだもんです」
ハ「はじめ渡った鉄砲が先ごめで弱りました。山上に陣どって居って、下むけて打つと筒先が下むいて、玉がころび出る。このときは火薬を入れて玉こめして、その玉の上に又火薬をすこし入れて、カルカで突きかためりゃ、二度目の薬は玉の丸味のすき間へ入って、玉をかかえるので玉が出られん、こりゃ、大極《ごく》秘伝の術《じゅつ》じゃなどと教えられました。しかし、鉄砲は重とうて、十発も打つと、もう肩がもげるようでした」

へ「高杉先生はエンピール銃ちゅうて、極上《ごく》の鉄砲を持っていました」

ハ「私が手習《ならい》に行きよったら、外国の船が下関を打ちよると聞いた。そこで、じきに、門司の白木崎の辺まで行ってみたら、打ちよったが、その時、私は思いましたことは、砲台は其の以前から小倉《くら》にも築いてありましたが、我々はこれまで大砲は前から打つものと計り思うていたのに、彼外人等は横からでも、どこからでも自由に打って居る。なるほど、さまざまあるものと思いました」

へ「馬関へ外国船が来た時に、こっちからどんどん打った。ところが、長府で試験《けん》した時に、一番遠くへ飛んだのが十町、ところが、外国船は馬関海峡《かんきょう》に入って来たが、二十町以上も沖に居る。こっちのは、はがいいが、どうしても届かん。みんな、とぽんとぽん海に落ちる。向うのはこっちの砲台にどんどん来る。歯《は》を鳴らしましたよ。しかし、わしら奇《き》兵隊の者は、上って来たら承知せん、と思うとった。西洋人は足の膝《ひざ》に皿《さら》がないので、足を曲げきらん。それで椅子ばかり腰かけとる。船にゃ強いか知らんが、陸に来たら戦争しきらんと思うとった。そしたら、バッテラで沢山あがって来て、膝《ひざ》打ちを始めたんで、ありゃ、やっぱ、皿《さら》があると思いました」

ロ「奇《き》兵隊にはいろいろな人が入っとったそうじゃな」

ホ「はい、私は船木の炭坑《こう》で石炭仲仕をしとった者ですが、どうしても入りたいので、友達四、五人と連署《れんしょ》して志願しました。そしたら、百姓《しょう》がたくさん入って威張っていました。その百姓《しょう》が、入隊すると刀を貰《もら》うでしょう。すると、それを腰に早速さして村に行く。白い緒《お》のついた低下駄《た》をはきましてな、からんからんいわせて行って、稲田《いな》を見わたして『ははあ、これが稲というものか、稲はいったいどうして作るもんかね』……」

ロ「小倉《くら》でも、やっぱり、そんなのがありましたよ」

イ「奇《き》兵隊は強かったですね。第一、服装が軽快でした。我々は具足をつけたんですが、この具足を着たくらい、不自由なものはございません。重いうえに、あれを着て居りますと、昼は日ががんがん照りつけて、もう暑くてたまらない。それに恰度、夏の戦争でしたから、誠に煮えつくようでした。それが晩になりますと、今度は鉄《かね》が冷えて来まして、その冷たいことは、身内がしびれるようでした」

ロ「あのですな、延《えん》命寺の戦争で私が坂道を下りて居りますと、敵がにゅっとにわかに横から飛びだしました。此奴《やつ》と槍で突きとめましたが、その死体を見ると、洋服で、羅紗《らしゃ》でした。これには驚きました。当時、羅紗《らしゃ》は貴《き》重な品で、坂ノ下の商人などが、わざわざ長崎に買いだしに行ったりしていたくらいで、一寸いくらという高い品、巾《きん》着とか、煙草入れとか、お守札袋、などに珍《ちん》重して使っていましたのに、敵はこれを衣服にしている。夢《ゆめ》にも思わぬことでしたから……」

へ「服装もちがっていたが、戦法もちがっていたんですね。いまの兵隊のやるような、集団戦法、散《さん》開戦法などを、もうやっていたんです。石州口の戦のとき、こんなことがありました。

幕府方《ばく》が鎧兜《よろいかぶと》で、旗鼓《こ》堂々と攻めて来た。長州の方には敵が居らん。よく見ると、筒っぽの百姓《しょう》のような者がうろうろしとる。それも、幕府《ばく》がたが攻めて行くと、逃げて姿が見えんようになった。勢におそれたと思うて、ええ気になってどんどん攻めていったところが、たちまち、何処からか一斉射撃《せいしゃ》をくろうて、さんざんにやられた。散開して伏《ふ》せていたんです」

イ「いまにも戦争になるというので、毎日毎日あついのに調練しましたが、なにか、洋式調練はややこしゅうて、閉口しました」

ヘ「長州でも、なんでもかんでも早く訓《くん》練しようというわけで、相当無理したようです。フランスか、オランダかの教練の本を大いそぎで飜《ほん》訳しましてな、明倫《りん》館でもやるし、あちこちで調練した。我々は長府の功山寺の境内で、よくやりました。かんかん鐘《かね》をたたいて。ところがその号令がなかなかむつかしい。外国語をそのままのもあれば、直訳のようなのもある。兵隊はいわれるとおりに、とっとこ、とっとこ動けばええんじゃが、教官の方がまだよう号令をおぼえとらん。それで、扇に書いといて、それを見ながら号令をかける。一つの号令をかけると、次がなかなか出らん。そのうちに、練兵場が狭《せま》いので、部隊は壁につきあたってしもうて、わっさわっさと後からつめかける。やっと、あともどらせると、今度は、つぎの号令のかからんうちに、どんどん練兵場から出て、町の方へ行ってしまう。ときには、二つの部隊が別々の方向へ行ってしまう。『あともどれ』などという操典《そうてん》にない号令をよくかけました」

ホ「操典《そうてん》にない号令で思いだしましたが、大村益次郎先生が石州口で幕軍と戦ったときのことです。松平将監《けん》の浜田勢が、高津川をわたって逃げたが、橋梁を落してしもうた。諸隊の者が川にゆきあたって愚図《ぐ》ついていると、大村さんが、いきなり、『大隊、溺《おぼ》れえ』という号令をかけた。みんなが憤慨《ふんがい》して、どんどん川にとびこんで進撃した。今でいう敵前渡河をやった。そしてその夕方引きかえして来るときに、また川を渡らんならんかと思うて来ると、ちゃんと川に船橋がかけてあった。大村さんは工兵の仕事も得意であったんですな」

ハ「大村先生は偉かったんですね。大村先生の国民皆兵論が、結局《きょく》、徴《ちょう》兵令になって、現在の日本陸軍の基を作ったんですね。奇《き》兵隊はその卵みたいなもんだったのでしょう。よい実験《けん》だったんですね。惜しいことに、中途で暗殺《さつ》されましたが……」

へ「山縣さんがそのあとをついだんですが、私は山縣さんの部下でしたが、思ったことをずばずばと思いきってやる人で、ときに、我々のようなつまらんものは、ひやひやすることがありました」

イ「しかし、奇《き》兵隊が強かったのは、やっぱり、貫く精神が高かったからじゃありませんか。高木の先代が、自分は小倉《くら》の者のくせに、奇《き》兵隊に入ったりしとったが、そのときはわしにゃようわからなんだが、陛下のおんために、という気持が、なにものも恐れさせなかったんだと思います。陸軍魂《だましい》というようなものも、やっぱり、奇《き》兵隊などにもあったんですね。そこへゆくと、私なんか、恥かしい感じがします」

ハ「室井さんはどこで負傷なさったんです」

イ「鳥越《ごえ》です。はじめ赤坂《さか》にいましたが、竹内喜左衛門《え》さんが戦死したあとで、鳥越に下りました。……私は負傷しましたので、坂道の下に下って、玉の来んところで、帯を引きさいて繃《ほう》帯をしよったところが、そこへ、友川の先代が見えまして……今の軍医《い》というわけですな、『どうしたか』といいますので、『いま鉄砲で打たれた』と申しました。するとですな、『俺《おれ》が手当してやる』といいまして、腰の胴乱《らん》からなにか出しかけました。その時分は、医《い》者は胴乱《らん》にいろいろなものを入れて、腰に下げて居りました。私は何を出すかと思って居りますと、その胴乱《らん》から薬を出し、今度は、よう子供のあそびごとに使って居ります水鉄砲があるでしょう、あれを出しましたので、何するかと不思議に思って居りますと、友川の先代は、その水鉄砲をそばの川につけて、水をすい、じゅうじゅうと私の傷口を洗いだしました。私は左肩と、左足の股《また》を打たれていたのですが、じゅっ、じゅっと水をかけられるたびに、飛びあがるように痛いので、『もうええ』というたところが、『こんくらいの怪我《け》がなんか、兵隊のくせに』といいまして、洗ったあとに、なにか知らんが赤い薬を塗《ぬ》ってくれました。そのあとに繃《ほう》帯するものがないので、鉢巻《はちまき》をとって、長さが五尺くらいありましたから、破ってそれで巻いて、『早う、城に帰って治療《りょう》場に行け、そうせんと命が危いぞ』というてどんどん行ってしまいました」

この時、藤田謙朴《けんぼく》先生が口をはさめり「ははあ、そりゃ、とっけむなか藪医《やぶい》者たい。そげんことで、よう傷がなおったなあ。おうまんなこったい。危なかことじゃった」

ロ「あのですな、わしもいま武作さんのいうたその鳥越のうしろの台場に居りましたがな、大砲の番をしとった。照尺を高うあげて居ったら、敵が浜から来たという。あわてて、下に向けたら、ネジが抜《ぬ》けて、動かんようになってしもうた」

へ「田ノ浦《うら》に上陸した長州勢のなかには、乃木大将が居られたのです。そのときまだ十八か十九かでしたが、小さいときからやっぱり偉かった人で、一門の砲隊長をしていました。初陣で負傷をして下りましたが……それで、のちには小倉《くら》の連隊長になって来られたんですから、不思議な縁《えん》ですね」

ホ「長州はいよいよ大戦争をやらなくてはならんというので、台場をたくさん築きましたが、そんなにたくさんの大砲を築く銅や鉄がありません。そこで、藩《はん》民がこぞってありたけの銅や鉄を献《けん》納したんです。お寺の鐘《かね》はみんな下しました。家庭からは、火鉢、金槌《つち》、鏡、簪の類《るい》などみんな供出しました。あのときの、長州の銃後の人たちの意気ごみはすばらしいものがありましたね。菊ケ浜の台場は、女ばかりで築いたんで、女台場など呼ばれていますが、じっさい、涙ぐましいものがありました」

ハ「小倉でも、寺の鐘《かね》は下しました」

ホ「四国連合艦隊と戦争して、残念ながら、負けたんですが、その媾和の条件に、台場の大砲を全部引きわたすことというのがあった。あの時は、高杉晋作が宍戸備《び》前之助と偽《ぎ》名して談判《ばん》に行ったりしたんですが、……すると、この大砲を渡さないという者が多い。外の条件ならなんでも聞く、大砲をわたすだけは止めてくれ、これには鏡や火鉢や簪が鋳こんである、銃後の人のまごころが含《ふく》まれているものを、むざむざ異人《い》に渡しとうはない……」

ハ「そんなことにくらべると、小倉《くら》がたは恥かしいですな。手ちがいで城を焼いてしもうて、家中の者はみんな逃げた。商人は困った。家中の勘《かん》定は一年一度でして、そのときの大福帳《ちょう》を持った商人たちが、家中に貸が三千両ある、これがありゃ貧乏《ぼう》はせんのに、などという者がよくありました。……しかし、明治戊辰《ぼしん》の役には、小倉藩《くらはん》も官軍として従軍して、大いに戦功を立てていますから、名誉《よ》の回復はしているのです」

イ「島村志津摩《ま》というのはえらい大将でした。渋《しぶ》色の直垂をつけて、いつも日の丸の軍扇を持っていました。どんな玉のなかでも、悠《ゆう》々と昼寝などして……ある朝、寝とられるところのそばに、大砲の玉が落ちた。むっくり起きて来て、『今な、あら何《なん》なあ』というのです。『大砲です』とこたえると、『そうかん、そんなら、うちも一発やらんな』といいました。小倉藩《くらはん》であったので、うずもれましたが、もし長州藩《はん》にでもいたら、高杉晋作や、山縣さんなどと肩をならべる人だと、私はいつも思っています。島村志津摩《ま》のゲリラ戦など、相当に奇《き》兵隊を手こずらしているようです」

ホ「小倉《くら》にもやっぱり相当な者が居りましたな。長州が小倉《くら》を占領して、橋本の大阪屋に本陣をおいていた時に、あそこで、軍政の方針に叛《そむ》く者を懲罰《ちょうばつ》しました。足立山の山の木をむだんでどんどん伐る者があるので、その度に橋本の川口のところの屯《とん》所で、八十ほどの笞の刑《けい》に処した。あるとき、角力とりのような男があって、八十ばかり笞でなぐった。そしたら終ってから、うんとこどっこい、というて、四股を踏《ふ》んだ。役人を馬鹿にしとるというわけで、また、四十ほどなぐった。のこのこ門の外に出て来て、『しもうたことした、門のうちでやったのが悪かった、門のそとでやりゃよかったんじゃ』とぶつぶついうて帰りました」

ニ「ともかく、なにもかも、昔の思い出になりましたな。みんな、おいぼれましたぞよ」

（天皇陛下万歳を終りに三唱せり）

赤瓢箪

ある日、暖簾《のれん》をくぐって、走りこむように、同業の源内という男が、

「友さん、居るかん？　……今度来た鎮《ちん》台の隊長さんな、とても元気者のやかまし屋そうじゃげな」

と、なにか大事件でも報告するような工合に、門口の閾をまたいだときから声を発しながら、はいって来た。表には粉雪がちらついている。ちょん髷《まげ》のうえの雪をはらいながら、源内は框《かまち》に腰かけて、骨ばかりに痩せた両手をにゅうと火鉢の方へつきだした。

格子の帳《ちょう》場に友之丞は坐《すわ》って、大福帳《ちょう》をしらべていた。母と、妻のセツとが火鉢にむかいあって茶をのんでいた。

「まあ、源さん、お番茶でもおあがり」

源内のそそっかしいのには馴《な》れている母は笑って、茶を汲んだ。源内はもう五十を越えるのに、気のわかいせいか、だれからも四十よりうえには見られなかった。六角形の顔に、とびだ

した大きい眼のついているのがいかにも頓狂《とん》にみえる。

「じゃが、たいそう酒ずきで、気がやさしゅうて、面白い人そうな」と、まだ彼は鎮台《ちん》の新隊長のことが気になるらしい。

「ときに、友さん、あんた、いくつになんなさった?」

「二十八になりました」と母がかわってこたえた。

「ふうん、そんなら、あんたの方が隊長さんよりひとつ兄貴《き》たい。隊長さんな、二十七ちゅうが……、鼻髭《ひげ》やら顎鬚《あごひげ》やらいっぱい生やしちょるけ、俺《わし》や、はじめはもう四十恰好と見当つけたが、二十七ときいてたまがった。それで少佐じゃけ」

「息子《むすこ》さんは元気ですか?」

「はい、元気で勤《つと》めちょります。あいつ、こまい時からあんまり身体が丈夫でなかったけ、心配しちょったけんど、かつがつ、やっとるようで」

自分の息子が入隊をしているので、源内は新しい隊長の人柄《がら》が大いに気になるわけなのであろう。思いだしたように、

「御寮《ごりよん》さんの弟御《おとどこ》も入営でしたな?」

「はい」と火箸《ばし》で炭火を灰のなかからおこしながら、妻のセツはこたえた。

「隊長さんは何といいなさる?」と友之丞はきいた。

「乃木というお人じゃ。まだ、独身のごとあったが」

友之丞はその名をどこかできいたように思ったが、思いだせなかった。

「御馳《ち》走さん。また、来《こ》う」

源内はそのことを報告してしまえば気がすんだように、ぐっと茶をのみほすと、また雪の表へかけだしていった。自分の聞きかじったことを、あちこちに報道にまわっているのかも知れない。

源内がかきわけていった暖簾《のれん》が風にはためいて揺れる。紺《こん》地に大きく白で「高木屋」と抜《ぬ》いてある。「御変動」の戦火にまきこまれて、家をすてなければならなくなったときに、父がからだに巻きつけていった暖簾《のれん》である。あのときから、十年ちかくになる。その十年の間のはげしい時勢のかわりようはどうであろう。友之丞はざんぎりになった頭に手をのせてみた。それから、新しく建てた家のなかと、新しく迎えた自分の妻とを、いまさらのようにながめてみた。微笑《びしょう》がこみあげて来た。

「お父はんは?」と昔をふりかえるしんとした心になって、友之丞は母の方をむいた。

「町内の組長さんとつれだって、郡役所に行かしよったようじゃった。なんでも、鎮《ちん》台でつかう角灯の油のことで、曾《そ》根まで行かにゃならんので、おそうなるかも知れんて、いいよられたよ。また、あたらしい入営があるとじゃろ。検査《けんさ》を受ける人が、方々からたくさん町に来とるそうじゃ」

「また、髪を切らんというて、泣くのがありましょうな」

「そりゃ、あろうともね。お前のように思いきりのええもんも少なかろうけ」

母も妻も笑った。友之丞もまた頭をなでて笑った。

丙《へい》寅の変で灰燼となった小倉《くら》城は、明治八年、歩兵第十四連隊の設置とともに、新時代の兵営となった。明治六年、全国に六鎮《ちん》台（東京、仙台、名古屋、大阪、広島、熊本《くま》）が置かれ、小倉《くら》は熊本《くま》鎮《ちん》台に所属《ぞく》したのである。

長州戦争にひきつづき、慶《けい》応三年十月、大政奉還《かん》、明治元年、鳥羽伏《ふし》見の戦に端を発する戊辰役、二年三月、東京奠都、六月、諸藩版籍《はんはんせき》奉還《かん》、三年十一月、徴《ちょう》兵規《き》則頒《はん》布、四年三月、薩長土よりの御親兵徴募《ぼ》、七月、廃藩《はいはん》置県、六年、鎮《ちん》台設置と徴《ちょう》兵令布告、七年、江藤新平佐賀の乱《らん》、四月、台湾《わん》征討、などと目まぐるしい時勢のうごきであった。「御変動」の折《お》り、士族は多く豊津に逃げて、その地に居を定め、ふたたび帰らぬ者が多かった。町人は縁《えん》辺をたよって、遠くは熊本《くま》、福岡あたりまでも去ったが、多くは近郷に難を避《さ》けていたので、戦火がおさまると同時に、小倉《くら》にかえって来た。高木一家は中津の知りべをたよっていたが、故郷を忘れかねて、まだ不安がなくもなかったけれども、小倉《くら》に舞いもどった。とくに、母は生れ育った土地小倉《くら》を忘れることができず、一日でも小倉《くら》をはなれていることに耐《た》えなかったのである。すでに蟹《かに》喰町は灰燼となっていたので、あらたに、中島にささやかな家を建てた。いくらかまだ産があったので、家業は以前と同じ質商をいとなむことにした。それはまた父が万斛《ばんこく》の思いをこめて、身体にまきつけていった紺《こん》の暖簾に、未練があったのかも知れない。そのときに、中津からつれて来た娘がセツである。はじめは手助けのつもりであったが、年ごろも恰好であり、気立てもよく、友之丞との結婚《こん》は思いのほかすらすらと運んだ。友之丞も奇嬌《ききょう》のふるまいをつつしみ、父母に安心をさせねばならぬという心になっていた。

小倉《くら》に連隊が置かれると、地方からたくさんの壮丁が集まって来た。妻セツの弟敬次郎も、母親にともなわれて高木屋にあらわれたのである。

「ごめん下され」

そういって、暖簾を排《はい》して入って来た敬次郎は異《い》様な風体であった。姉に似て色白であるが、碁盤縞《ごばんじま》の袷《あわせ》の襟《えり》には、大きな布の名札が縫いつけられ、手ぬぐいの鉢巻にも麗々《れいれい》しく名が書いてあった。腰に弁《べん》当をぶらさげ、草鞋ばきに、ちょん髷《まげ》である。

「兵隊になるにゃ、どしても髪《かみ》を切らにゃいけんじゃろか？」

母親は息子の髪《かみ》をなでるようにして、もうおろおろ声である。

「俺《おれ》や、どげなことがあっても切らん」と、敬次郎も決心のほどをあらわす。

鉢巻や襟《えり》に名を書いたざんぎり頭やちょん髷《まげ》の壮丁たちが、町にあふれた。検査《けんさ》が行われ、合格《かく》がきまると、みんな斬髪《ざんぱつ》を命ぜられた。命令となればいまは仕方がない。髪床《かみ》にあらわれた壮丁たちは涙をのんで、ちょん髷《まげ》を落した。敬次郎も母と姉とにともなわれて髪床《かみ》に行った。

「惜しいもんじゃ、惜しいもんじゃ」と母親は念仏のようにくりかえした。床屋はこういう風景はちかごろ見なれているのであろう、無表情に、鋏《はさみ》をうごかした。敬次郎はちょきんちょき

ん と無造作に切り落される髪《かみ》を見て、ぼろぼろ涙が出て来た。母もセツも傍《そば》についていて、いっしょに泣いた。母は息子の髪《かみ》を大切に白紙につつんだ。

まだすっかり兵営ができ上らないうちは、合格《かく》した入営兵たちは、米町筋《すじ》などの寺に分宿して、境内《けい》や町の通りで教練をした。兵営ができてから、昔の城内に移った。

源内は新聞のように、たいてい、毎朝、いちどは「居るかん?」と顔を出す。

「兵隊は元気がええぞう。この寒いに、まっぱだかで体操《そう》をしよるが。褌ひとつになって、両拳《こぶし》でぱちん、ぱちん、力のかぎり、股《もも》たぶをたたきよる。青じみになるくらい叩《たた》かんと、上官がやかましいそうじゃ。そりゃええが、便所に行っても踞《かが》まれんごたるち、倅《せがれ》が話しよった」

また、「出雲《いずも》の方は大事《おおごと》がおこりかかったちゅうが。なんでも、徴《ちょう》兵令のなかにある血税ちゅう字が、ことの起こりじゃげな。俺《おれ》や、ようは知らんが、徴《ちょう》兵令のなかに、生血をもって国に御奉公するんじゃ、とかなんとかいう言葉があるげなたい。そしたら、徴《ちょう》兵で若い者をとっといて、生血をしぼるんじゃろうとかなんとかいいだして、一時は竹槍や鉄砲《ぼう》まで持ちだす騒《さわ》ぎじゃったげな」

「どこでな?」

「備後《びんご》か出雲《いずも》の方じゃろ。伯耆《ほうき》かも知れん。馬鹿たれどもじゃな」

また、「うちの源吉は惣《そう》領息子じゃけ、兵隊に出さんでもええち、いうて来た。そんな規則《き》のあること知らんじゃったが、俺《おれ》や、かまわんけ、とって貰《もろ》うた。惣《そう》領や、独り息子や、養《よう》子で、行かんもんがだいぶんあったげな。それに、二百七十円、銭《ぜに》を出すといかんですむち、いよったが」

また「どうも、大けな戦争が始まろうごとある。この前、秋月で、なんか暴動《ぼう》があったろう。あんときにも、鎮《ちん》台が出たが、今度、萩《はぎ》でまたなんかあったらしい。薩摩《さつま》の西郷さんが腹かいて帰っちょるけ、暴れだしたら困るて、鎮《ちん》台の若い将校さんたちが、田町の飲み屋に来て話しよった」

友之丞は、ある日の夕方、一升《しょう》徳利を下げて、室町の連隊長の官舎をおとずれた。思いたつとすぐに決行する癖《くせ》は抜《ぬ》けていないのである。

「ごめんなさい」

玄《げん》関の格子戸をあけてどなった。

「おうい」と応ずる声がして、髯《ひげ》に顔をうずめた軍服姿の男が、いかにも無造作に襖《ふすま》をあけてあらわれた。

「乃木さんですか?」

「乃木です」

「私は高木友之丞という町の者です。お願いがあって参りました」

「そうですか。おあがんなさい。……あがる前に、それで一杯《ぱい》やって下さい」

乃木少佐の指《ゆび》さすところに、一個の瓢簞《ひようたん》と、五郎八茶碗《わん》とがおいてあった。いくらか酒をのみならってはいたが、五郎八茶碗《わん》までの力量《りよう》はなかったので、友之丞はただ申しわけのように、瓢簞《ひようたん》からついで、のんだ。よく艶《つや》のでた形のよい瓢《ひさご》である。兵営から帰って来たばかりと見え、乃木少佐は軍刀を腰からはずしたところであった。部屋はがらんとして、調度の類《るい》もほとんど見あたらない。床の間に「天照大神宮」の掛軸《じく》、鴨居《かもい》の壁間に「士規《き》七則」の横額があるきりである。畳のうえに本が四五冊《さつ》投げだされている。乃木少佐は燭《しよく》台に蠟《ろう》燭《そく》を点じ、虎《とら》の皮の敷きものを、

「さあ、どうぞ」といって、友之丞の方に押した。

「いえ、結構《こう》で」

初対面であるのに、そんなうちとけた様子を見せる主に、友之丞はかえっていささか面くらった。いかついのは髭《ひげ》だけで、眼のいろはいいようもなく柔和な光をもっていた。

「お土産《みやげ》ですか。これはどうも」と乃木少佐は、屈託《たく》もなく、友之丞のさげて来た一升《しよう》徳利をとった。

「さっそく、小酌《しやく》といきますか」

すすめられて友之丞は赤くなった。

「で、願いというのは？」

「はい、実は学問を習《なら》いたいのです」

「学問を?」と、乃木少佐もやや意外の面持である。彼は手土産を下げて来る町の人のたのみごとには馴《な》れていた。来訪《ほう》者の大部分は自分の近親者を入隊させているので、よろしくたのむというのである。

「学問というと?」と問いかえした。

「はい、実は私は『大日本史《し》』という書物を持っているのでありますが、むつかしうて、とても私にはわからんのであります。ぜひ、読みたいと思いますけ、教えて下さい」

「『大日本史《し》』? 水戸光圀公の書物ですか」

「そうです」

「ほう、『大日本史《し》』といえば稀覯《きこう》本じゃが、失礼じゃが、どうして、あんたがそんな本を持っていなさる?」

友之丞は丙《へい》寅変動の折《おり》のことを簡単《かんたん》に話した。話しながら竹内喜左衛《え》門の志というものが、しめつけるように胸のうえにのしかかって来るのを覚《おぼ》えた。

「承知しました」

三代の志《こころざし》と、またそれを受けつがんとする一町人の誠実の心に、乃木少佐はうなずいていった。忙《いそが》しい身体《からだ》なので、その時間の打ちあわせをした。

「私は奇《き》兵隊に居ったこともあります。山縣さん、前原さん、小野田さんなどを、よく存じちょります。それで、あなたにおたのみしようときめたのでした」

「そういえば、あんたのことを山懸さんから聞いたことがあるような気もする。……前原一誠《せい》さんは、後をあやまりました」

乃木少佐の顔に、ちらと、悲壮のおもちがうかんだが、それをまぎらすように、急に立ちあがって玄関《げん》の方へ立っていった。萩《はぎ》の乱《らん》に加わって一命をすてた実弟のことが、胸を去来したのであろう。

「これ、あんたの気に入ったようじゃから、進呈《てい》しようかな」

玄関《げん》わきにあった赤瓢簞《ひょうたん》をさすりながら、にこにこと乃木少佐はいった。

赤瓢簞《ひょうたん》は源内をひどく羨《うらや》ましがらせた。そして彼は自分の息子のことを鎮《ちん》台の隊長さんにぜひたのんでくれといった。そのつぎに、乃木邸《てい》に行ってみると、玄関《げん》わきに、また、いっそう巨《きょ》大な瓢簞《ひょうたん》がそなえつけられていた。

兵部省が陸軍省と海軍省とにわかれたのは明治五年の正月であること、はじめて軍旗をたまわったのは七年一月二十三日で、日比谷操《そう》練所において、近衛《え》第一、第二、両連隊に親授式が行われたこと、もっともその前に、三年四月十七日、駒《こま》場野で行われた観兵式のときにも、十旒の連隊旗と十六旒の大隊旗とがあったが、それは連隊旗を俗《ぞく》に御国《みくに》旗といい、大隊旗を御隊章《しょう》といっていて、単《たん》に各隊の目印のようなものに過ぎなかったこと、もと各藩《はん》の調練は、蘭《らん》、仏、独、英というふうにまちまちであったが、三年十二月、陸軍は仏式、海軍は英式と定められたこと、近衛《え》兵の前身は四年二月にできた御親兵《ごしんぺい》であったこと、そういう話を、友之丞は

「大日本史《し》」の講《こう》義をきく間に、乃木少佐から聞かされた。「この御親兵ができるときのことだがね」と、もう言葉づかいも近しくなっていて、「もともと、おそれ多いことだが、朝廷《てい》には手もとに兵力というものがなかった。いろいろな大きな改革をしなくてはならんのに、それでは困る、各藩《はん》は表面はおとなしくしているが、まだ、油断《だん》はされん。不平士族がうようよしとる。今でもだが。ことに、廃藩置県《はいはん》という大問題《だい》をひかえていたので、急を要する。山縣さんが考えた。これは西郷さんに相談せにゃ、とてもできん。そこで西郷さんに会って、そのことを計ったところが、西郷さんも賛《さん》成で、ぐずぐずいわずに、長州と薩摩《さつま》と土佐の三藩《ばん》から、兵隊を出したらよかろうという。山縣さんはよろこんだが、三藩《ばん》から出すのはよいが、そうなると、もう藩《はん》の兵隊でなく、天皇陛下の兵隊であるから、もし、なにごとか起ったときには、旧《きゅう》藩《はん》主に弓をひく決心がないといかんといった。そんなことはあたりまえじゃと、西郷さんも、大義名分はよくわかっている。そうして、御親兵ができたが、三藩《ばん》から出した兵力は、歩兵九大隊、砲兵六隊、騎兵二小隊で、まあ一万人くらいのもんじゃった。しかし、これで、廃藩置《はいはん》県がうまい工合にいったんじゃから、馬鹿にゃならん」

「御変動のときには、小倉《くら》には、イギリスの兵隊が来て、調練などしよったこともありましたから、小倉藩《くらはん》は英国式だったんですね」

「そうじゃろう。仏蘭《らん》西式になってからでも、号令なんかも直訳みたいでな、バタイヨン、ハルト、とか、アンパラード、なんちゅうのがあったよ。大隊止レ、正面向ケ、というのだね。

はじめ作った操典《そうてん》にも、止レをハルトなんて、ちゃんと印刷《さつ》してあったんだ」

ある夜、ひょっくりと妻の弟の敬次郎がやって来た。もう、みんな寝しずまってからで、表をしばらくどんどんとたたいていたようであった。友之丞が起きて、潜り戸をあけると、武装した敬次郎が角灯を下げて立っていた。右手に小銃を持っている。

「どうしたかん?」

「お別れに来ました」

「出征かん」

「はい」

「どっちへ?」

「ようはわかりませんが、熊本《くま》の方のようです。薩摩《さつま》の西郷さんが謀叛したとかで、熊本《くま》の城がとられそうになっちょるそうです」

敬次郎の眉《まゆ》のあいだに悲壮な決心のようなものがみなぎっていた。

「姉さんは?」

「寝とるが、……おこしてやろか」

「はあ、……いえ、時間がありまっせんから、敬次郎がお別れに来たち、義兄《にい》さんからいうて下さい」

そういうと、敬次郎は思いきったように駈《か》けだしていった。角灯の光りと、草鞋の音とが夜のなかを遠ざかっていった。

いつか知らぬ間に、自分の息子《むす》が戦争に行ってしまったといって、源内は、「生きてかえるか、死んでかえるかわからんとに、親子の別れもさせんなんち、戦争ちゃ、そげ情のないもんじゃろか」といいいいした。それから、じっとしては居れないらしく、旅装をととのえて、戦争のはじまっている地方へ出かけていった。「薩摩《さつま》の兵隊はとても強うて、百姓《しょう》町人の徴《ちょう》兵がなにをしきるかちゅうて、威張りかえっとるげな。剣術《じゅつ》はでけるし、鹿児島の火薬庫《こ》や砲兵廠《しょう》にはいりこんで、お上の鉄砲や弾丸をふんだくったりして、手がつけられんそうな」源内自身も、百姓《しょう》や町人から徴《ちょう》集された鎮《ちん》台兵が、薩《さつ》軍とたたかって勝てる道理がないと思っているのであろう。彼はもう息子源吉の戦死をきまったことのように思っていて、その骨を拾うつもりなのである。

不確実な噂《うわさ》がつたわって来る。賊軍の勢ははなはだ猖獗《しょうけつ》をきわめ、二月の終りには熊《くま》本城は包囲された。これを救援《きゅうえん》するために出発した小倉《くら》連隊は、田原附近で敵と衝《しょう》突して激《げき》戦をしたが、利なく南関に退いた。多くの戦死者や、怪《け》我人ができた。小倉《くら》軍は孤《こ》立してしまった。官軍はぞくぞくと九州に到《とう》着し、陸と海から戦場にむかった。山鹿、植木、吉次越、田原坂などで、はげしい戦いが行われた。

「植木の戦争で、乃木さんは連隊旗をとられなさって、申しわけないちゅうて、切腹なさったという話をしたときには、さすがに友之丞は顔いろを変えた。唇《くちびる》をかんで心の動揺《よう》をおさえようとしたが、とめどなく涙があふれて来た。もらった瓢簞《ひょうたん》が形見になったかと、それを膝《ひざ》のうえにおいて、いつまでもじっとしていた。乃木連隊長は死んではいなかったが、負傷をしたり、病院を抜《ぬ》けだしたりして戦っていることがわかった。妻のセツは弟の安否が気にかかっているのであろうが、一口も弟のことをいわなかった。そんな女である。

薩摩《さつま》軍は熊《くま》本城を抜《ぬ》くことができず、四月の中ごろから、鹿児島の方へむかって後退しはじめた。谷《たに》司令官以下は二箇月のあいだ、籠《ろう》城をしていたのである。夏が過ぎ、九月の終りに、城山にたてこもった西郷軍は壊滅《かいめつ》した。

小倉《くら》部隊が凱旋《がいせん》して来ると、町では連《れん》日の賑《にぎわ》いがつづいた。紫川《むらさき》で花火があげられた。多くの戦没者があったが、源吉も敬次郎も元気でかえって来た。どちらもくろぐろと日に焼け、眼がすわり、出発のときとは人がかわったかと思われるほどであった。

戦争のさなかに、乃木隊長は熊《くま》本鎮《ちん》台の参謀《ぼう》になって、小倉《くら》を去った。

「今度の戦争で徴《ちょう》兵のつよいことがわかった。馬鹿にしとった薩摩《さつま》健《けん》児にも、それがよくわかったろ」

来るたびに、敬次郎が戦争の話をする。敬次郎は上等兵である。ときどき、戦友をつれて来ることもあった。乃木隊長が軍旗をうしなって切腹しようとしたのを止めた櫟《いち》木《き》という軍曹《そう》もよく知っているといった。

翌十一年の正月、セツは男の子を生んだ。一家は大よろこびである。友彦《ひこ》という名をつけた。乃木中佐が小倉《くら》に来たときいて、友之丞はさっそく友彦《ひこ》を抱いて会いにいった。どうしたのか、乃木中佐の手のなかで、友彦《ひこ》ははげしく泣いた。そうして、乃木中佐の軍服に小便をたれかけた。

筒井筒

明治二十七年、日清《しん》戦役のときに、高木友彦《ひこ》は十七歳であった。父に似て、背《せ》がたかく、大きな二重瞼《まぶた》と、高い鼻と、やや尖りぎみの頭と、それから、ほかのことはどうでもよいが、ぜひこれだけは忘《わす》れるわけにはいかないというように、短気な気性とを受けついだのである。ただ、両親も、近所のひとびともが、「瓜《うり》の蔓に茄子が生《な》った」といってひやかしたのは、父の色の黒さにくらべて、赤ん坊《ぼう》はすきとおるように色が白かった。

明治三十七年、日露戦役のときには、友彦《ひこ》は二十七歳で、陸軍大尉《い》であった。開戦のときには病気のため衛戍《えいじゅ》病院にいたが、まだ全快してはいなかったのを、ほとんど無理矢理に戦地にわたった。彼は乃木大将のいる旅順へ行きたかったのであるが、第三軍配属《ぞく》の希《き》望は達せられず、仁《じん》川から上陸し奉天会戦に参加したのである。

「お前が生れたばっかりの年に、乃木さんに小便をひっかけてのう。乃木さんは熊《くま》本鎮《ちん》台の参謀《ぼう》になられて、あたらしい軍服に、あの縄《なわ》のような参謀《ぼう》肩章《しょう》をつけてござった。お前を抱《だ》かしゃって、お前があんまり泣くもんじゃけ、よい子じゃ、よい子じゃ、ちゅうて、乃木さんがお前を両手で高うさしあげて、あやしよったら、なんちゅうことか、じょんじょん小便をたれおった。おおかた、乃木さんの口のなかに入りよった。参謀肩章《ぼうしょう》がびしょぬれじゃ。わしはびっくりして、ことわりをいうたら、乃木さんは、こりゃ奇襲《きしゅう》作戦にかかったな、参謀《ぼう》も台なしじゃというて、笑わしゃった」

ものごころついてから、友彦《ひこ》は何度、父や、母からそう聞かされたか知れない。もとより彼にその記憶《おく》があろう筈《はず》はないが、そんな話をされると、なにか自分の身体を抱いたという乃木さんの手のぬくみが、いまでも脇《わき》の下に感じられるような気持がした。乃木さんがしだいにえらくなってゆくのを仰ぐように見ながら、友彦《ひこ》も肩身がひろいとともに、自分の心も鞭うたれる思いであった。

友彦《ひこ》の幼年時代の記憶《おく》のうちで忘れがたく、つよく頭にこびりついていることが、二つある。ひとつは、三つか四つかのときで、屋根から落ちて、頭を怪我したことである。毎年、節句《く》になると、土蔵のかげにある物干に、父が鯉のぼりと、五彩《さい》の風車とをあげてくれた。赤と黒との二尾の鯉が青空にひるがえる美しさに、小さい友彦《ひこ》は毎日見とれた。その日は風がつよく、眼にしむ紺碧《こんぺき》の空に赤黒の鯉は、ぴちぴちと声を立ててはねまわり、その大きな丸い眼はくるめいて、紙であるとはどうしても思えなかった。五彩《さい》の風車ははげしく回転した。空をあおいでいた友彦《ひこ》は、その夢幻《むげん》のうつくしさにさそいこまれるとともに、鯉が生きて逃げてゆくという錯覚《さっかく》にとらわれた。鯉をとらえるために、ほとんど無意識《しき》のごとく、小さい友彦《ひこ》は竿によじのぼろうとした。そうして、たちまち顚落《てんらく》して気をうしなった。そのときの傷《きず》が年とってまでも、左の額口《ひたい》にのこった。

もうひとつは、五つのときである。正月をむかえて紋《もん》附をぬいだ日に、表から飛びこんで帰って来た父が、なにか、はげしい眼つきで、今日も紋《もん》附を着れ、といった。

「お父はんも、お母はんも、セツも、みんな着なはれ」

だしぬけにおどろいたが、一家の者はことごとく紋《もん》附羽織を着た。その間、父友之丞は、神棚の前に端坐《ざ》して動かなかった。

灯明《とうみょう》のあかりが七五三縄《しめなわ》にたらした御幣《へい》の白紙を、ぼうとあかく染めている。白木の神殿の前にあるふっくらと白い供え餅に、あざやかに赤い蜜柑《みかん》がのせられ、はみだした葉が青い。神棚のましたの茶棚《だな》のうえには、豪傑絵《ごうけつえ》を書いた畳一枚ちかくもある凧がおいてある。神棚に対した友之丞は、瞑目《めい》して、なん度も柏手《かしわ》をたたいた。唐《とう》突の命令ではあったが、友之丞の性格《かく》には馴《な》れている一家のひとびとは、いわれたとおりにし、友之丞のうしろに坐《すわ》った。同じように神棚にむかって手を打った。そとでは、やんでいた雪がまた降りだしたとみえ、さらさらとかすかな音がきこえた。くるりと友之丞はふりむいた。鼻をしゅんとかんだ。眼にはうっすらと涙が光っていたが、口辺にはやわらかな微笑《ほほえみ》をたたえていた。

「お父はんも、お母はんも、セツも、よく聞いて下さい。それから友彦《ひこ》よ、お前はまだ五つじゃが、これからお父はんのいうことを、よう覚《おぼ》えちょけ。ほかのことはみんな忘《わす》れてしもうても、これだけは忘れることはならんで」

ええか、というように睨《にら》まれたので、友彦《ひこ》はどきんとした。

「いま、私は営所に行って聞いたんです。今度、鎮《ちん》台では大分から佐賀の方面に演習に行くことになったとかで、また、角灯の修繕《ぜん》と、油の調達をたのまれました。それで郡長さんと二人で副《ふく》官さんのところに行って話しよったところが、そのあとで、副《ふく》官さんが、今度陛下から兵隊にありがたい御勅諭《ちょくゆ》が下ったといわしゃった。……気をつけ」

急に号令をかけられて、みんなは姿勢を正した。

「私がいまから、それを捧読いたします。ありがたい大御心であります。私のような者が、とやかく申しあげてはかえって恐れおおいことでありますけ、読むだけにします。ただ、これは軍人に賜《たま》わったものですが、私たち国民も、もちろん、この大御心を拝し奉って、りっぱな日本人になることを心がけねばならんのです。……友彦《ひこ》。わかるのう」

「はい」と半信半疑ながら、父の気配にけおされて、おどおどと友彦《ひこ》はこたえた。

「読みます」

友之丞はふところから、赤罫《けい》紙綴《と》じの一冊《さつ》の帳面《ちょう》をとりだした。それは自分で手写《うつ》して来たものらしく、友之丞の筆蹟《せき》であった。

「我国の軍隊は世々天皇の統率《とうそつ》し給う所にぞある昔神武天皇躬ずから大伴物部《おおともものの べ》の兵《つわもの》どもを率《ひき》い

中国《なかつくに》のまつろわぬものどもを討ち平げ給ひ」

友之丞の手は帳《ちょう》面の音がするほどふるえ、声もふるえた。

「高御座《たかみくら》に即《つ》かせられて天下《あめのした》しろしめし給いしより二千五百有余年を経ぬ此間世の様の移り換《かわ》るに随《したが》いて兵制の沿革も亦《また》屢なりき古《いにしえ》は天皇躬ずから軍隊を率《ひき》い給う御制《おきて》にて時ありては皇后皇太子の代らせ給うこともありつれど大凡兵権《けん》を臣下に委ね給うことはなかりき」

読んでゆく声はいよいよふるえ、顔は紅潮し、眼に涙があふれて来た。

「朕は汝等《なんじ》軍人の大元帥《すい》なるぞされば朕は汝等《なんじ》を股肱《ここう》と頼《たの》み汝等《なんじ》は朕を頭首と仰ぎてぞ其親《そのしたしみ》は特に深かるべき」

読みすすんでそこへ来ると、両親も、セツも、頭をたれて動かなかった。小さい友彦《ひこ》も父の熱情が、熱い火箸《ばし》のように、まっすぐに胸のなかにつきささって来るような気持がして、わけもなく涙がこみあげて来た。もとより、五歳の友彦《ひこ》にその意味がはっきりわかったわけではない。しかし、このときのことは、一生を通じて消えがたい大切な記憶《おく》のひとつとなったのである。そのときは文章《しょう》の意味もよくわからなかった。父が読み終ったときには、ただ、「ヒトツ、グンジンハ」「ヒトツ、グンジンハ」という言葉ばかりが、無数の言葉の行列がすぎ去ったあとに、置きのこされて行った言葉のように、つよく頭のなかにしみついたばかりであった。その夜、眠ってから、「ヒトツ、グンジンハ」という寝言を、友彦《ひこ》はくりかえした。

友助はまるで腫れものにさわるようにして来た一人息子の友之丞が、落ちついて家業にいそしむようになると、安心をしたものか、まだ、それほどの年でもないのに、ちょっとした下痢《り》がもとで寝こんだまま、起きあがらなくなった。病状《じょう》は一進一退したが、悪いときには、すでに嫁《かた》づいていた友之丞《じょう》の二人の妹たちが、交替で看護《かんご》にかえって来た。

セツは息子の友彦《ひこ》が成長するのをたのしみにして、奥座敷の一本の柱に傷をつけはじめた。友彦《ひこ》を柱を背にして立たせる。

「まっすぐに立っとるんだよ。爪さきを立てたらいけん」

そういって、姿勢を検査《けんさ》してから、物尺《ものさし》を持って来て、正面からまっすぐに、頭のうえにのせる。

「もうええよ」

友彦《ひこ》がちょっと首をすぼめて、物尺の下を出ると、物尺のあたっている場所に、横に日本鋏《はさみ》で印をつけた。それから、その線に沿って、矢立の墨で、「友彦《ひこ》、五歳、三月十四日、二尺八寸一分」という風に書きつけた。一年に一度というのは待ちきれず、半年目に一度、また、ひょっと思いつくと我慢《まん》のしきれぬように、前の月に計ったのに、また計った。

「ありゃ、まあだ延《の》びとらん。筍じゃあるまいし、そげ早ようは太らんわな」と自分でもおかしそうに笑った。

友彦《ひこ》が七つのとき、妹キヨが生れた。友彦《ひこ》が八つで小学校にあがった翌年に、弟久彦《ひこ》が生れた。セツはいそがしくなり、奥座敷の柱には線が混雑《こんざつ》した。三人の線の重なりあうところが出来たりすると、セツはどうしたものかと首をひねるのである。セツは中津藩《はん》の殿様に御前醤《しょう》油をさしあげる商家に生れた女である。高木家とは遠い縁辺にあたるらしいが、その関係はいまは明らかでない。いつも丸顔におだやかな微《び》笑をたたえ、歯《は》ならびのきれいさが人目をひいたが、久彦《ひこ》のあとにできた男の子が、出産後、三日しか生きていずにこの世を去ったときに、眉《まゆ》を剃って、歯《は》を染めた。

明治二十一年、友助は六十九歳で死んだ。

「高木屋の暖簾《のれん》を大事にな」

それがただひとつの遺言であった。

軍旗

「この人が、乃木連隊長が軍旗をうしなって切腹なさろうとしたときに、とめた櫟木《いちき》さんです」

セツの弟の敬次郎が、ある日、ひとりの友人をともなって来て、友之丞に紹介《しようかい》した。櫟木《いちき》曹《そう》長の名はたびたび聞いて知っていたので、ああこの人かと思ったが、櫟木《いちき》は一見したところ、細面の小づくりで、どこといってとりたてて目立つところもない男であったので、西南役当時の勇猛《もう》な兵隊としての櫟木と、眼前の平凡《ぼん》な小男とがどうしても一致せず、友之丞は奇《き》妙な気ぬけのようなものを感じた。のみならず、「アリヤランラン、アリヤランラン」というかけ声といっしょに、表に二台《だい》の人力車がとまってから、二人がはいって来たので、はじめは車夫かと思ったほどである。まだ四十にはいくらか間のある年配であろうが、色がくろく、顔に皺《しわ》が多いので、ひどく老けてみえた。苦労《ろう》をかさねた生活のかげであるとも思われる。

「よう、来てくれました。さあ、どうぞ。……セツ、座敷をかたづけれ」

「義兄《にい》さん、かまわんで下さい。……まえから、櫟木《いちき》さんをいっぺん、どげしても連《つ》れて来ようと思うとったけんど、櫟木さんもしばらくよそに行って居らんじゃったりして」と、そのことは飛ばして、「今度、櫟木《いちき》さんに、とてもめでたいことがあったもんじゃけ、無理ご無態《たい》につれて来たとです」

「ほう、なにごとかん？」

「あのですな、今度、金鵄勲章《しくんしょう》ちゅうもんがでけましてですな、それを櫟木さんが貰《もら》うことになったそうで、私も世話になった人じゃし、兄さんに、ぜひ、なんかお祝いして貰《もら》おうと考えたもんじゃけ」

「いんね」と、櫟木は困ったように、もじもじと、「そげなこと、……まあだ勲章《くんしょう》が来たわけじゃなし、お祝いなんか貰《もら》おうなんて、……敬次郎さんが、なんでもかんでも、いっぺん、兄貴《き》に会うてくれといいなすもんじゃけ」

暑い日で、木綿の筒袖《そで》を着ている櫟木《いちき》は、恐縮《しゅく》してちぢこまり、しきりに手拭《ぬぐい》で汗をぬぐった。

かたわらにいた高等科二年の友彦《ひこ》は、奇《き》妙な錯誤《さくご》におちいって、櫟木《いちき》をながめて眼をぱちぱちさせた。友彦《ひこ》は口のなかでなん度も（勲章《くんしょう》、勲章《くんしょう》）とつぶやいた。ぴかぴかと光る美しい勲《くん》章《しょう》が、このおどおどした男の、木綿着の垢《あか》のついた胸にぶら下るということを思いえがいてみても、どうしても腑《ふ》に落ちないのである。

明治二十三年は、二月十一日の紀元節に金鵄勲章《しくんしょう》が創設《そう》されたことをはじめ、十月三十日、教育勅語《ちょく》の発布があり、十一月二十五日、第一回帝国議会召集などがあったが、高木一家にも櫟木曹《そう》長という新しい知人ができて、そののちは、まるで一家の人のように、友彦《ひこ》や、妹キヨ、弟久彦《ひこ》などのよい友だちになった。櫟木はなかなか子供ずきである。櫟木は北方《きたがた》の方に住んで、雑貨《ざっか》屋などを営んでいたが、よく「高木屋」にやって来た。彼の店のもとでや、金融《ゆう》なども、友之丞《じょう》はまったく商売気をはなれて、親身の面倒をみてやった。

むかし、城の外濠《ぼり》であった紫川の水はうつくしく、友彦《ひこ》たちは櫟木にともなわれて、川苔や蜆貝をとりに行ったり、魚を釣りに行ったりした。石垣のなかの兵営からは、ときどき、喇叭の音がきこえて来た。すると、膝《ひざ》まで没《ぼっ》して川のなかに立っている櫟木は、ぼんやりとなったようにそれに聞き耳を立て、消えがたいさまざまの思いが、胸に去来するごとく、眼をしばたたいていることがあった。

連隊の軍旗祭は地方のたのしい年中行事のひとつである。当日、兵営は開放され、町のひとびとは着かざって、練兵場におしかける。花火がある。模擬《もぎ》演習がある。各隊ごとに工夫をこらした飾《かざ》り物や、花車《だし》なども出る。高物やノゾキなどもかかって、雑沓《ざっとう》と賑《にぎ》わいとをきわめた。

友彦《ひこ》は櫟木《いち》に手をひかれていった。小倉袴《くらばかま》をはいた久彦《ひこ》は櫟木の肩車に乗った。久彦《ひこ》の右手にもった頭より大きい赤のゴム風船がゆらゆらとゆれる。だれかが手離《はな》したものであろう。くるくると舞いながら、青空のなかへのぼってゆく一つの風船があった。

「小父ちゃん、あの風船、どこまで行くのかん？」

久彦《ひこ》がきくと、櫟木は笑って、「さあて、そげなこた、小父ちゃんは学問がないけ、知らん。久坊《ぼう》ちゃんも、逃がさんごと、しっかり握《にぎ》っとらにゃ」

雑沓《ざっとう》のなかに立って、分列式を見た。小柄《がら》な身体に似あわず、櫟木は力がつよく、友彦《ひこ》と久彦《ひこ》とをかるがると両の肩にのせた。喇叭の音が高らかに鳴りひびいた。部隊は整列した。着剣した銃が行儀よくならび、剣がきらきらと陽にきらめく。旗手にささげられた連隊旗は、眼にしみるような真紅を放射《しゃ》し、紫の縁にくまどられて、重々しくたれている。菊花の御紋章《もんしょう》が金色に光る。

「兵隊さんが戦争の稽《けい》古をするのかん？」と、久彦《ひこ》がきく。

「小父ちゃん、どの兵隊さんが、いちばん、えらいのかん？」

「あの白い馬に乗って、サーベルを持っとる人じゃろ」

「ちがわい。こっちの茶色の馬の兵隊さんだい。勲章《くんしょう》がいっぱいあるじゃないか。ねえ、小父ちゃん」

兄弟が、こもごも、そう問いかけても、櫟木は、む、うん、うん、と生返事をするばかりであった。久彦《ひこ》はべつになんとも思わず、はじまった分列行進の方に眼を転じたが、友彦《ひこ》は自分たちをかかえてつっ立っている櫟木の顔をまじまじと見た。直立不動の姿勢になった櫟木の顔は、嘗《かつ》て見たこともないきびしい表情である。眼は異《い》様に光りかがやき、唇《くちびる》はきゅっと堅《かた》くむすばれている。小さい鋭《するど》い眼はまたたきもせず、まっすぐに軍旗にむけられている。まるで睨《にら》みつけているようである。友彦《ひこ》はなにかけおされるようなすさまじい思いにうたれた。びっくりしたのである。そうして、とつぜんのごとく、自分が肩のうえに乗っているこの櫟木が、兵隊であったということをはじめてはっきりと感じた。

練兵場からは、部隊の行進とともに、ざっ、ざっ、という重厚な軍靴の音がおこる。足もとから黄色い埃が立ちのぼる。友彦《ひこ》はいよいよおどろく気持で、櫟木を見まもった。櫟木の眼にあふれて来た涙が、黒い頬《ほほ》をつたって流れたのを見たからである。そのわけを聞いてみようかと心にきめたとき、櫟木は、ほとばしるようなひくい声で、

「わたくしが悪かったとです。おゆるし下さい」とつぶやいた。

とつぜん、奇《き》妙な言葉を発した櫟木に、周囲のひとびとの視《し》線があつまった。櫟木は恥じて赤くなった。なにか胸のなかに思いつづけていたことが、思わず無意識《しき》に口をついて出たのであろう。くるりとまわると、二人をかかえたまま、逃げるように雑沓《ざっとう》のなかを出た。

木町《きまち》にある陸軍墓地に、友彦《ひこ》は櫟木《いちき》にともなわれて行ったことがある。小さな丘陵《きゅうりょう》のうえに松林があり、台地のうえに多くの墓標《ひょう》があった。いくつかの墓の前に櫟木《いちき》は花と線香とを手向けた。西南役でたおれた戦友たちへの心づくしであろう。

「坊ちゃんは大きゅうなったら、なんになんなさるつもりな?」

松と墓と花とを吹く風のなかに立って、櫟木は友彦《ひこ》の肩に節くれだった手をおいた。

「兵隊になる」

友彦《ひこ》は言下に答えた。櫟木は友彦《ひこ》の顔を見たが、なんともいわなかった。

友彦《ひこ》はふと思いだしたことがあったので、

「小父ちゃんは、西南戦争で怪我《け》をしたんじゃね。右腕じゃろ」

「どうして、知っちょりなさる」

「敬叔父《おじ》さんから聞いた。たいそう、ひどかったちゅうて。そして、いつか、軍旗祭に行ったとき、小父《じ》ちゃんが僕と久彦《ひこ》をかかえてくれたろ、あんとき、僕の方を左にかかえたけ、小父《じ》ちゃんの怪我《け》が右とわかった。……もう、なんともないのかん」

「いんね、寒いときにゃ、まあだ痛みます」

「小父《じ》ちゃん、小父《じ》ちゃんは乃木先生が腹を切んなさるのをとめたんじゃろ。僕は前からそのことが聞きとうてたまらんじゃった。な、話してな」

「そげなこと、もう、昔のことじゃけ」

「話して、な、な」

櫟木は困惑《わく》した。苦痛の色が面にあらわれた。細い眼をしょぼしょぼさせた。

「な、な、頼《たの》むけ」

「いんね、坊ちゃん、……もう帰りまっしょう」

櫟木は、さきに、あたふたと石段を降りていった。

高木家に櫟木が来るようになってから、友之丞も、なん度か、櫟木から西南役や、とくに、植木での事件について話をきこうとしたが、櫟木はどういうわけか、そのときのことを語るのを好まないようにみえた。賊軍のために軍旗をうしなったことは、残念なことではあるが、そのことはすでに解決しているはずである。戦功によって、ふたたび、小倉《くら》連隊には新しい軍旗が下げられ、ときの乃木連隊長はその後大佐に進級《きゅう》して、いまでは東京第一連隊長をしている。切腹をとめたということは威張ってもよい功績だと思っているのに、櫟木が語りたがらないのは、友之丞にも、ほかの者にも、やや腑《ふ》に落ちないのである。それは功をほこらぬ謙譲《けんじょう》のこころではあろうが、櫟木の場合には、それとはなにかちがったものが感じられた。櫟木はべつに無口な男ではなく、どちらかというと、話しずきの方なのだ。その彼が、そのことになると、かたくなに口を緘《かん》し、ただしまいには、「わたしが悪いとです」というばかりである。ときには泣きだす始末である。

形ばかり、竹内喜左衛《え》門の供養《よう》をしたときに、はじめて、頑《がん》固な櫟木曹《そう》長の口がほぐれた。外に吹雪の荒れる寒い日であったが、数人の者が高木家に集まった。竹内の二十三年と聞いて、曾《そ》根から久しぶりに室井武作もやって来た。源内も来た。敬次郎も来た。櫟木も来た。読経が終って、和尚《しょう》がかえってから、精進落ちの酒が出た。部厚な縁《ふち》のある大火鉢をかこんで、円くなった。

「さあ、どうぞ」といって、友之丞は、自慢《まん》の赤瓢簞《ひょうたん》から、みんなの盃《さかずき》へ順に酒をついだ。

その瓢箪《ひょうたん》へ櫟木の眼がとまった。

「ええ、瓢じゃな」

武作が感にたえたようにいった。

「ええじゃろう」と、友之丞はそういわれるのを待っていたところとて、かくしきれぬ得意のいろでにやにやし、「これが例《れい》の乃木さんから貰《もろ》うた瓢箪《ひょうたん》よ」

「ふうん、聞いちゃ居ったが、これかん」

手にとって武作は瓢箪《ひょうたん》をひねくりまわした。

かたわらにいた櫟木の顔が電気にうたれたようにひきつり、瓢箪《ひょうたん》に吸いついた眼が光りだした。

「ちょっと、わたくしに」

そういって瓢箪をうけとった櫟木は、まっすぐにさしだした両手のうえにそれをのせて、じっと見つめていたが、ぽろりと涙を落して頭をたれた。

「まあ、そう滅入《めい》らんで、飲みなさらんか」

セツがまぎらすように笑って、瓢箪《ひょうたん》をとり、櫟木の盃についだ。櫟木も笑った。

「玄関《げん》で、よう、乃木隊長から飲まされました。それを思いだしました。この瓢箪《ひょうたん》は知りませんが、もっとでっかい大瓢箪《ひょうたん》がありましてな、なんか用でいきますと、いっぱい飲んでから上って来い、素面《す》で来たら話をせん、なんといわれましてな。……いまは、あんまり飲まれんそうじゃけんど」

　雪の夜がたりに、その夜は深更にいたった。母と久彦《ひこ》とキヨとは寝たが、友彦《ひこ》はいくらいっても寝ようとはしなかった。少年友彦《ひこ》は二重瞼《まぶた》の瞳《ひとみ》をみはり、食いいるような眸《ひとみ》で、櫟《いち》木の話をきいた。

「わたくしが悪かったとです」と、櫟《いち》木はまず吉例《れい》のとおり、それをいった。そのあとで、「罰があたったとです」といった。それから今夜きりの話でありますが、と口をひらいた。酒のいきおいもあったであろうが、櫟木のかたくなな心も、思いがけず見た乃木さんの瓢箪《ひょうたん》によって、ほぐされたものであろう。

「西南戦争のことなんぞ、わたくしから話さんでも、敬次郎さんから、ようく聞きなさっちょるでしょう。隊もおんなじでしたし、いつもいっしょでしたけ。ただ、わたくしは、会計の仕事などもあつかっちょりましたから、本部に居って、乃木さんのそばに、たいがい居りました。まあ、わたくしなんぞ、あんまり威張れん兵隊でしょう。もともと、選抜《ばつ》されて東京の霞《かすみ》ヶ関の教導《どう》団に入って、近衛《え》にはいっちょったのに、小倉鎮台《くらちんだい》にまわされたんですけ。しかし昔は面白い兵隊がたくさん居りました。隊の副《ふく》官などしとっても、さっぱり馬に乗れん。それでも役目じゃ、乗らんわけにゃいかん。乗れんのに、馬に乗って、じっとしとるときは、写《しゃ》真でもとりたいくらい立派《ぱ》じゃけんど、走りきらん。あるとき、閲《えつ》兵式があって、その副《ふく》官が馬に乗っちょりました。そしたら、隊長が、副《ふく》官、伝令、と命令しました。すると、それをきいた副《ふく》官が馬から飛び下りた。隊長がびっくりして、どうして馬から降りるかと聞いた。伝令なら歩いた方が早いと答えた。そんなんも居ったし、なにしろ、こっちは、百姓と町人の徴兵《ちょう》ばっかり、賊軍は薩摩《さつま》隼人ちゅうて、武士のちゃきちゃき、まだ士族が平民を馬鹿にしとるときで、徴《ちょう》兵の方は、なにが武士《さむらい》に負けてたまるか、というわけです。わたくしたちはみんなざんぎりに髪《かみ》を切っていましたが、向うはまだちょん髷《まげ》、文明開化が好かんちゅうて、電線の下を通るときにゃ、頭のうえに扇子をひろげて通る」

ぽきぽきと言葉をきって、語尾をはねあげる口調で、櫟《いち》木曹《そう》長は話しながら、ときどき、セツのつぐ瓢簞《ひょうたん》の盃をかたむけた。武作が立ってネジをまわし、ランプの芯を大きくした。

「西南戦争は昔者《むかしもん》と今者《いまもん》との戦争ちゅうても、ええ戦でした。頭を切るのは、昔の者にはよっぽどいやじゃったとみえまして、敵がたは、たいがい、ちょん髷《まげ》、こっちはざんぎり。いままでも、このあたりにはまだたくさんちょん髷《まげ》が居りますぐらい。もとは役人が断髪《だんぱつ》の勧誘《かんゆう》に歩きよりましたが、今はどげですか知らん」

昔を回想《そう》する眼になる。

――出陣の日は、ちょうど、今夜のように寒かった。外套《とう》を着て背嚢《はいのう》を負うた。急な出発で、ごく近い者だけしか、家族に別れをいってゆく時間がなかった。私たちは昼夜兼《けん》行の行軍をした。鉄砲や背嚢《はいのう》が重いうえに、雨や雪が降り、手足が凍《つめ》えんばかりに冷たい。行軍でへとへとになって居ると、酒がわたった。腹わたにしみて、元気が出た。二月の中ごろだったが、賊兵がもう水俣《みなまた》に来て居る、賊の進撃すこぶる急だから、行程を倍加せよ、と熊《くま》本城の谷司令官から訓《くん》令が来た。急行軍をした。兵隊がくたびれるので、山脇《わき》大尉《い》という人が、馬車や人力車を雇《やと》いいれた。

河原林少尉《い》が連隊旗を捧持していった。この軍旗は明治八年十月六日、初代連隊長山田少佐が、河原林少尉《い》と迎旗隊とを率《ひき》いて、熊《くま》本でいただいて来たものだ。鎮《ちん》台司令官野津少将の手によって、山崎練兵場で行われた。山田少佐は前原一誠の弟で、萩《はぎ》の乱《らん》でたおれた。だから、連隊長はかわったが、旗手はおなじ河原林少尉《い》であったのである。この河原林という少尉《い》は、若くて、とても元気者で、剣道ができた、それで、ほれぼれするような色白の好男子で、軍旗をささげて立っていると、絵《え》にかいたように美しかった。

この連隊旗ほど、ありがたいものはない。金色の御紋章《もんしょう》、まっ赤な旭《あさひ》のいろ、紫色の総《ふさ》、黒漆《うるし》の柄《え》、ただ見ているだけで、胸のなかがじんと引きしまって来て、臍のそこから勇気がわいて来る。この旗のために、命をすてようという気持がひとりでに起こる。理窟《くつ》ではない。「連隊旗は太陽のさしてる勢をあらわしたもんじゃが、はじめ中の日の丸から出る赤線のさきが細くなっておった。そしたら、金米糖《こんぺいとう》のようにあるというので、さきを太くした」そんな話を、笑って乃木隊長がされたことがある。

戦争がはじまるというので、街《かい》道筋の住民は避難《ひ》した。しかし、あんまり遠方には逃げず、ちかくの竹藪《やぶ》や森のなかに、簞笥《たんす》や、長持や、釜《かま》や鍋を持ってはいった。戦争はとてもはげしかった。あっちこっちで、賊軍と衝突《しょう》して、同じ場所をとったりとられたりした。鉄砲《ぼう》を射ったも射たんも、一日に何十万発というほど射ったこともあって、その辺の木や竹にはみんな一発ずつあたっておった。私たちは、敵のやつ、なにくそ、と思ってはいたが、ほんとうは、賊の抜刀隊《ばっ》というのが、とても恐かった。白鉢巻をした襷《たすき》がけの敵は、いつとなく、どこからでも切りこんで来る。こっちは鉄砲《ぼう》をうつことなら負けんが、斬《き》りあいになると、どうもいけん。ところが、敵の方にも恐いものがあった。雨と赤帽と大砲である。

薩摩《さつま》がたは服装が和服で、袴《はかま》をはき、ももだち高くとって斬《き》りこむというのが主戦法であったから、雨が降《ふ》ると濡《ぬ》れて動作がおもうようにいかん。また、雨が降《ふ》ると、銃の先ごめの早子《はやご》がしめって、装填《てん》することができん。そこで、賊の負けいくさはいつも雨の合戦のときであった。赤帽というのは、近衛《え》兵のことである。近衛《え》は、薩《さつ》長土からだした御親兵がおこりであるから、強かった。近衛《え》兵は赤帽をかぶっていた。私たち百姓《しょう》出の兵隊は近衛《え》に負けるかと、くやしがったが、ほんとに近衛《え》兵は強かったんだから仕方がない。兵器は敵軍は貧弱だったので、官軍の大砲をおそれた。しかし、その大砲も旧《きゅう》式なもんだった。四斤野砲で奈翁加農《ナポレオンカノン》ちゅうて、四頭の馬でよちよち曳《ひ》いた。砲弾を大八車ではこんだ。そのほかに、大山さんの発明した弥《や》助砲という臼《きゅう》砲があったが、よい加減のとこに穴を掘って、上むけて射つと、じいんと耳にひびいて、まるい黒い玉がぶかぶかととんでゆく。なかにはよい大砲もあった。私たちにわたった鉄砲といっても、はじめはアメリカから買うた廃《はい》銃のインプエール。これは先から玉をこめる。つぎがフランスのシャスポー銃、ドイツのチンナール銃、イギリスのスナイドル銃というわけで、いろいろあった。薩《さつ》軍は、もちろん、銃も持っていたが、日本刀の斬《き》りこみが専《せん》門で、これがはじめは恐くてたまらなんだが、しまいには、なれて、一発玉ごめをしておいて、つぎの一発を口にくわえ、すぐあとが射てるようにし、十分に手元にひきよせてから、まるで猛《もう》獣を射つようにして射った。

薩摩《さつま》がたは、ひどく物資に窮乏《きゅうぼう》しとるようにあった。探偵《てい》で敵情偵察《ていさつ》をすると、それが手にとるようにわかる。賊は跣足《はだし》の者が多いという。草鞋《わらじ》が七銭五厘だったのが、十二銭五厘になっておる。米が一升《しょう》四銭何厘のときゆえ、なかなか草鞋が買えん。人力車を雇《やと》っても、はじめは一里に十銭やったが、のちには八銭になり、二銭ぐらいしかやっておらん。食糧《りょう》も欠乏《けつぼう》し、麦飯、芋《いも》、豆をくい、馬をころして食べたりしている始末。

敵軍も、こちらも、塹壕《ざんごう》を掘って対峙《じ》していたときには、たびたび問答をやった。藪《やぶ》のなかなど、十間もはなれていないところがあって、どなればよく聞える。夜など、

「おうい、賊軍ようい」と壕《ごう》のなかから声をかける。

「おう」

「薩摩《さつま》の芋《いも》掘り、びんた禿《はげ》、びんた禿《はげ》」

「なん、ぬかすか」

今度は、むこうから、どなって来る。

「おうい、どん百姓徴兵《しょうちょう》よう」

「なんか用か？」

「わいどま、もう降参せんか」

「なにいうちょるか。そっちが降参せぇ。天子さまの恩わすれたか。吉之助の首もって、降参して来い。お前たちゃ、豆の、粟の、芋《いも》のばかり食うちょろうが。米《こめ》ん飯食わするぞ」

「馬鹿たれどんが、なに、きしかえすか。米ん飯どん食おうごったいもんか」

「銭《ぜに》やろか。天保五枚あるぞ。豆腐一銭五厘、味噌《そ》八銭、塩《しお》一銭じゃけ、お前ら、食えめぇが」

「賤《いや》しこつどんいうな。武士が腹どん、減《へ》っか」

などと、さんざん話した果て、

「わいどんも、もう寝れ。おいどんも寝っど。……また、明日《あした》」と別れた。

そのころ、私たちの部隊には、毎日、将校以下、士卒、人夫にいたるまで、小夜食《こやしょく》に餅がわたって来た。はじめはうまかったが、あまり毎晩なので、私たちもしまいに倦いた。そこで、私が、

「賊軍ようい」

「おう」

「腹減《はらへ》らんか」

返事がない。

「ぼた餅いらんか。いるなら、やる」

まだ返事がない。

「痩《やせ》がまんすんな。いらんなら、こっちで食うてしまうど」

「ほんなら、くれえ」

「ようし。いま投げてやる。頭をだすから、射つな」

「射たん」

私は餅を紙につつみ、縄《なわ》でくくって、塹壕《さんごう》から身体をだした。夜目でよくわからないが、向うの壕《ごう》のなかにぼうと黒い影がみえる。私は「ええか、投げるど」といって、それを投げた。笹《ささ》のなかにぱさっと落ちた。壕《ごう》まで届かなかったらしく、一人の敵兵がそれを拾いに這いだして来た。

こんなのんきなときもあったが、いったん戦争になると、はげしさは話にならなんだ。ずいぶん戦死者や、怪我《けが》人が出た。宝満川の土堤に彼岸堤《ひがんどて》というところがあるが、そこでは、死んだも死なんも、八十人塚《づか》、百人塚《づか》というものができたくらいだ。担架《たんか》が少いので、畚《もっこ》ではこんだり、荷車でひいたり、手足をしばって棒でかついだりした。鎮台《ちんだい》病院や、軍団病院はてんてこ舞をした。賊軍の手当もしてやったが、賊兵の死者をしらべてみると、たいてい、切り立ての新しい褌をしていたので、これには感心した。たくさんの犠牲《ぎせい》者が出たが、それを見ても、私たちは元気を落すことはなかった。なんでもかんでも、敵をやっつけにゃと、気を張りつめておった。

私は本部にいたので、乃木隊長とよく話をしたが、隊長は、

「西郷さんは苦しかろ。勢でこういうことになったが、自分の育てた親兵や徴《ちょう》兵に攻められることになったんじゃからのう」と口癖《ぐせ》のようにいわしゃった。

官軍の方は斬《き》りこみをおそれたというたが、徴《ちょう》兵にも、抜刀隊に劣《おと》らぬしたたか者もあった。八人隊というのがあった。これは広島鎮《ちん》台十一連隊の兵隊で、玉がめちゃに飛んでくるなかを、散兵して賊塁《るい》にとびこんだ。そして、敵を追っぱろうて、占領した。士官が感賞《しょう》して、名前をきいたところが、「討死したあとで、ひとりでにわかりましょう」というて、名をいわなんだ。

官軍先鋒《ぼう》本営の名で、「官軍に降参する者はころさず」という布告をだしたが、賊軍は頑《がん》固で、さすがに、降参なんぞする者はなかった。……

はなす櫟木曹《いちきそう》長の皺《しわ》のおおい額は、ちびちびかたむける瓢箪《ひょうたん》の酒で、紅殻《べにがら》のようにあかくなった。ときに、たのしげに、ときに眉《まゆ》をひそめて語るのであるが、彼がすこしずつ、苦痛の思いにかられて来つつあることが見てとれた。軍旗を失ったときのことを語らねばならなくなったからであろう。セツが立って、くらくなりかけたランプの芯をかきたてた。櫟木《いちき》は心をしずめるように口を噤んだ。聞き手の熱心なさまに、かえって当惑《わく》の様子である。

「その晩は、ええ月が出ちょりました」

ぽつんといって、また、言葉を切った。ちょっと唇をかんだが、ぐっと盃《さかずき》をのみほして、趺坐《あぐら》をかいていたのを坐《すわ》りなおした。

——二月二十二日のことである。連隊本部と第三大隊の右半大隊が、早朝、南関を出発し、川床《とこ》、石貫《ぬき》、高瀬《せ》を経て、薄暮《はく》、木葉《このは》に来たときに、植木《うえ》はすでに賊軍のために占領されたという情報に接《せっ》した。当時、部隊はいくつもの梯団《てい》にわかれて前進していたので、そのとき、乃木隊長のところにいた兵力は、三個中隊であるが、なにしろ、連日《れん》の急行軍のために、多数の落伍《ご》者が出ていた。さいわい、右にまわった第四中隊が、間道から田原に出て来て、本隊に合した。

私も歩くのには自信をもっていたけれども、靴の工合がどうも悪くて、豆をふみだして、跛をひいていた。乃木隊長が平気でどんどん行くので、なにくそと思うて、がまんして歩いた。もともと、隊長は気性のはげしい人で、口数が少いので、どうしたらよいかわからぬ時もあったが、私たちは隊長の動作を命令と思うて、これにしたごうた。歩けと口にいわずに歩き、走れと言葉には出さずに走るので、私たちも隊長のするとおりにせずには居られないのだ。

それでも、やさしい人で、

「櫟木《いちき》軍曹《そう》、お前、咳《せき》をしとるようじゃが、風邪をひいとりゃせんか。仕事は村長曹長《むらながそう》にしばらくまかせて、外套《とう》着て寝とれ」などと、ゆうて下さった。

「いいえ、風邪なんかひいとりまっせん」

「無理せんでよろしい。お前がたおれると、連隊の経理のことがわからんようになって困る」

じつはすこし風邪気味であって、咽喉《のど》がいたくて熱もすこしあったけれども、隊長が気がついて居られようとは思わなんだ。ところが、そんな少々の風邪どころの騒《さわ》ぎではなくなった。その晩、途方もないはげしい戦《いくさ》になって、部隊は苦戦におちいったからである。

はじめ、斥候《せっこう》で植木を偵察《ていさつ》させたところが、賊の隻影《せき》もないという。賊が炊いた飯がそのままあるというので、部隊はこれを頂戴《だい》したが、どうも賊軍がそう遠くにいるようには思われん。しかも、村民の話をきくと、相当の大部隊らしい。するうちに、はたして、向坂《むこうさか》の林のなかから、いっせいに猛烈な射《しゃ》撃をして来た。こちらもすぐに道路の左右に、地物を利用して散開し、鉄砲のさきに剣をつけてひそんだ。夕ぐれになると、敵は刀を抜《ぬ》きつれて吶喊《とっかん》して来た。これが好かん。しかし、なにをと思うて、これを射つと、気持のええほどたおれた。ところが、敵はこちらの兵力が少いと見くびったのか、何度も突撃をして来る。白兵戦になった。私も無我夢《む》中で刀をふりまわした。ちかっとどこか刺《さ》されたように思うたが、どこを怪《け》我したのかわからなんだ。月夜のなかで、まるで乱《らん》戦になってしもうた。敵は思いのほか優勢で、しかも、ぞくぞくと兵力が殖《ふ》えて来る。こちらは劣《れつ》勢のうえに、死傷者が出て、減《へ》るばかり。止むなく、一時退却《きゃく》ときめ、さきに傷者、弾薬を後退させ、千本桜《さくら》で隊伍《ご》を整頓《とん》した。すると、旗手河原林少尉《い》の姿がない。

「河原林、河原林」

月あかりのなかに、はっきりと、乃木隊長の顔が蒼《そう》白に変じるのを、私は見た。ものに動じない隊長が、このときばかりは、まるで狂気のように落ちつかず、旗手の名を呼びつづけた。

「だれか河原林少尉《い》を見なかったか？」

隊長はすこし落ちついた。私ははっと思ったが、乱《らん》戦でほとんど夢《む》中であったので、まったく旗手のことに気づかなかった。恥かしくなった。兵隊のなかには、河原林少尉《い》を見たという者が数人あった。

「本道をさがるとき、少尉《い》殿は刀をふるうて、敵の方に斬《き》りこんで行かれるのを見ました」

みんなそういった。

隊長は棒立ちになり、唇を嚙《か》んで居られたが、悲痛の面持が顔いちめんにあらわれていた。隊長のみならず、私たちも軍旗を失うたということに対して、大きな掛矢《かけや》で後頭をどやしつけられたような感じがした。乱《らん》戦の最中に、乃木隊長が河原林少尉《い》を呼んで、軍旗を捧護《ご》して安全な位置にうつるように諭《さと》していたのは、私も知っていた。血気の河原林少尉《い》が、皆といっしょに敵中に斬《き》りこみたいと願うのを、隊長は、馬鹿、とひくいがはげしい語調で叱っていた。河原林少尉《い》は自分の任務の重大さをさとって、連隊旗の旗竿と旗章《しょう》とをはなし、旗の方を自分の肌《はだ》にまきつけた。私はすこし離《はな》れたところにいたので、月あかりのなかで、河原林少尉《い》が上衣をぬぎ、旗をおしいただいてから、肌《はだ》にまきつけ、そのうえから軍衣を着るのを見ていた。そのあとは乱《らん》戦になったので、知らないのである。

「もし軍旗をうしなったならば、上　陛下に対し奉り、申しわけがない。返戦して奪還《だっかん》する。俺《おれ》につづいて来い」

隊長の言葉はしんと私たちの胸にひびいた。兵隊たちも無言で、しずかに、ふたたび剣をぬいて鉄砲のさきにつけた。遠くで時たま、銃声がしていた。しかし、私はこの隊長を殺してはならんと思うた。隊長がすでに心のそこ深く死ぬ覚悟《かくご》をさだめられたことを感ずるとともに、この立派な隊長をどうしても生かさなくてはならんと決心した。将校はほとんど戦死していなかった。村長《むらなが》という曹《そう》長がいたが、私たちは両方から隊長の腕にすがって止めた。涙がぼろぼろながれて来た。

「いまこの寡《か》勢で、雲霞《か》のような敵中に斬《き》りこんでも、全滅《めつ》あるだけです、全滅《めつ》はおそれません。しかし、まだ、軍旗が敵にわたってしもうたときまったわけではありまっせん。ここんところだけ、忍《しの》んで下さい。そして、私たち一同に適《てき》当な死場所をあたえて下さい」

私も興奮《ふん》して居ったので、どういうたか、いまはっきり思いだせんが、とにかく、なんでも隊長をとめにゃいかんと思う一念で、泣きながらそんなことをいった。

隊長もやっと思いとどまって下さった。そして、ちょうど来あわせた津森第三中隊長に、河原林少尉《い》の死体捜索《そうさく》を命じた。ところが、隊長はやはり死ぬ覚悟《かくご》をひるがえしてはいなかったのである。

夜になって、私は隊長に、植木の部落を焼きに行くことを命ぜられた。私は隊長をのこしてゆくことが気がかりでならなかったが、命令なので、やむなく永井辰《たつ》樹という福岡の兵隊を一人つれて、たきつけにつかうイモガラをかきあつめながら、植木に行った。どこから射つのか、ときどき流弾がかすめた。任をはたしてかえって来る途中、一軒の民家の戸のすきから、ぼうと灯火が洩《も》れておる。おかしなことに思うて、敵でも忍《しの》びこんでおるかと警戒《けいかい》しながら近づいて、そっとのぞいてみた。私は胸がひっくりかえるほど、びっくりした。乃木隊長がぎらぎら光る短刀をさか手に持って坐《すわ》っておる。一本のほそい蠟燭《ろうそく》が部屋の隅《すみ》に立ててある。藁《わら》のうえに坐った隊長は、左手で軍服のボタンをはずして、同じ手で、じっと下腹をおさえた。私は夢《む》中で、戸を蹴《け》やぶるようにして、中にとびこんだ。ほとんど、私は逆上していたのであろう。前後の思慮《りよ》もなく、銃の台尻《だいじり》で、隊長の手にしている短刀をたたき落した。

「やめて下さい。やめて下さい。死なんで下さい」

私は隊長の前に這いつくばった。

「あれほど申しあげたとに、どげされたのですか。隊長はわたくしたちに嘘《うそ》をつかれたとですか」

「いや、櫟《いち》木軍曹《そう》、俺《おれ》を死なせてくれ。軍旗を失って、俺《おれ》は生きておるわけにはいかん。死んで陛下におわび申しあげるのじゃ。軍旗を失ったのは連隊長たる俺《おれ》の責《せき》任だ。さっきは兵隊たちといっしょに奪還《だっかん》に行こうと思ったが、兵隊に罪《つみ》はない。俺《おれ》一人死ねばよい」

「なにいうちょりますか。連隊旗は隊長一人の軍旗ではありません。兵隊全体のものです。死ぬなら、みんな死にます。隊長一人死ぬなんて、そげな勝手なことはやめて下さい」

隊長を死なしてたまるかと、私はただそればかりだ、たしなみもなにも忘《わす》れた。

「なんでもよい。とめるな。お前ははやく下れ」

「下りません」

「命令じゃ。下れ」

「そげな命令はききません」

沈痛な顔の隊長は、いきなり私をつきとばした。ふいをくらって私がよろけると、私が台尻《だいじり》でうちおとした短刀をひろって、ふたたび腹につきたてようとした。私はとびかかってその手をおさえた。力のつよい人である。私は渾《こん》身の勇をふるうて、短刀をもぎとった。隊長は是《ぜ》が非でもここで死ぬるという覚悟《かくご》であったとみえる。何度も短刀や軍刀をとろうとするので、私はとうとう隊長をおさえつけて、隊長の手と足をからめあげた。……

「ああ、わたくしは、なんちゅうことをしたのでしょう。なんぼ、あげな咄嗟《とっさ》の場合であったにしたところが、隊長殿をしばるなんて、……大それたことを、……」

ここまで話して来ると、櫟《いち》木曹《そう》長は、ほとんど顔をあげることができず、口のなかで呟《つぶや》くような語調になっていた。逆上にちかい興奮状態《ふんじょうたい》であったとはいえ、連隊長たるひとに対して、銃で短刀をたたきおとし、また、上官の命令をきかず、そのうえ、縄《なわ》でしばるような行動をしたことが、直情な櫟《いち》木の心に消えがたい悔恨《かいこん》をのこしているようであった。彼はこのときの事を語りたくないのである。

　頭をたれたまま、

「わたくしはそのまま隊長を背負《せ お》うてかえってきましたが、隊長はなにもいわれませんでした。そののち、隊長はとても大胆《たん》で、わたしたちははらはらしましたが、隊長が死にたがって居られることがよくわかりました。私も右腕に重傷を負うて、鎮《ちん》台病院に入りましたが、隊長殿も、木留で負傷されました」

　室井武作はしおれかえっている櫟《いち》木の肩に手をおいていった。

「櫟《いち》木さん、あんたは一途に悪かったといいなさるが、あんたは乃木さんの恩人なのではありませんか」

「滅相《めっ》もない」と、櫟《いち》木はびっくりするほど大きな声をだした。「わたくしが悪かったとです。あげなことをしたんで、罰があたったとです」

　右腕の負傷がもとで免官となって以来、商売なども思うにまかせなかったことを、櫟《いち》木はひとえに、その罰であると信じている様子である。

「ま、いっぱい」と、セツは気づいたように瓢箪《ひようたん》をとって、櫟木の盃《さかずき》につぎ、

「話にきいって冷とうなってしもうた。いま、熱《あつ》うして来ますけ」と、台所の方へ立っていった。間の障子《しよう じ》をあけると、外のさらさらという雪の音が近くなった。

「それで、連隊旗はそのままですか」と、源内がきいた。

「河原林少尉《い》の死骸は三四日たってからわかったんですが、旗はありませんでした。熊本《くま》の花岡山の賊の、……いや、今はもう、賊軍も官軍もありませんが、……薩摩《さつま》がたの台場に、竹竿をたてて、とった連隊旗を見せびらかしちょったなんどと聞いたこともありますが、ほんとかどげか知りまっせん。また、どこかの百姓《しょう》家で、連隊旗が洗濯《たく》して干してあった、なんちゅうこともいいよりましたが、そげなこともありますまい。……そののち、連隊は奮《ふん》戦して功名を立てましたんで、翌年の十一月二十一日に、また、新しい軍旗をたまわりました。ありがたいことです。それがいまの連隊旗です」

友彦《ひこ》の頭のなかに、櫟木の肩車にのって、軍旗祭に行ったときのことがうかんだ。軍旗のうつくしさとともに、その尊厳《げん》さと、その旗にむすびついた兵隊のこころとが、少年友彦《ひこ》の胸にもじんじんと電気のようにつたわって来る思いがした。

櫟木は赤瓢簞《ひょうたん》を手にとって、また、いかにも相すまぬというように頭を下げた。それから一座のひとびとを見まわして、「今日、話しましたことは、ここだけにしておいて下さい」と、話してしまったことをいくらか後悔《かい》するようにいった。ひとびとは質朴《ぼく》な櫟木の心情はわかったが、そんなにも秘密《ひみつ》にしたがる櫟木のかたくなな心を、いささか腑《ふ》におちぬものとした。

「傷はもうなんともないとですか?」と武作がきく。

「寒いときにゃ、なんぼか、痛みます。しかし、鎮《ちん》台病院の手当がよかったので、切らずにすみました。……ああ、室井さんも、丙寅《へいいん》の戦争で怪我されたちゅうことでしたなあ」

「わしらのときにゃ、病院なんかありまっせんで、……隊医から、子供のもつ水鉄砲で、じゅうじゅう傷口を洗うて貰《もろ》うたりしました」

「水鉄砲で？」と源内が頓《とん》狂な声をだしたので、しめっていた座の空気がはじめてほぐれた。笑顔がうかんだ。

明治二十四年の七月、祖《そ》母が夫友助と同年の六十九歳で歿《ぼっ》した。寺に詣ってかえってから、奥座敷の仏壇《だん》の前に坐り、そのまま、ことりと眠るようにして死んだ。おどろいた友之丞とセツとが抱きおこすと、ふっと、細眼をあけて「ああ、まだ家かん？　これから、わしは極《ごく》楽にいく。高木屋の暖簾を大事にな」と、ふだんと同じ口調でいって、眼をとじた。

ある秋の夕暮、友彦《ひこ》は、擬宝珠《ぎぼし》のついた欄《らん》干のある反りかえった常盤橋のうえに立っていたとき、梯子《はしご》をかかえて走ってゆく一人の男に眼をとめた。男は町の瓦斯灯に梯子をかけては火をともし、また、つぎの瓦斯灯に走っていった。夕ぐれのなかに、青白い光がひとつずつ殖える。その男が櫟木のように思ったが、よくわからなかった。

花の都

「号外、号外、局《きょく》面一変、危機一髪《ぱつ》の号外」

編笠《がさ》ようの帽子をかぶった草鞋ばきの号外売りが、けたたましい声で、このごろは毎日のように町をとびまわる。大人もあれば子供もあって、肩からかけた鞄《かばん》のなかに、いっぱい号外をはみださせ、片手に四五枚つかんでふりまわしながら、さけびたてるのである。

「お国を馬鹿にしちょる。生意気たらしい。やっつけてやるがええ」

友之丞はまるで眼のまえに李鴻章《りこうしょう》や袁《えん》世凱《がい》がいるかのように、ぷんぷんと腹を立てた。

明治二十七年、五月になって、朝鮮《せん》に東学党《とう》の乱《らん》がおこると、この事件をからんで、これまでの長い期《き》間にわたるさまざまの問題《だい》が、いちどきにふきだした腫れもののように、不気味な空気を、日本と支那とのあいだにつくりだした。

「お父はん。いよいよ、支那と戦争するち、ほんとかん？」

食事のときに久彦《ひこ》がきいた。

「だれがいうた？」

「先生が、今日、いわしゃった」

「まあだ、わからん」

久彦《ひこ》はおずおずと、

「どっちが勝つじゃろか？」

「どっちとは？」

「日本と、支那と」

「馬鹿たれ。日本が勝つにきまっちょる」

父の見幕《まく》のはげしさに、十歳になったばかりの久彦《ひこ》はすくんだ。セツは笑って、とりなし顔に、

「まあ、お父《と》はん、そげ、はげしゅうおこりなさらんでも、……久彦《ひこ》がそう思うたわけでもないとでしょう。だれかが、いうとったのを聞いただけにちがいませんに。……な、久彦《ひこ》、そうじゃろう？」

「うん」と、久彦《ひこ》は味方を得て、やや元気を回復し、「きょう、学校で話があった。支那は日本の何十倍ちゅうて国が大きい。金もうんとある。いつも国が治まらんで、もめてばっかりおるけんど、眠った獅《し》子ちゅう綽名《あだ》もあるけ、なかなか馬鹿にゃならん。外国のあと押しもある。……それに、このごろ、軍艦もたくさんつくった。なんとか艦隊、……ああ、北洋艦隊、

にらみつけている父のすさまじさに抗《こう》するように、久彦《ひこ》はたてつづけにしゃべった。

「それで、戦争になったら、どっちが勝つかわからんちゅうのか。だれがそんなことをいうた?」

「……」

「吉村先生か」

「はい」

「そげなことを教える先生は、承知でけん。俺《おれ》がいまから行って談判《ぱん》して来てやる」

友之丞はもう立ちあがると、とび降りるように玄《げん》関に出て、下駄《た》を鳴らして駆《か》けだしていった。お父はんがまた、というように、セツは友彦《ひこ》とキヨと顔みあわせて微《び》笑した。

「心配しなくてもええんだよ」泣きそうな顔をしている久彦《ひこ》の頭に、セツはやさしく手をおいた。

紫《むらさき》川の岸に毎朝多くの兵隊があらわれ、すんだ川の水で口をすすぎ、顔を洗うのが見られるようになった。洗濯《たく》や水浴をしている者もあった。それで動員された兵隊が兵営にあふれているのがわかった。赤紙がなおも近郊の村や町にとんだ。友彦《ひこ》は、久彦《ひこ》と、紫《むらさき》川のこちら岸から、毎日、兵隊を見に行った。秋風の立つころ、兵隊たちの姿が紫《むらさき》川の岸から消えた。

長男を戦地へおくった室井武作はよく友之丞をたずねて来た。友之丞が兵営の御用をつとめて、営所に出入りすることが多いので、戦況などを聞きに来るのである。秋もふかいというのに、なお日ざしのつよいある日、野良姿《すがた》のような恰好でやって来た武作は、汗をぬぐいながら、このごろは延《えん》命寺の近辺に出て、まいにち塹壕《ざんごう》掘りをしているといった。

「塹壕《ざんごう》掘り？」と友之丞は奇《き》妙におもって、鸚鵡《おうむ》がえしにきいた。

「あんた、知らんのかん？」

「うん、知らん」

「広島の工兵隊が来て工事をしよるがな、わしらも夫役《ぶ》に志願して出ちょる。むかしの傷あとが痛むけ、無理なことはでけんが、土はこびの手子《てこ》くらいはでけるけ。……いまんとこ、富野の須《す》賀八幡《まん》さんの境内から、海岸に沿うた山林のなかを掘っとるが、もうすこしで延《えん》命寺までのびる」

「なんで？」

「なんでちゅうたち、清《しん》軍が攻めて来るのを防ぐためよな。おおかた大砲も据わるとじゃろ」

武作は感慨《がい》ぶかげに、「世の中は変ったなあ。わしは畚《もっこ》で土をはこびながら、まいにち、考えんじゃ居られんが。……もう、三十年になるがなあ。長州と戦争して、わしも兵隊になって、やっぱりこの延《えん》命寺で、塹壕《ざんごう》をつくって頑《がん》張っちょったが。そしたら奇《き》兵隊が上陸して来たけ、戦うた。そん時に、鳥越でわしは怪《け》我するし、竹内喜左衛《え》門さんは戦死なさった。……三十年経った今は、どうな。やっぱり、同じところの塹壕《ざんごう》掘りをやっちゃ居るが、相手は何百里ちゅうて海をはなれた支那じゃが」

そのようにお国が生長したと誇りたい心が、語調にも、眼のいろにもあふれていた。それはもとより友之丞も同じであった。

「そりゃそうと、いま、小倉《くら》連隊はどのへんな?」

「さあ、わしもあんまりよう知らんが、第二軍は金州半島にあがったんじゃろう。あんたとこの武男君はたしか第二大隊じゃったな。河北大隊は貔子窩《ひしか》とかなんとかいうとこに進んで、旅順攻撃の準備《じゅんび》をしよると聞いたように思うたが」

国交断絶《だんぜつ》以来、豊島沖海戦の戦果にひきつづく日本軍の進撃、広島へ大本営進発、仁川《じん》に上陸し、九月には大同江をわたった第一軍(第三師団、第五師団)は平壌をおとしいれ、玄武《げん》門、牡丹《たん》台の攻撃、黄海の大海戦、やがて、鴨《おう》緑江右岸を越えて、十月二十六日、九連《れん》城占領。つぎつぎにもたらされる戦況を追いながら、友之丞の熱しやすい胸はわくわくと胴ぶるいする。また、友之丞の関心は絶《た》えず遠く海を隔《へだ》てた硝煙《しょう》の戦場に、乃木と山懸の二つの名をさがしもとめていた。セツも夫の心にかぶれ、友彦《ひこ》も久彦《ひこ》も父に追随《ずい》した。ことに、友彦《ひこ》は自分が小便をたれかけた乃木将軍の消息ばかり追いまわした。

「倅《せがれ》が手紙くれたが」

武作がある日持って来た戦地からの手紙は醬油《しょう》で書いてあった。兵隊は満洲の厳《げん》寒と凍《とう》傷と戦っているのである。

「おかしなことが書いてあるで。……日本の兵隊があんまり強いんで、支那兵が日本兵撲滅《ぼくめつ》の妙案を考えだしたげな。右手に剣をにぎらせ、左手に水桶と竹竿をもたせ、突貫してまず水桶を投げつけて銃口をぬらし、それから竹竿を日本兵のまたぐらにつっこんでこねくり、剣で首を斬《き》る、……」

十一月六日、大連湾《れんわん》上陸占領、十一月二十二日、わずか一日の戦闘《とう》をもって旅順陥《かん》落、十二月にはいって、析木城、海城占領、年があけると、正月十日、蓋《がい》平占領、遼《りょう》東平野の掃蕩《そうとう》、営口、田庄台《しょうだい》への進出、と相つぎ、威《えい》海衛が危殆《たい》に瀕《ひん》すると、敵の海軍北洋艦隊水師提督《ていとく》丁汝昌は、書を伊東連合艦隊司令長官に送って、自決して降伏《ふく》を請《こ》うた。

「号外、号外、またまた、我が軍、敵拠《きょ》点占領、連《れん》戦連《れん》勝の号外」

編笠《あみがさ》をかぶった号外売りが、景気のよい呼び声で町を飛んだ。

「一生懸《けん》命で塹壕《ざんごう》掘ったが、いらんじゃったな」と武作は会うと笑った。

「号外、号外、さしもの清《しん》国、媾《こう》和申し込み、談判《ぱん》開始」

町の盛り場にある大弓場には、いくつも李鴻章《りこうしょう》の藁《わら》人形がつくってあった。首、手、足、胸とあたりどころによって賞《しょう》品がちがうのである。藩政時代から、長崎辺から仕入れて、南蛮《ばん》わたりや支那商品などを商う店があって、「支那扇《おうぎ》各種」という絵《え》入り看《かん》板をあげていたが、道を通る者が石を投げたり、罵《ののし》って通ったりするので、看《かん》板を下して支那の品物を蔵った。

軍事劇《げき》が流行した。「支那征伐」という芝《しば》居が人気をよんだ。商人のくせに「大日本史《し》」の講義《こう》を息子たちにする父友之丞は、だいたい遊芸《げい》や観劇《げき》などは好まなかったのであるが、この芝居《しば》が座にかかったときには、自分から率先《そっ》し、重箱弁《べん》当をつくり、一家総《そう》出で出かけた。なかなか大掛りな戦争劇《げき》で、舞台《たい》に支那の城壁が作られ、大砲が引きだされたり、多くの兵隊が登場して戦ったり、花火や電気仕掛ではげしい戦闘《とう》の場面を見せたりした。白粉《おしろい》をぬったうえに、まっ黒な太い眉《まゆ》をひいた同じような顔のつくりと、蛇腹《じゃばら》の軍服にサーベルを吊《つ》った恰好で、山懸大将、大山大将、野津中将、桂《かつら》中将、大島少将、乃木少将などが登場した。清《しん》国軍城内の場もあった。辮髪《ばっ》を尻《しり》のあたりまでたらし、八字鬚《ひげ》をはやした李鴻章《りこうしょう》、袁《えん》世凱《がい》、丁汝昌《しょう》なども
あらわれた。

「日本なかなか強いあるな」

「退却《きゃく》するよろしか」

「こっち、まだ兵隊たくさんあるぞ。八旗、緑営、勇軍、練軍、全部出してみるよろし」

「ポコペン、ポコペン」

そういうたわいもない作戦会議がひらかれる。見物はどっと笑った。なかには、チャンコロ引っこめ、とか、降参せえとかどなって、座布団や竹の皮や箸《はし》などを舞台《たい》に投げあげる者があった。友之丞もいつになく声を立てて笑った。廻り舞台で、日本軍奮《ふん》戦の場にかわり、舞台が電気仕掛で、赤くなったり青くなったりし、軍旗などがあらわれて来ると、友之丞も友彦《ひこ》も緊《きん》張して、ときに涙をうかべた。

「塹壕《ざんごう》のほかに、もうひとつ、いらんもんがでけた」と、ある日、また武作が話した。それは草鞋である。戦地に送るために、附近の町村では分担《たん》をして多くの草鞋をこしらえたが、戦争が終ったので、草鞋の洪《こう》水ができたのである。

雪も間遠くなって、梅の花がほころびはじめるころ、急に、町には多くの巡査《じゅんさ》や憲《けん》兵が目だって殖《ふ》えた。しばしば臨検《りんけん》があり、交番の前では通行人のきびしい検《けん》問が行われはじめた。媾《こう》和使節として李鴻章《りこうしょう》がやって来て、下関の春帆楼《ばんろう》で談判《ぱん》がはじまるということがわかった。

あたたかい春の日ざしが明るく障《しょう》子にさしかけている。庭に面した縁《えん》側に坐ったセツは、キヨに眉《まゆ》を剃らせていた。石灯籠《ろう》のうえにのびでた桃の枝に白い花がいくつも光っている。母のうしろに立ったキヨは、いつものこととて、なれた手つきで母の眉《まゆ》を水でぬらし、剃刀《かみそり》を器用にうごかした。色の白い額《ひたい》に、剃りあとがうす青くのこった。

「キヨや」

「はい」

「キヨは鎮《ちん》台さんは好きかん？」

「はい」

「そんなら、鎮《ちん》台さんの嫁さんになったらええが」

キヨはもじもじして答えなかった。高等科一年にあがったばかりの十二のキヨに、そんなことをいったのが自分でもおかしくなったセツは、「とうとう、お父《と》はんにかぶれてしもうた」

と、鉄漿《おはぐろ》をつけた黒い歯《は》をだして笑った。

「ごめん下さい」

表でひくい声がした。武作が暖簾《のれん》を排《はい》してはいって来た。紋《もん》附を着て、山高帽をかぶっている。

「これは、おいでなさい」とセツは出て行った。

「友さんは？」

「ちょっと出とりますが」

「遠方ですか」

「馬関に行くとゆうて、朝出たきりです。なんか、支那から談判《ぱん》の使節が来とるとかで、……」

「そうですか」武作は首をかたむけて、ちょっと考えるようにしたが、「そんなち、友さんが帰んなさったら、私が来たことだけをゆうといて下さらんか」

「なんぞ、御用でも？」

「倅《せがれ》が戦死しましたんで、ちょっと知らせに来ました」

「まあ、武男さんが」セツの顔色がかわった。

「あれも親に心配ばかりかけて来た奴《やつ》でしたが、今度はお役に立ちました。今朝役場から書付が廻って来たんで、いま、死んだ女房の墓に知らせに行って来たんです。……ここに書付がありますが」

と、武作はふところから茶色の封《ふう》筒をとりだして、なかの赤罫《けい》紙をひらき、「これに様子が詳しゅう書いてあります。……なんでも、旅順攻撃の準備《じゅんび》をして居るとき、蘇《そ》家屯《とん》ちゅうところから斥候に出されて、龍《りゅう》頭ちゅうところで、大勢の敵に出おうて負傷したようです。それでひどい怪我をしたまま、本部のちかくまで這うてかえって来て、報告をしてから死んだらしいのです。……これには『右大腿部盲《もう》管銃創《そう》ヲ初メトスル数個所ノ重傷ニモ屈セズ、克ク任務《む》ヲ遂行セリ、其ノ責《せき》任観念ノ旺《おう》盛ナル、兵ノ範《はん》トスルニ足ルベク』と書いてありますが……」

武作の声はうるんでいた。セツも涙がこみあげて来た。

「どんなことか知らんけんど、お国が大勝利で勝ったとじゃから、倅《せがれ》も満足でしょう。いま、墓に行って、女房にこの書付を読んできかしてやったとです」

すっかり日が暮れてしまってから、友之丞はがっかりした様子でかえって来た。

「つまらんじゃった。なんとかして馬関に渡ろうと思うたが、とてもやかましゅうて渡らせん。しようがないけ、風師山か戸上山に登って見ろうと思うたが、それもさせん。黄龍《こうりゅう》旗をあげた支那の舟が二艘《そう》居るけ、それにちがわんと思うたが、寄《よ》せつけんのでさっぱりわからん」いかにも残念の様子である。

「お昼すぎに、武作さんがみえました」

夫の愚痴《ぐち》がひとしきりおさまるのを待ってから、セツはいった。

「なんか用でも」

「武男さんが戦死されたとゆうて、それを知らせに、……」

「なに」と、友之丞はこちらがびっくりするほど大きな声をだして、「そりゃいかん　ちょっと行って来る」と、もう框《かまち》をとび降り、できかけた食膳《ぜん》を尻目《しり》に表にかけだして行った。

遅《おそ》くなってから提灯《ちょうちん》を借《か》りて帰って来た友之丞をみて、セツは心配そうにたずねた。

「お父《と》はん、どうかありなさるとじゃないですな?」

「いんや、なんともない」

「それでも、顔が赤い」

熱にむくんだように顔がほてり、息も苦しそうにみえた。

「そういや、すこしきついが、まあ疲れじゃろう。……武男君は立派《ば》な死にかたをした。親父の武作さんも、さすがに兵隊じゃっただけ、立派《ば》じゃ」

つめたくなった飯を茶漬《づけ》にしてかきこんだが、あまり食慾《よく》はないらしく、すむとすぐに寝た。

翌朝はもとどおり元気になった。

交通がほとんど遮断《しゃだん》されたために、対岸で行われている媾和談判《ぱん》の様子は知る由もなかった。

伊藤総《そう》理大臣、陸奥《む》外務大臣などが下関に来ていること、清《しん》国媾和使節李鴻章《りこうしょう》をはじめ、李《り》経芳《ほう》、伍廷芳《ごていほう》などという一行は、船をあがって、旅宿にあてられた引接寺《じょう》に入ったこと、見物人は雑沓《ざっとう》をきわめていたが、警戒《けいかい》はすこぶる厳《げん》重であることが、伝わって来た。李鴻章《りこうしょう》一行はすこぶるものものしい、船に居るときは、虎《とら》の皮で覆《おお》った肘《ひじ》掛椅子《い》にもたれて、悠《ゆう》々と本を読んでいる。上陸のときには、多数のおともを引きつれるが、そのなかには十数名の板場までまじっている。李鴻章《りこうしょう》は絢爛たる支那の輿に乗り、金縁白玉の眼鏡をかけておる。輿は青赤の絹《きぬ》ばりで、窓は硝子《ガラス》ばり。歩くときには二名の従者が両方から抱きかかえるようにする。黒の上衣に茶緞子の袴《はかま》をつけ、見物の群《むれ》をみると、たいそうな人出じゃなという横柄《おうへい》な顔をする。そういうことばかりはわかるが、春帆楼《ろう》内での談判《ぱん》の模《も》様や、なりゆきなどはまったくわからない。それでも、友之丞は家にじっとして居れないらしく、毎日出てゆく。豊《とよ》津中学に通っている友彦《ひこ》も、ときに、父といっしょに出たり、ひとりで行ったりした。

「お父《と》はんが若いときには、外国の艦隊が馬関に攻めて来たり、長州戦争があったりして、やっぱり、この同じ道を行ったり来たりしたもんよ」

自分よりももう背《せ》のたかくなりかかっている友彦《ひこ》と肩をならべて歩きながら、友之丞はおさえきれぬ感慨《がい》をもって述懐《じゅつかい》した。(あのときは、四国連合艦隊に砲台《だい》を占領されて、屈伏《ぷく》する談判《ぱん》をした。いまは、大国支那を屈伏《ぷく》させる談判《ぱん》が、おなじ下関でおこなわれている)弓のように、胸を張りたい思いであった。

三月二十四日の夜、表をはげしくたたく者があった。友之丞が出ると、いつも世話になる連隊の川崎大尉《い》で、「君がいつも気にかけとったんで、知らせに来てやった。李鴻章《りこうしょう》が、今日、春帆楼《ろう》からの帰りに狙《そ》撃された。馬鹿な奴が居る。もう駄《だ》目じゃ」早口でそういうと、忙《いそが》しそうに走り去った。

もう駄目というのはどういう意味かよくわからなかったが、順調にはこびつつある談判《ぱん》が、この不慮《りょ》のできごとによって、わが方に不利に展《てん》開するかも知れないということは、川崎大尉《い》の言葉をきいた咄嗟《とっさ》の間にも、友之丞にもわかった。馬鹿な奴《やつ》がおる、しまった、というおどろきと不安とが、稲妻のように頭のなかを通りすぎた。

町の警戒《けいかい》はいよいよ厳《きび》しくなった。馬関は一時は非常な混雑《こんざつ》を呈《てい》したらしいが、犯《はん》人小山豊太郎はその場で捕《とら》えられた。縞《しま》綿ネルに紺《こん》足袋、草履《り》ばき、汚《よご》れたアツシを着た書生体の男だそうである。見物人のなかにひそんでいて、短銃で射ったらしいが、李鴻章《りこうしょう》の負傷は顔で、眼鏡を破って飛ばし、左眼のあたりに弾丸が入ったといわれる。むろん生命に別条はない。治療《りょう》中である。談判《ばん》の進行がさまたげられたと同時に、ついに、三十日、一時休戦条約を締《てい》結するの不利に立ちいたった。四月五日、ふたたび談判《ばん》が開始された。李《り》使節はまた輿にのったが、今度は山路を取って春帆楼《ろう》に入ったということである。まっ白の服を着、眼鏡をかけ、傷のところには小さな膏《こう》薬をはっていたという。十七日にいたって媾和条約は成立し、調印が終ると、その日に清国使節一行は軍艦に乗りこみ、ただちに抜錨《ばつびょう》して海峡《きょう》を去った。平和克《こく》復の大詔《しょう》が降り、媾和条約の内容が発表されると、爆《ばく》発したような歓《かん》呼のあらしが津々浦々《うらうら》におこった。警《けい》笛や祝砲が鳴り、花火がうちあげられた。町には、やがて帰還《かん》して来る部隊をむかえるため、アーチや、凱旋《がいせん》門がいくつもつくられはじめた。

「よかった、よかった」

上機嫌《げん》の友之丞は、誰かれに会うたびに、喜色をたたえて祝いの言葉をのべ、食事のときには、かならず赤瓢簞をとりだした。瓢簞をささげて、まるで生きた人に対するように、「乃木さん、よかったですなあ。御苦労《ろう》さんでした。ひとつ、小酌《しやく》といきますか」といって、盃をかたむけた。

「お父《と》はんがよろこんどるのをみると、ほんとにうれしそうじゃけ、見とる者がうれしゅうなるわな」と、セツも笑った。

「ほんとにうれしゅうのうて、どうするか。兵隊さんの苦労《ろう》の甲斐《い》があったとじゃもん。台湾《わん》は日本の国になった。遼《りよう》東半島もお国のものじゃ。今度の戦争では、陸海軍で二億四十何万円ちゅう大そうな銭をつこうたそうなが、それも賠償《ばいしよう》金でうめあわせがつく。おまけに、日本は世界の日本になった。万万歳じゃないか」

そういうよろこびの途中でも、ふっと、武作の息子をはじめ、多くの戦死者のことに思いいたると、ちょっと眉《まゆ》をよせるが、それをふるい落すように首をぶるぶると振って、また、よろこびの顔にかえった。

ところが、五月中ごろのある日、友之丞は血相をかえて外から帰って来た。かみつけるようなはげしさで、セツを呼んだ。

「すぐ旅の支度してくれ」

「そんなにあわてて、どこへ行きなさるとですか?」

「東京じゃ。談判《ばん》にゆくんじゃ。せっかく血をながしてとった遼東《りよう》半島を、かえすなんちゅうことがあるもんか。俺《おれ》が談判《ぱん》して来る」

「いったい、どうしたとですか」と友彦《ひこ》もおどろいた。

「どうしたもこうしたもない。ロシヤとドイツとフランスが、遼東《りよう》半島を支那に返せちゅうんじゃ。そんなこと聞く必要があるもんか。営所でも、将校さんや兵隊さんたちが、くやしいちゅうて泣きよる。なんでもええ、俺《おれ》が東京に行って、山懸さんに会うて談判《ぱん》する」

いいだしたらきく夫でないことを知っているセツは、だまって奥にはいって箪笥《たんす》のひきだしをあけた。セツにはふかいことはわからないが、夫の怒りというものが、やはり自分にもわかる思いがした。夫が出かけたところで、そんな大きな問題《だい》が解決するとは思えなかったけれども、夫の気持をさまたげたくはなかった。はじめて花の都東京へ旅だつ夫のために、いちばんよい着物をだして、しずかに仕附け糸をぬいた。ぷつぷつと切れる絹《きぬ》糸の音をききながら、セツは涙がこみあげて来た。

「お父はん、しっかりやっとくれよ」と友彦《ひこ》も憤慨《ふんがい》にたえぬ面持で煽《せん》動するのである。

「うんやるとも」

「僕も行こか」

「お前は学校がある。俺《おれ》一人でええ」

友之丞は旅装をととのえると、見送ろうという一家の者をとめて、すぐ隣が東京みたいに駆《か》けだしていった。そそっかしい出発であったが、腰に赤瓢箪《たん》をぶら下げることを忘れなかった。

「お父はん歩いて東京に行くのかん」久彦《ひこ》が兄にきく。

「岡蒸気《じょう》で行くんじゃ。三百里もあるのに、歩いていけるもんか」

「僕も岡蒸気に乗りたいな。とても早うて、電信柱が格子のように見えるち、乗った友達が話しよったが」

「今度のせてあげるよ」とセツは久彦《ひこ》の頭に手をのせて、そっと眼がしらをぬぐった。

出発したきり消息がないうちに五月末から、六月はじめにかけて、小倉《くら》連隊はぞくぞくと凱《がい》旋《せん》して来た。海峡《きょう》や港の多くの船は満艦飾《しょく》をした。昼は旗を、夜は灯《ひ》をつけた。沿道は人と旗と万歳の声とでうずまり、花火があがり、警《けい》笛が鳴り、祝砲がとどろいた、日に焼けた兵隊たちの元気な顔がとめどもない奔《ほん》流のように、人垣の間を抜《ぬ》けて、なつかしい石垣のある原隊の兵営へ吸いこまれていった。喇叭《ラッパ》と楽隊とが鳴りわたり、戦野を踏みしめて来た軍靴の音がざっ、ざっ、と重々しく故国の土のうえに鳴った。

人垣のなかに、セツも友彦《ひこ》もキヨも立っていた。久彦《ひこ》は櫟木の肩車に乗っていた。旗にうずもれた人垣のなかから、父を、兄弟を、夫をよぶ声がわいた。ぬぐおうとしても涙がとまらないのである。

「やあ、ありがとう」

「御苦労《ろう》さん」

「元気じゃど」

「ばんざあい」

そういうどよめきのなかに、旗護《ご》兵のきらきらとかがやく銃剣にまもられて、軍旗が進んで来た。

「ああ、もったいない。軍旗があんなに御苦労《ろう》なさった」

不動の姿勢になった櫟木は、ひくい声でつぶやいて眼をしばたたいた。出征のときには、まだ新しかった軍旗は、いまはほとんど周囲の総《ふさ》ばかりのように破れている。ただ変りなく竿頭の御紋章《もんしよう》のみが神々しく金色に輝いていた。


上京した友之丞の安否を気づかっていると、六月末になって「タカギクンキトクスグコイヤマガタ」という電報が来た。

事情はまったくわからなかったけれども、母にそういわれて、友彦《ひこ》は上京することになった。まだ中学生である息子《むす》の一人旅を母は心もとながったが、友彦《ひこ》の方はいっこう平気で、まるでそこに行くような顔をしていた。セツは、夫友之丞を送ったときのように、友彦《ひこ》のあたらしい銘《めい》仙の単衣《ひとえ》の仕附け糸を抜《ぬ》きながら、なにか都が恐ろしいところのように思えてならなかった。息子も東京に行ったらまた病気になるような気がして仕方がないのである。

「お江戸についたら、お父はんの様子を、すぐ電信で知らしてな」母はなん度もいった。

友彦《ひこ》は小倉袴《くらはかま》に靴をはき、弁当《べんとう》をつつんだ風呂《ろ》敷包を肩に斜《ななめ》に負い、蝙蝠傘《こうもりがさ》をもって出た。中学の帽子をかぶった。母は両手にキヨと久彦《ひこ》との手をひいて、小倉《くら》の停車場《ステンシヨ》まで送って来た。

「汽車が出ますぞう」

駅の前に出た小使がそうどなりながら、がらんがらんと大きな鈴を振っていた。

門司から汽船で、瀬戸内海を広島に出て、そこからまた汽車に乗った。広島の町を歩きながら、ここに大本営が進められてあったのだと、敬虔《けん》な心がわいた。東京に着くまでは、父の安否はいくら気づかってみたところで、わからないのであるが、電信柱が格子のように見えるほど早い岡蒸気も、どうにものろくさくて仕方がなかった。東京の遠さが今さらのようにわかった。同時に、一箇月ほど前には、父が同じこの岡蒸気で、同じこの鉄道線路のうえを走っていきながら、やっぱり汽車がおそいと感じて、いらいらしていたにちがいないと思った。父はおそらく東京につくまでの五十時間ほどのあいだを、遼東《りよう》半島還《かん》附のことで、ぶりぶり腹を立てつづけていたことであろう。窓外の風景、汽車に乗っているいろいろな人々、そういう旅の興味もときに心をとらえぬではなかったが、ただ父を思う心がいっぱいで友彦《ひこ》はおこったようにむっつりしていた。そうして、心をまぎらすように、持って来た「大日本史《し》」の「帝王篇《へん》」を読みふけった。夜になると天井の瓦斯灯がくらくて眼がいたかった。

静岡を出てから間もなく、一片の雲もない青空を背景《はい》にそびえたつ富士山の崇厳《そうごん》な姿は、友彦《ひこ》の眼に、またと消えがたい影像となってやきついた。なんという美しさ、けだかさであろうか。合掌《しょう》したい思いであった。

「いつも雲がかかったり、曇ったりしていて、めったに全体が見えたことがないのに、珍《めずら》しいことですな。僕あ、これで七へんも東海道線を上り下りするが、こんな富士を見るのははじめてです」

「幸先《さいさき》がよろしいですよ」

洋服姿の男たちが話しているのをききながら、友彦《ひこ》も、それではもしかしたら、父の病気も案《あん》外もうよくなっていて、にこにこと元気な顔で、自分を迎えてくれるかも知れないなどと希《き》望がわいたりした。

新橋駅で降りると、とたんに煮えくりかえる釜《かま》のなかにでも投げこまれたように、見当をうしなって友彦《ひこ》はうろうろした。建物も、道通る人も織《お》るような車馬の往来も、まるで故郷の様子とはかわっていた。わあんとさまざまの音のまじったどよめきが耳をつく。こんな都のどこかに、ぽつんと父がいるということが信じられないほどである。巡査《じゅんさ》にたずねるに如くはないと、人ごみをかきわけて交番に行った。顔半分が髭のような白服の巡査《じゅんさ》がいた。

「ちょっとおたずねいたしますが、……」

「山懸先生のお宅を知っちょりませんか」

「ヤマガタ先生？　ヤマガタ、だれかね？」

「山縣有朋《とも》大将です」

巡査《じゅんさ》は急にうろんな眼で友彦《ひこ》を見た。

いかついが親切な髭《ひげ》の巡査《じゅんさ》は、ひととおり事情をきいてから、停車場の前で人力車をひろってくれた。黒繻子《じゅす》の腹かけの丼から巻き煙草をだしてふかしながら、客待ちしていたいなせな若い車夫は、中学生の友彦《ひこ》をのせると、「アラヨ、アラヨ」と威勢のよいかけ声で走りだした。たくみに雑沓《ざつ》のなかをわけてゆく。乗っている友彦《ひこ》はひやひやした。照りつける真夏の陽があつい。高層《そう》建築物、目まぐるしい車馬と人の通行、そういうものの一切が、ただあらゆる色と形との流動としてしか眼にうつらない。頭がいたくなる。やがて、車は山縣陸軍大臣邸《てい》の表門についた。案《あん》内を乞《こ》うと、洋服姿の用人が、出て来た。たずねる主は参内をして留守《るす》であるということであった。さいわい、その用人は、父のことをよく知っていて、入院をしている病院を教えてくれた。地理は友彦《ひこ》にさっぱりわからないので、用人は車夫の方に告げた。それから、どこをどう廻ったか、ぐるぐる四十分ほど市中を走ってから、一軒の病院の前に車はとまった。まるで役所のような巨《きょ》大な洋館建《だて》である。

硝子張りの重い扉《とびら》を押しあけて、玄《げん》関に入った。ぷんと石炭酸《さん》のにおいが鼻をつく。患《かん》者が混雑《こんざつ》していた。頭に花のようにひらいた白い帽子をのせた看護《かんご》婦が通りかかったので、呼びとめて、父の名をいうと、すぐわかった。案《あん》内をされて、長い廊《ろう》下を五六回まがった。二階にあがって、また、四五回曲《まが》った。これはもう二度と間違わずに玄《げん》関に出ることは出来ないのである。

青ペンキ塗《ぬ》りの扉《とびら》の右柱に、黒札に白筆で、「高木友之丞殿」とあるのを見て、友彦《ひこ》は胸がどきんとした。看護《かんご》婦が扉《とびら》をひらいた。窓に添って、横に寝台があった。白布がかけてあったが、平べたくつぶれていて、誰も寝ているようではなかった。あけはなした窓から、夾竹桃の赤い花がさしこんでいる。近づくと、やはり父がいた。眠っていた。見ちがえるほど痩せている。頬《ほほ》がこけているので、高い鼻ばかりが目だった。しずかであるが、苦しそうな息づかいである。

「お父はん」そっと呼んだ。

ほんとうに眠ってはいなかったのであろう、小さい声であったのに、父ははっと大きな眼をさました。顔中が眼になったような開きかたであった。

「お父《と》はん、友彦《ひこ》が来ました」

友彦《ひこ》はもう胸がこみあげて来た。

「うん、そうか、よう来たのう」

父の声は思いのほか元気であった。起きあがろうとするので、看護《かんご》婦が手つだった。痩せた父の顔に微《び》笑がうかんだ。

「どうじゃ、田舎《いなか》から出ち来ると、東京は眼のまわるごとあろうが」

「はい」

「お父《と》はんも、そげあったけの」と笑って、「宮城にお詣りして来たかん？」

「は？」と友彦《ひこ》はびっくりして、「いいえ、停留場《ステンシヨ》からまっすぐに来ました」

「なに」と父は病人とも思われぬはげしい声をだした。「馬鹿たれ。天子さまのおいでになる東京に来て、いちばんに宮城に詣らんで、どげするか。すぐに詣って来い。……右向きい、廻れ」

病院の表から人力車にのり、宮城前に行った。帽子をとり、直立不動の姿勢になった。うつくしい形の二重橋、青くよどんだ濠《ほり》の水のいろ、苔《こけ》むした石垣、しずかな門の屋根瓦、あざやかな緑に映える樹々のたたずまい、それらのうえを掩《おお》っている紫いろのうす霞《かすみ》。

（ここに、われらが至尊、おわします）

はききよめられた砂原のうえに立って拝しながら、しんと胸にしみとおって来るもののために、友彦《ひこ》はいつまでも頭をあげることができなかった。直射《しや》する夏の陽のあつさも、まったく覚《おぼ》えなかった。自分の小ささがこのときほど、しみじみと考えられたことはない。おどろくほどの小ささである。しかしながら、その粒のごとく小さな自分の生命をもって、たぐいもなく大いなるもののなかへささげつくすことのできるありがたさ、自分の五尺の身体が無にとけこんでいくことのよろこびが、頭のさきから手足の指さきまでも、こころよく、しびれるように漲《みなぎ》りわたって来るのを覚《おぼ》えた。広場の方へさがって来て、人力車をよびとめた友彦《ひこ》は、いったん病院の場所を告げたが、ふと思いかえして、靖《やす》国神社へ行くようにいいなおした。九段坂の下まで来ると、立ちん坊《ぼう》がいて、車のあとを押そうかといった。相当に急な勾《こう》配なので、そういう商売ができているわけであろう。友彦《ひこ》は車を降りて、歩いて、坂をのぼった。紺碧《こんぺき》の空にはめこんだように青銅の大鳥居がそびえている。正面に鳥居をのぞみながら進むと、鳥居のなかに、ぽつりとひとりの黒い人かげがあらわれた。行くにつれて、地のうえにせりあがって来た。古風なちょん髷《まげ》をむすび、陣羽織に大刀をよこたえた武士である。文明開化の花の都のまんなかに、まだこんな人がいるのかと、ややおどろいて、眼をこらしながらゆくと、坂をのぼるにしたがって、その人が丸い高い台《だい》のうえに立っているのがわかった。大村益次郎の銅像であった。父からよくその名を聞かされていたので、友彦《ひこ》はなにか親しい人にめぐりあったように、なつかしい思いで、魁偉《かいい》なその銅像をふりあおいだ。なんと逞《たくま》しくもすさまじい姿であろうか。二枚の団扇《うちわ》のような広い耳、隆々《りゅうりゅう》たるおでこ、鳥でも巣《す》をかけそうに太く、庇《ひさし》のようにつきでた両の眉《まゆ》毛、むずとむすばれた唇《くちびる》に、炯々《けいけい》と稲妻のかがやきでるような眼。「火ふき達磨《ま》」といわれた頑《がん》固親父。鳩《はと》が来て眉のうえにとまっても、いっこう素《そ》知らぬ顔である。しかもそのいかめしい風貌《ぼう》のなかに、ふしぎな微《び》笑をたたえているように思われる。

（兵隊の親分）

四民皆兵の説をとなえ、中道に斃れたが、徴《ちょう》兵令によって、今日の日本陸軍の盛大の結果をまねいた。その成果は、ついに、眠れる獅《し》子とよばれ、強大をほこった清《しん》国を屈伏《ぷく》せしめた。それでわかった。耳は、幾百里をへだてた戦場に、砲声と、突貫の声をきくために、巨《きょ》大なのである。眼と眉《まゆ》とは、はるかにその壮烈の状況《じょう》を眺めるために大きいにちがいない。

葉の青い桜の並木を抜《ぬ》けた。手水鉢《ちょうずばち》で口をすすぎ、手を洗い、正面の拝殿にぬかずいた。神々しさに頭のしんが澄む。ここに国のためにたおれた多くの人々が神となって祀《まつ》られている。そうして、なお国を護《まも》る。頭をあげ得ずに、まっすぐに立っていると、社殿の奥ふかくから、ふしぎなどよめきのようなものが聞えて来る思いがした。(自分もここへ来る)友彦《ひこ》はそう思うと、胸のなかが暖かくなって来た。

病院にかえったときには、陽がかたむき、蟬《せみ》の声もややおちついていた。父は起きて、匙《さじ》で粥《かゆ》をすすっていた。

「えらい手間がかかったのう。はじめてで、道にでも迷うちょったか?」

「いいえ、車じゃけ」

「宮城と、……それから、九段の招魂社には、詣って来とろうな」

「はい、詣って来ました」

「そうか」

友彦《ひこ》はひやりとした。あぶないところであった。もし宮城だけで帰って来たら、また、馬鹿たれ、とどなられて、靖《やす》国神社へやられたにちがいない。

「招魂社に、遊就《しゅう》館というのがあっちょろう。そこに行ってみたか」

「は?」と、友彦《ひこ》は、またそこへ行って来いといわれるかと、びくびくもので、「そげなもののあること、知りまっせんでしたけ」

「知らん？　ま、そりゃ、このつぎにでも行ってみるがええ。戦争のいろいろな参考品がたくさんある。なかなか面白い。『敵味方雑《ざつ》居でごわす遊就《しゅう》館』ちゅうのは、あそこのことじゃよ」

父はいつになく気分がよいとみえて、そんな話をしたり、「わしも岡蒸気ちゅうもんははじめてじゃったが、お父《と》はんなんかより、まあだ田舎者《いなかもん》が居ってな、帽子をとって、下駄《た》をぬいで、跣足で乗るもんがあった。お母はんなんかも、きっとその口じゃで」などと声を立てて笑ったりした。

肝腎《かんじん》の父が上京した用件については、友彦《ひこ》は自分から聞くのをはばかっていた。すると、夜が更けてから、父の方から切りだした。呟《つぶや》くような、ひくい声である。

「わしは一途《いちず》に思いつめて、腹だちまぎれに上京して来たが、浅はかなことじゃった。山懸さんは、奇《き》兵隊のころのことをよう覚《おぼ》えてござって、わしに気持よう会うて下さった。そして、わしがぷんぷん腹を立てていうのを、しまいまで聞いちょってから、あんたの気持はようわかる、自分も苦しい、というて、よく、かみわけるように説明して下さった。それで、お父《と》はんもようわかった。なんにも知らんで、相すまんことじゃった。……露、独、仏の三国から、遼《りょう》東半島還《かん》附の干渉《しょう》があったとき、どげするかちゅうて、なんべんも、なんべんも、会議がひらかれたげな。わしらが考えるまでもない。お国としても、兵隊が生命をかけてとったとこを、還《かえ》そうごとはない。じゃけんど、……残念でたまらんが、いまは、まだ、ロシヤ、ドイツ、フランスをみんな相手にして戦争するだけの力が、お国にでけちょらん、おまけに、まだ、日清戦争がようやくすんだばかりじゃ。涙をのんで、歯《は》を食いしばって、我慢したちゅうことじゃ。……それに……」と、父は姿勢を正して、「五月十日には、おそれおおくも、遼《りよう》東半島還《かん》附の詔勅《しょうちょく》が出されておる。それを、こざかしゅう、わしらが、なんのかの、いうことがでけようか。知らんじゃったもんじゃから、なまいきに、腹なんど、かいて……」

父は恐懼《きょうく》するように、ふかく首をたれた。

その夜は病院に泊った。父は息づかいは苦しそうだが、よく眠った。友彦《ひこ》は看護《かんご》婦に病気のことをきいてみた。狭《きょう》心症《しょう》らしいということである。上京後、興奮《ふん》と心痛と憤激《ふんげき》と悔恨《かいこん》とに、心をくだかれた友之丞が急病でたおれると、山縣閣《かつ》下がよく面倒をみてくれたらしい。ところが、その翌日の昼、急変が来て、友之丞は息をひきとった。

「高木屋」に苦難のときがおとずれた。

友彦《ひこ》は、東京から、父の遺《い》骨と赤瓢簞《たん》とを抱いてかえって来た。友之丞はまだ四十八であったのであるから、一家の人々はだれも父の死などということを考えていなかった。東京での急死は青天の霹靂《へきれき》であった。息をひきとるとき、頭をかかえている友彦《ひこ》の顔を見て、父は、にらむようにして、「兵隊になれ」と、ひとことだけいった。祖《そ》父も祖《そ》母も死ぬときには、いいあわせたように、「高木屋の暖簾《のれん》を大事にな」といった。友之丞は暖簾のことなどはいわなかった。

セツはこの後の高木屋を背《せ》負うていく重い責《せき》任を一身にうけて、ふかく心をきめた。これまでも、番頭や女中を置かないで来たので、セツは夫の死後も、頑《がん》固にその方針にしたがった。キヨももういくらか家の役に立った。友彦《ひこ》は長男なので、家を嗣がせるべきではあるが、父はその長男に、兵隊になれと遺言した。いわれるまでもなく、友彦の心も兵隊になることにきまっていた。セツもそれにしたがった。のみならず、セツは久彦をも軍人にしたいと思った。生前にも、「お父はんにかぶれてしもうた」と、ときどき思ったり、そういったりしたが、夫が死んでみると、いよいよ、自分の心が夫にはなれがたく結びついていたことが、切ないばかりにわかった。といって、もとより「高木屋の暖簾を大事にな」と、そのことばかり苦にして死んだ両親の心をも、無にすることはできない。そこで、いつか、たわむれて「鎮台《ちんだい》さんの嫁さんになったらええが」といったことのあるキヨに、養《よう》子をして、家をつがせようと思いさだめた。

友彦《ひこ》は豊津中学を出ると、陸軍士官学校の試験《けん》を受けて、合格《かく》した。洋々と胸にあふれる希《き》望をいだいて、ふたたび上京した。出発の朝、セツは、「友彦《ひこ》や、ちょっと、ここに来て立ってごらん」と、奥座敷の柱のところにつれていった。子供たちの生長の目盛が、いくつも傷になってついている柱を背《せ》に、友彦は立った。母は物尺《ものさし》ではかって、「あら、五尺四寸二分もあるが、……まあだ、太るじゃろ」と、涙をためていった。

友彦は東京に行き、キヨは女学校に、久彦は中学校に通うようになると、昼間は、がらんとした家のなかに、セツはただ一人である。勝気な彼女も、ときにさびしくなって、帳《ちょう》場の格子のなかに、ぽつねんと一人坐っている自分を哀《あわ》れんでみたりすることがあった。そのたびに唇《くちびる》を嚙《か》みむすび、自分の心を叱咤《しった》した。こういう風にして三四年経ったが、五十の年が近くなると、さすがに気丈なセツも、身体《からだ》に無理が来つつあることを感じた。それまでにも、見かねた源内や、敬次郎、武作、そのほかの知り合いが、何度か、番頭と女中とを置くようにすすめたのであるが、セツはきかなかった。しかし、ある年の晩秋、ふとした風邪《かぜ》がもとで寝こむと、急に恐ろしさで、膚の粟だつ思いがした。いま、自分がたおれたら大変だ、とさとったのである。

翌年の正月に、源内の世話で、一人の女中を雇《やと》った。飯塚《づか》の在の者で、年は十六、ワカといった。源内につれて来られたワカは、畳のうえについた両手の甲に、額《ひたい》をのせてお辞儀《じ》をし、おちついた声で、

「お役にたたん者でございます」といった。

友彦《ひこ》は士官学校から見習士官として部隊配属《ぞく》になっているうちに、少尉《い》に任官した。明治三十三年である。騎兵を志願したらしく、馬に乗った写《しゃ》真を送って来た。任官をしたら帰郷するという約束であったので、母をはじめ、弟妹たちは首をながくして、その日を待った。ところが、予《よ》定の日が過ぎても、友彦《ひこ》少尉《い》はかえって来る様子がなかった。そうして待ちくたびれた一家の者が、心配していると、思いがけず、遠い支那から手紙が来た。

「母上さま、はじめ、みなさま、お元気ですか。ここは支那の古い都北京《ペキン》であります。昨日、福島少将に率《ひき》いられて、私の配属《ぞく》された第十一連隊は、崇文門から入城いたしました。入城といいますが、門外に到《とう》着したときは、まっ暗のうえに、門がうちから堅《かた》くとざされていたので、兵隊が門によじのぼって、門をこじあけたのであります。露軍が先着していたのですけれども、

なすところを知らず、門外で停止してぽかんとしていたのです。

もともと、今度の北清《しん》事変は、義和団事件がもとで起ったのですが、支那を攻める私たちの側といったら、まるで世界各国兵の展覧《てんらん》会みたいなもので、日本、フランス、ロシヤ、イギリス、アメリカ、ドイツ、イタリー、オーストリー、というわけですから、なかなか面白いです。こうやって列べてみますと、顔かたち、風体が異《こと》なっているうえに、各国の気風や、兵隊のよしあしや、強弱がすぐにわかるのです。うれしいことには、日本の兵隊はどこにいっても、ひけをとらんので、大いに鼻が高いのであります。太沽《ターク》砲台《だい》を攻撃したときも、日本軍が先頭に上陸して占領したのですが、連《れん》合軍の各国兵は日本兵の勇敢《かん》なのに舌をまいていました。英国海軍中将セーモアーの指揮《き》する連《れん》合陸戦隊は、北京救援《きゅうえん》に行ったのに、途中、清《しん》兵や、匪《ひ》徒から阻《そ》止されて、天津へ退却《きゃく》してしまったのであります。日本兵だけで戦いますと、思う存分の活躍《やく》ができるのですが、米英兵などをつれていますと、足手まといになって、のびのびと、十分に戦うことができません。

北京《ペキン》は美しい街《まち》であります。しかし戦争最中とて、見物はできません。おまけに、昨夜入城したばかりで、まだ落ちついていません。この手紙も、はたして、いつ着くことかと案じつつ、したためております。

昨夜連隊本部といっしょに入城し、籠《ろう》城していた日本公使館に行きましたので、みんな、涙をながして喜びあいました。私たちの部隊にも、戦闘《とう》のほかに、途中の道のわるさと、炎《えん》熱のために、病人が出て、何人か死んだ者もありました。私の乗っていた馬も暍病《えつびょう》で二度もたおれました。私もすっかり一人前の兵隊になり、支那焼けがしましたので、きっと、お母さんたちはいま、私に会っても見ちがえることでしょう。私は北京《ペキン》の城壁のうえに立って、「兵隊になれ」といって亡くなられた父上をおもいだしました。そうして、腹の底からわきでるような声で、軍人勅諭《ちょくゆ》を奉唱いたしました。私の耳の底に、五つのときに聞いた父上の、『ヒトツ、グンジンハ』『ヒトツ、グンジンハ』という声がいまもはっきり聞えます。

敵情捜索《そうさく》のため、これから、万寿《じゅ》山方面の斥候《せっ》に出ます。集合喇叭《ラッパ》が鳴っていますので、また。八月十六日。北京《ペキン》にて。」

一家の人々は、八坂《さか》神社に、友彦の武運長久を祈願するために参拝した。かえって来ると、神棚の前で、女中のワカが、瞑《めい》目して合掌《しょう》し、一心不乱《らん》になにか祈っていた。帰って来た一家の者にも、気づかないのである。

「お前の兄《あん》さんでも、やっぱり今度の変《へん》に出とるのかん？」

セツはワカにきいた。ワカは切れながの眼をぱちぱちとしばたたき、

「はい、いいえ、兄はありますが、まだ兵隊にまいって居りません」

そんなら、なにをそんなに一生懸《けん》命に、神に念じていたのかと思ったが、そうむきつけにきくのも憚《はばか》られた。すると、ワカの方が、「お国が勝ちますように、神様にお願いいたしました。それから、こちらの坊ちゃまの御無事をお祈りいたしました」と、かすかに顔を染めていった。

そういうことをいって、主におもねろうという口調はまったくなく、素直《す》ないいかたである。

「お前の兄《あん》さんはいくつ？」

「二十《はたち》になりました」

「来年は鎮台《ちんだい》さんじゃね」

「はい、男の子はみんな天子さまからおあずかりしたもんでございますけ、お返し申す時がまいりました」

なにげなくそんなことをいう若い女中の顔を、セツはおどろく思いで見た。これまでにも、蔭《かげ》日向なく立ちはたらき、よく細かいところにまで気がとどき、しかも、どんな仕事でもいやがらず、心をこめてする新しい女中を、セツは眼をみはる思いで眺めていたのである。よい女中が来てくれたというようなこととは、まるでべつなうれしさがあった。

翌年の正月にかえって来た友彦は中尉《い》になっていた。久彦は軍服姿の兄を見て、羨望《せんぼう》にたえぬ顔つきをした。櫟木も武作もお祝いにやって来て、どちらも、「俺《おれ》たちが年をとる筈《はず》じゃの、友彦坊ちゃんがもう、こんなになるとじゃもん」といった。それから、友之丞さんが生きとったら、どんなに喜ぶじゃろうかといった。

友彦《ひこ》は同期《き》生だという仁科弥《にしなや》助という中尉《い》をともなっていた。福岡の男で、帰省の途次、立ちよったのである。すらりと長い友彦とは反対に、仁《に》科中尉《い》はずんぐりとした猫背《ぜ》であるが、どうしたのか、前歯《ば》のほか、歯《は》がほとんどないので、笑うと、老人のようにみえた。

「砂糖ば食いすぎたとでもなかとに、どげんしたとか、歯《は》が抜《ぬ》けてしまいましてな、若いくせに、入れ歯《ば》も、おかしかけん」と自分でも仕様がなさそうに笑うのである。

「お母はん、仁《に》科中尉《い》は、これで戦術《じゅつ》の天才《さい》ですよ」

「あげんこと」と、仁《に》科はてれて頭をかいた。

「お客さまに申しあげますが」と茶を入れて来たワカが、まじめな顔で、「遠賀《おんが》郡の松川ちゅうとこに、糸切地蔵というのがありますが、それにお詣りなさらんですか」

「なんか、御利益《やく》でもありますかな？」

「はい、歯《は》が生えます」

「ほう、お地蔵さんにたのんで歯《は》が生えるごとありゃ、やすかことな」仁《に》科中尉《い》は問題《だい》にせず、おかしそうに笑った。

その翌年の秋かえって来たとき、友彦は、もしかしたら、ロシヤと戦争になるかも知れんといった。

「ロシヤは、日清戦争のときには、三国干渉《しょう》に加わって、日本から遼《りょう》東半島を返させたくせに、自分の方がこれを租借《しゃく》して、旅順に要塞《さい》をきずきよる。お国を馬鹿にしちょる。やっつけてやるがええ」

ぶりぶりと憤慨《ふんがい》する友彦を見て、セツは、死んだ夫とそっくりだと思った。

鈴《すず》を鳴らして、ふたたび、号外売りが町をとびはじめた。

「号外、号外、危機一髪《ぱつ》の号外」

十年前よりは、ずっと大きな戦争がはじまる。国を賭してたたかわねばならぬ国難の到《とう》来に、ひとびとの心も顔も緊《きん》張した。

そのつぎに、大尉《い》の肩章《しょう》をつけてやって来た友彦《ひこ》は、健康《けんこう》が勝れぬのか、こころもち痩せて青い顔をしていた。

「お前、どうかあるとじゃないかん?」

「大したことはないです。すこし腹をこわして一週間ほど寝とりましたが、……もうええです。出動にきまりましたけ」

十年前、日清戦争のとき、「どっちが勝つじゃろか?」といって、父からはげしくどなりつけられた友彦《ひこ》も、もうそんなことはいわなかった。しかし、ほんとうは、誰もが心のなかでは、どっちが勝つであろうかと思っていたにちがいないのである。日清戦争のときもそうであったが、今度の相手のロシヤのことを考えると、あのとき、父のいったように、ひとくちに、「日本が勝つにきまっちょる」といいきってしまえるであろうか。

友彦《ひこ》は微《び》笑をたたえて、

「きっと日本が勝つでしょう。しかし、生やさしいことではいきますまい。作戦計画のことなど、私にはわからんが、今度の戦争では、伊藤博文公は、もし満洲で陸軍が敗《やぶ》れ、海軍が対馬海峡《きょう》でうち沈められ、ロシヤが海陸から迫《せま》って来るようなことになったら、自分は鉄砲《ぽう》をもって、一兵卒となって、命のあらんかぎり、ロシヤ軍を防ぐつもりちゅうことをいわれたそうです。児玉参謀《ぼう》次長も、四分六分のところまで漕ぎつける、つまり四へん負けて、六ぺん勝つ戦法でゆくというような悲壮な決心のようですし、山本海軍大臣も、日本の軍艦を半分沈める、人も半分殺《ころ》す、そうして、のこった半分で、ロシヤ艦隊を全滅《めつ》させる覚悟《かくご》で居られると聞きました」

そのような戦争であるということを、友彦が語るのは、とりもなおさず、その戦いのなかへ出でゆく自分の覚悟《かくご》をも、のべているわけであろう。母はそう聞いた。

「旅順港攻撃には、乃木閣《かつ》下が行かれるようになるかも知れんということを聞きましたが、私もできれば、第三軍に従軍したいと思うとります。私が乃木閣《かつ》下に小便をたれかけたなんて、もう何十ぺんちゅうて聞かされましたからな」すでに死所をさだめた者の明るさで、友彦は笑った。

四日間滞《たい》在している間に、友彦とワカの祝言の式があげられた。このことは、息子の出征がきまってから、急に母が思いついたわけではない。いわば多年の懸《けん》案であった。ワカの人となりについては、四年間、ともに暮して、まず、セツが惚《ほ》れた。十六で来たワカは、二十歳のよい娘になっていた。実家は財産はなかったが素姓《すじよう》正しい農家であり、両親もまだ健《けん》在で、村でほめられる家庭である。ワカとて、とりたててきわだった女ではなく、まず平凡《ぼん》の方である。難が少いという程度であろう。ただ、後年、「またワカの禁厭《まじない》ごとか」といって辟《へき》易するにいたった、信仰のあまりのやや気ちがいじみた禁厭癖《まじないぐせ》（たとえば、さきにも、糸切地蔵を拝んで、歯《は》を生やせといったごとき）だけに、難とはいえぬ程度の難があったくらいである。

思いがけぬ難題《だい》に、はじめ、ワカは気も転倒せんばかりにおどろいた。もったいないというのである。友彦の方は、母の見こんだ嫁に異存《い》はなかった。祝言の座には、紫《むらさき》の房のついた赤瓢箪《たん》が、これはよい縁《えん》談じゃというように、牀《とこ》の間に鎮《ちん》座した。

日露戦役は、明治三十七年二月五日、最後通牒《ちょう》の通達にはじまり、翌三十八年十月十六日、媾和条約の批准《ひじゅん》をもって終ったのである。この戦争の経過と成果とは、戦史《し》の示すとおりである。

新聞や、号外売りによってつぎつぎにもたらされる戦況に、一喜一憂《ゆう》しながら、高木家には人知れぬ悩《なや》みがあった。それは、友彦が戦地にわたったという通知に接《せつ》しただけで、その後は、いったいどこにいるものやら、まったくわからず、また、生死のほども不明であるからである。母親思いの友彦が、二年にちかい間、一本の便りもよこさないのである。しかし、西南役の折《お》り、弟敬次郎が出征し、小倉《くら》部隊の非常な苦戦を伝えられても、弟の安否についてひと口もいわなかったセツは、今度も、息子のことについて、めそめそとうろたえなかった。ワカも同じである。しかし、二人とも、八坂神社への日参は欠《か》かさなかった。

心配をしてくれるのは、かえって他人で、武作は来るたびに、「友彦さんのことは、まだ、わかりませんか？」ときいた。

「はい、まだ、あのままですが」

「満洲の方か、旅順の方か、それもわかりませんか」

「どっちとも、……しかし、あれは、いつも、乃木さんの軍に加わりたいちゅうて、口癖《ぐせ》のように申しとりましたけ、旅順かも知れません。乃木さんといっぱいやるちゅうて、死んだお父《と》はんが貰《もろ》うた瓢簞《たん》を持っていきましたけ、おおかた、今ごろは、旅順のどこかで、乃木さんと酒でものんで、下手な歌でも歌うとるとでしょう」

「そんなことなら、ええですが」と、武作も仕方なさそうに笑った。

「そらそうと、あんたところの武三郎さんは？」

「倅《せがれ》は旅順のようです。兄貴《き》の戦死したとこで、また戦うとるんでしょう。兄貴《き》の弔合戦をするなんて、手紙に書いて来ちょりましたが」

「今度は、旅順はなかなか手ごわいごとあるですな。日清のときには一日《いちんち》で落ちたとに、今度は、なんべん総《そう》攻撃しても、なかなか陥《かん》落せんらしゅうありますが」

「そうのようです」

三十八年、五月も終りに近いある日、西北の方角にあたって、どろろうん、どろどろうん、という遠雷のとどろきに似た音がきこえた。針仕事をしていた丸髷《まげ》姿のワカは手をやすめて顔をあげた。

「お母はん、なんでございましょうか」

「さあ、雷《かみなり》さんのごとあるが」

「夕立でも」

「そうかも知れんな」

庭前に眼をやると、かっと明るい初夏の陽が、樹々《きぎ》の葉を反《そ》らすほどつよくさし、すみきった青空には、まぶしく光る白い入道雲が、高低のあるいくつもの峰をつらねて、のびあがっている。蜻蛉《とんぼ》の群がしきりに飛ぶ。雨の気配はどこにもない。それでも、どこかで降っているのかも知れない。しかし、雷であれば、断《だん》続する筈《はず》なのに、音は、どろうん、どろうん、どろどろどろどろ、と空の奥底からわきでるように連《れん》続して絶《た》えない。

すると、表から、久彦がかけこんで来た。

「お母はん、あの音、聞いたかん?」

「あい、聞いたが、……なんじゃろか」

「ようはわからんが、どうも、ロシヤのバルチック艦隊と、東郷さんの連合連隊が、この沖で衝《しよう》突して、大海戦がはじまったらしいいち、みんな、いいよる。ロシヤが来たらやっつけてやるちゅうて、海岸の者《もん》な、鍬《くわ》やら鎌《かま》やら刀やら持って、みんな出ていきよるげな。……僕も行って来るで」

久彦はまた駆《か》けだしていった。

友彦の消息は、戦いも終って平和が克復《こく》されてからずっと後、ほとんど暮ちかくになって、やっと明らかになった。本人からは相かわらずなんともいって来ないが、戦友仁科弥助《にしなやすけ》大尉《い》が戦地から手紙をくれたからである。ワカの名あてになっているその手紙を、久彦が朗《ろう》読した。外では吹雪が荒れていた。一家の者は火鉢をかこんで、このごろ、とりつけた暗い電気灯の下に集まった。

「小生は今、奉天の病院に居ります。黒木第一軍司令官の部下として、鎮南浦《ちんほ》に上り、爾《じ》後、鴨《おう》緑江を渡り、九連《れん》城を占領後、安東県に進出、そこでちょっと怪我《けが》をしました。敵はザスリチ中将の指揮《き》する東部支隊、別にマリドトフ支隊などでした。病院を出て、遼陽《りよう》会戦に参加しましたが、黒英台の戦闘《とう》で、また、ちょっと怪我《け》をしました。敵は十倍位の兵力で奪還《だつかん》に来ましたが、悪戦苦闘《とう》して撃退したのであります。遼陽《りよう》を失ったので、クロパトキンは……」

「ちょっと」と、母は口をはさんで、「そのクロパト、とかなんとかいうのは、なにかん?」

「敵の将軍です。……クロパトキンは男前が下り、グレッペンベルグ大将が」

「ちょっと、ちょっと、グロポンベロ、じゃったかな。もういっぺん、いうてみておくれ」

「グレッペンベルグです」

「グレペンベル、クロポトキン……はじめのは、ザリチ、トトトトフ、むつかしい名な。早口でいうと、舌を嚙《か》むが」

「だまって聞いちょって下さい。……グレッペンベルグ大将が後釜《がま》になりました。いよいよ、沙河《さ》会戦が近づき、小生も病院を出て、参加しましたら、黒溝台《こう》で、また、怪我《け》をしました。この黒の字のつくところは鬼門と見えます。今度は、悪運が尽《つ》き、ちょっとの怪我《け》ではなく、カタワになりました」

「まあ」

セツも、ワカも、キヨも、期《き》せずして顔を見あわせた。

「足も腰もたたず、片腕を折《お》り、歯《は》は、みんな抜《ぬ》けました。まるで、紙張子のダルマをくずしたようになりました。」

「あんなこと、……まるで、冗談《じょう》のごと、書いて……」

母は、剃りあとの青い眉をよせた。

「それで、残念ながら、奉天会戦には参加できませんでした。奉天が落ちてから媾和になったとき、兵隊は皆慷慨《こうがい》悲歎《たん》して、くやしがりました。ロシヤにあくまで城下の盟をさせずば置かんと気ばって居ったのです。それでも日本が大勝利だったのですから皆喜びました。私は少しばかり残っていた歯《は》がなくなりましたので、奥さんのことを思い出しました。いつぞやは心がけが悪くて、奥さんが糸切地蔵に詣れば歯《は》が生えるといわれたとき、そんなことはなかろうと思い、相すまんことに笑いましたが、許して下さい。帰国したら奥さんのすすめにしたがい、すぐに糸切地蔵に詣るつもりであります。それでも生えなかったら、痩《やせ》がまんしてもつまらんので、入れ歯《ば》をするつもりですが、きっと奥さんのいうとおり、にょきにょきと新しい歯《は》が生えましょう。身体の方も野戦病院の手当がていねいなので、どうにか修繕《ぜん》ができましょう。死んだ多くの戦友のことを思えば、かえって、小生など、お役に立たなんだことを恥じるばかりです」

久彦はぐっと唾《つばき》をのむようにして、

「今日、はからずも、この病院で高木大尉《い》に会いました。廊《ろう》下を通る白衣の高木大尉《い》を見て、小生はびっくりしました。開戦以来一度も会ったことがなかったからです。小生が声をかけると、高木大尉《い》もおどろいたようでした。配属《ぞく》軍がちがっていれば、戦地にいても、会わずにいることは珍《めずら》しいことではないのですが、聞いてみると、同じ第一軍にいたというので、不思議な気がしました。あんなに乃木閣《かっ》下のことをいっていたのですから、第三軍にいるとばかり、小生は思っていたのです。高木大尉《い》は不精髯《ぶしょうひげ》を生やして、すこし痩《や》せてはいましたが、なかなか元気でした。久しぶりなので、いろいろな話をしました。話はつきないのです。ところが話しているうちに、高木大尉《い》が戦地に来て以来、一度もうちに便りをしないと聞いてびっくりしました。あきれました。かくいう小生は、家に、三日に一度はかならず手紙を書く勉強家です。小生はおこりつけました。家の人たちがどんなに心配しとるか、君にゃわからんとか。そしたら、そんなこと、いわれんでもようわかっとるといいます。そんなら何故手紙を出さん、と、奥さんや、お母さんの身がわりの気で、また、どなりました。しかし、高木大尉《い》の気持をきいて、小生にもよくわかりました。高木大尉《い》はいいます。俺《おれ》のような腑《ふ》甲斐《い》のない者はない。

小さいときからの宿願で、意気ごんで兵隊になったのに、どうしたわけか、身体に故障《しょう》ばかりできて、病院暮しばかりしとる。弾丸にたおれても、病気に死ぬまいと思っていたのに、皮肉のように、病気ばかりする。開戦のときも、衛戍《えい》病院におった。出征させないというんで、全快を装うて、無理に戦地にわたった。第三軍配属《ぞく》の望みも達せられん。おまけに、戦地で、また、第一線に出ることもできずに、薬ばかりのんでおる。故郷の家に、戦地のたよりを出そうにも、恥かしうて出されん。殊に、俺《おれ》に兵隊になれと、遺言までして死んだ親父に、あわせる顔がない。やっと、退院して、どうやら奉天会戦に参加できるかと思っていたら、戦闘《とう》のはじまる数日前に、また、熱のために陣中でたおれた。俺《おれ》は一度も戦場に出んで、故郷にも帰りきらん。と、そういうのであります」

「そんなことじゃったのかのう」と、母は声をおとした。「もともと、そんなに丈夫な子ではなかったけど、どうして、また、にくじに戦地でそう身体をこわしたかのう」

「奥さん、それから、お母さんも、高木大尉《い》の気持を察《さつ》してやって下さい。たよりをしなかったことも、許してやって下さい」

「許しますとも」

「そして、なんの手柄《がら》もなく帰っても、おこらんで下さい」

「おこるもんですか」

「それからは、毎日、小生は高木大尉《い》とあいました。そして、ある日、とうとう、つぎのごとき約束をしました。これは軍人が戦場で約束したことでありますから、奥さんもよく覚《おぼ》えておいて貰《もら》いたいのであります。それは、高木大尉の三番目の男の子を小生が頂戴すること。なぜかならば、小生は女房がありますが、戦傷で、子を得るのぞみがなくなったからであります。重大問題《だい》なので、赤で圏《けん》点をほどこしておきました」

「まあ、とんでもない約束をすることな」と、母はあきれて笑い出した。

「まあだ、一人もできもしませんのに、……できるかどうかもわかりませんのに」と、ワカもころころと笑った。

「そりゃ、でけもしようが、……三番目の男の子なんて、今ごろから、……のんきな人たちな」

「まだ、ありますから」と久彦は合の手が多いので閉口したように、いちだんと声をはりあげて、さきを読んだ。

友彦の終生の願望であった兵隊の夢《ゆめ》がくずれると、高木家の運命も、それにしたがうように急旋《せん》回をした。

友彦の留守に、弟久彦は士官学校に合格《かく》、入学した。久彦は、兄に似て背《せ》がたかいうえに、肩幅がひろく、角力《すもう》をとれば、八つもちがうのに、五番のうち三番は兄をころがすほど膂力にも秀でていて、母は、合格《かく》の通知をうけたとき、「あれは、兄《あん》ちゃんの分と二人分お役《やく》に立つわな」とよろこんだ。

二年半のあいだ、かたくなに、ついに一枚の葉書もよこさなかった友彦は、三十九年の夏、東京の陸軍病院にいるところを、弟に発見された。上京以来、久彦は、暇さえあれば、兄の消息をたずねもとめていたのである。曹《そう》長の肩章《しょう》をつけ、青革の剣を帯した見習士官姿の久彦をまぶしげにあおいで、友彦ははじめはこれが弟だとなかなか納得できなかったほどである。久彦は兄に力のこもった挙《きょ》手の敬礼をして、はちきれるような元気な声で、「大尉《い》殿、いかがでありますか」といった。

「俺《おれ》はもう駄《だ》目じゃ。あとはお前にまかせた」

「兄ちゃん、それは遺言かん？」と久彦がいったので、兄弟は声をそろえて笑った。

友彦は、その年の秋、久しぶりに郷里の土を踏《ふ》んだ。胸膜《まく》を痛めていたということであったが、一見したところは、どこにも故障《しょう》があるように見えない。すでに、戦地で、懊悩《のう》と苦悶《もん》のときを過して来た友彦は、自分の破れた志について、もはや、いつまでもくよくよしてはいなかった。暗い長い隧道を抜《ぬ》けて来た人のように、明るい顔をしていた。年の終りに、大尉《い》で退役になった。

「高木屋」の暖簾《れん》をまもって、友彦は格子の帳《ちょう》場に坐《すわ》るようになった。母はそれをよろこんでよいのかどうかわからず、息子の心を察《さっ》し、帳《ちょう》場で大福帳《ちょう》をひろげて算盤《ばん》をはじく友彦を見て、ふと涙ぐむことがたびたびあった。友彦が高木家をつぐ羽目になったので、キヨは、母のはじめ考えたとおり、「鎮《ちん》台さんの嫁さん」になることになった。父の代から世話になっていた川崎大佐（日清《しん》戦争のころ、小倉留守《くるす》隊にいて、李鴻章《りこうしょう》狙《そ》撃を知らせてくれた当時の川崎大尉《い》）の二男である栄二郎中尉《い》と縁《えん》談がととのった。

セツは、ひとびとから「鎮《ちん》台婆さん」とよばれるようになった。兵隊のことになると、なんでも眼がないからである。眉をおとし、鉄漿《おはぐろ》をつける古風な母は、新しい都をお江戸とよんで、けっして東京といわなかったように、兵隊のことも、鎮《ちん》台さんとよんだ。むろん、いまは鎮《ちん》台の称《しょう》呼は廃《はい》止され、明治十九年一月以来、師団に変っていたのである。

母といっしょに町をあるくと、うるさくて仕方がない。ことに花見どきなど、延《えん》命寺あたりに行っても、肝腎《かんじん》の桜を見ようとはしないのである。花の下をあるく兵隊のあとばかりつけまわす。そして、「ワカや、鎮《ちん》台さんが行きよるが。なんぼかお小遣いでもあげよかん？」という。友彦はわらって、

「お母はん、そげなこというたって、兵隊はたくさん居るんじゃけ、追っつかんわな」

「それでも、二十銭ずつでもあげようかい」

母はそういって、二十銭銀貨を紙《か》のなかにひねりこみ、いくつもそういう包をつくる。そうして、「鎮台《ちんだい》さん、これでお饅《まん》頭でも」といって、兵隊のところへ持ってゆくのである。兵隊は見知らぬ婆さんが金をくれるというので、気味わるがる者もある。

高木一家が故郷である小倉《くら》をすてて、福岡へ移住したのは、それから、四年のち、明治四十四年の秋であった。あわただしい推《すい》移というべきである。実は、その二年ほど前に、すでに、

小倉《くら》を去らねばならぬ羽目に立ちいたっていたのであるが、母セツの心が、はなれがたく小倉《くら》にむすびついていたので、一家の苦難もさることながら、母の気持をむげに斥《しりぞ》けることはできなかったのである。

「お母《か》はんは、どげなことがあっても、お父《と》はんの墓のあるところから、よそに行こうごとはない」

そう駄々《だだ》っ子のようにいっていたセツは、ふとした風邪《かぜ》がもとで、肺炎《はいえん》をおこし、四十四年の春、五十九歳で死んだ。

父の意にも添《そ》わず、また、心配ばかりかけ通して、孝養《よう》もつくさぬうちに、母を先だたせた友彦は、自分の腑甲斐《ふがい》なさを恥じた。そうして、唇をかみ、胸をたたきながら、勇猛《もう》の心をふるいたたせた。そういうことになった最大の原因は、主人友彦にあった。「士族の商法」という言葉があるが、退役大尉《い》である友彦の人のよさと、父からうけついだ頑固《がん》一轍《てつ》な性質とは、ついに、彼が帳場《ちょう》に坐《すわ》るようになってから、わずか二年のあいだに、店をたたまねばならなくしてしまったのである。ここで、高木家がそういう運命になった径路を詳述《しょうじゅつ》することは省くが、第一の原因は、たのまれれば断《ことわ》ることのできないお人よしの友彦が、だれかれの差《さ》別なく、証《しょう》文の判《はん》をつき、また、金を融《ゆう》通したことにあった。その大部分は証人《しょう》かぶりになって、回収できず、かえって、その後始末のために、大きな借《しゃっ》金をつくる結果となった。そうして人に顔をあわせられない不義理が重なった。もう一つは、気に入らねば客をおこりつけるので、まるで商売にならないのである。

「なんでも、今度、東京の代々木練兵場で、徳川《とく》、日野という二人の大尉《い》さんが、飛行機に乗って空を飛ぶちゅうことじゃが、鳥じゃあるまいし、そげなうまいことがでけようかな？　でけたところで、飛行機なんて、戦争の役にゃ立ちゃすまい」

古い馴染客《な》がそんな話をしていると、拳《こぶし》をふるわせ、「わかりもせんことを、知ったか振りしていいなさんな」と、もう折角《せっ》まとまった取引を中止してしまう始末である。

妻のワカは、四十一年に、長女国子を、その翌々年《よくよく》には、長男伸《しん》太郎を生んだ。孫の顔を見たセツのよろこびようはなかったのに、国子が四つの年、孫の成人を見ずに他界した。友彦の子供たちで、国子だけが祖《そ》母の記憶《おく》をおぼろげに持っている。しかし、それも、なにかひどくまっ白な丸い顔に、まっ黒な口のあったことだけしか、印象《しょう》にのこっていない。黒い口というのは鉄漿《おはぐろ》をつけていたからであろう。「金の番なんかしちょられるもんか」と、父友之丞《じょう》はいっていたが、いまは、その番をする金もなくなったのである。

「お父《と》はん、くよくよしなさんな。お天道《てんと》さまは、どこにでも照っとりますに」

ワカが笑いながらいうのをきいて、友彦も元気が出た。

しかし、福岡へ移るに際《さい》しては、なにものにも換《か》えがたい五つの宝があった。父が涙とともに手写《しゅしゃ》した赤罫《けい》紙綴じの軍人勅諭《ちょくゆ》と、乃木さんの赤瓢簞《ひょうたん》と、竹内喜左衛《え》門の形見の「大日本史《し》」と、子供の成長を記録《ろく》した奥座敷の一本の柱と、「御変動」のとき、祖《そ》父が連隊旗のように身体にまきつけていった「高木屋」の紺《こん》の暖簾《れん》とである。

第二部

あの子この子

杉垣の根や、庭の凹みのところどころに、わずかに残雪が形をとどめているが、もう一度ぐらいは雪をさそうかも知れないと思われる冷やかさをふくんだ風が、海の方から吹いて来る。遠く、波の音がときおり風に乗って聞える。空はすみきって青い。

友彦は、白襦袢《じゆばん》一枚の肌《はだ》ぬぎになって、庭の一隅《ぐう》にある夾竹桃の木を、鋸で、ごおすう、ごおすう、と引いていた。三つになった伸《しん》太郎が横に立って、せっかくの立木を切りたおす父を、不思議そうに見ている。母屋《おもや》の縁《えん》側では、ワカが五つの国子の両手にかけさせた白糸を、蒲鉾《かまぼこ》板の糸まきにくるくると巻きとりながら、ふうふうと息を切らして木を挽《ひ》いている夫を微《び》笑をふくんでながめている。とがった友彦の丸刈頭に、やわらかい春の陽があたり、額《ひたい》からながれる汗が秀麗《しゆうれい》な高い鼻のうえをつたたって落ちる。大した労《ろう》働でもないのに、息づかいがはげしく、寒風のなかにも汗をかくのは、まだほんとうに健康《けんこう》が回復していないのであろう。樹は高く、枝や葉は豊富であるが、あまり幹は大きくもないのに、鋸はまだその幹の半にも達していない。

「お父《と》はん、中休みして、番茶でもあがったら」

見かねたワカが声をかけても、「なに、もうじきじゃ」と、鋸の手を休めない。夾竹桃は二本あって、どちらも切るつもりらしいから、じきどころではなく、前途遼遠《りょう》というべきであろう。

友彦が一本を大部分切りこんで、重味で木が傾きかけたとき、うしろから声をかける者があった。ふりかえると、杉垣のそとに漢方医《かんい》の藤田謙朴《けんぼく》が立っていた。いつも木綿の黒紋《もん》附を着ている謙朴《けんぼく》は、山羊のような顎鬚《ひげ》をつまぐりながら、嗄がれ声で、

「高木さん、あんた、なにしござるとな？　その木ば、伐りたおしなさるつもりな？」と、びっくりしたようにいった。

「伐るつもりです」

「なしてな？」

「なしてちゅうたって、いつかも話したように、この夾竹桃の花を見るのは、つらいからです。父が東京の病院で死んだときに、窓のところからのぞくようにして、この夾竹桃の花が咲いちょった。赤い花が眼につくようです」

引く手をやすめた友彦がそういったのは、花を見るつらさよりも、そのときの父の遺言に添《そ》うことのできなかった不肖《しょう》の身への歎《なげ》きであろう。

「そげんことというて、夾竹桃の花の咲くのは、まあだ、ずっと先じゃろうもん。いまごろから

伐らんでも。……そっちのもう一本も伐りなさるつもりな」

「伐ります」

「惜しかことな。どうでも伐るといや、仕様のなかばって、……どうな、あたしにその伐らん方の夾竹桃ば、くれなさらんか？　そのかわり、家《うち》にある梅の木ばあげるが」

「とりかえましょうかな」と友彦も笑って答えた。

謙朴《けんぼく》は友彦よりは四つも年下の三十一なのに、顎鬚《ひげ》と嗄がれ声のせいか、だれからも四十より下に見られたことがない。酒やけのせいか、鼻の頭が赤い。近年物故した父は、むかし城の御典医《てんい》として相当の地位と勢力とを持っていたらしく、その子の謙朴《けんぼく》もこのあたりで、やや重きをなしていた。福岡移住以来、友彦はなにかと謙朴《けんぼく》の厄介《やっかい》になった。見知らぬ土地に来て、受ける親切はいかにもうれしかった。

　福岡に来ると、大名町、管絃《げん》町、と二度ほど居所を変えたが、ふと知り合いになった藤田謙《けん》朴《ぼく》の世話で、箱《はこ》崎におちつくことになった。その知り合いになった最初は、伸《しん》太郎を謙朴《けんぼく》に診《しん》察《さつ》して貰《もら》ったのが動機である。管絃《げん》町にいるとき、伸《しん》太郎が百日咳《ぜき》にかかって困っていると、近所の人が、「子供の病気にゃ、博士でも、大学の先生でも、飲まん飲まんの謙朴《けんぼく》さんに勝つ者《もん》はなか」と教えてくれた。「知らん者がはじめて行っても、すぐ診て下さいましょうか」とワカがきくと、その人は笑って、「とっけもなか酒が好きじゃけん、診察料《しんさつ》のかわりに、酒ば持っていきなさい」と知慧《ち》をつけてくれた。

男の子は天子さまからのあずかりものだと信じているワカは、どんなことがあっても子供はすこやかに育てるのが任務《む》だと思っているので、重い一升壜《しょうびん》を両手に一本ずつ下げ、はげしく咳《せき》こむ伸《しん》太郎を背にして、夢《む》中のように霰《あられ》の降る寒い日を箱崎まで歩いていった。謙朴《けんぼく》はすぐ診てくれた。薬もくれた。そのあとで、話が患《かん》者の父親のことになって、友彦が日露戦役の勇士であると知ると、つぎつぎに話がはずんだ。そうして、謙朴《けんぼく》は団栗《どんぐり》眼を光らしながら、

「いま、あたしは思いだした。あたしの兄貴《き》が奉天の病院で死んだが、そのときに、たしかに、あんたの御主人の高木さんもいっしょで、…たしかに高木友彦ときいた、……死ぬまで、ひとかたならん世話かけたちゅうことじゃった。兄貴《き》は軍医《い》で、沙《さ》河合戦に従軍して負傷したとです。たしかにあんたのご御主人じゃ。違わん。世間はひろいようで、狭《せま》いもんじゃなあ」

医《い》者はしきりにそういって、すっかり自分の兄が世話になったと思いこんでしまったが、友彦の方は藤田謙《けん》道という名をよく覚《おぼ》えなかった。長い間、陸軍病院にいたので、何百という戦傷病兵と顔見知りにはなった。ときには、夜を徹《てつ》して看《かん》病をしてやったり、最期《ご》をみとってやったりしたこともあるが、それは戦友としての気持からしたことであって、そのために多くの友人ができたが、そのなかに藤田謙《けん》道という名はなかったようである。しかし、謙朴《けんぼく》の方では、すっかり、自分の兄が戦地で厄介《やっかい》をかけたと、きめてしまったのだから仕方がない。その日、謙朴《けんぼく》はワカといっしょに、管絃《げん》町のあばら家へやって来た。どこか気質の似ている友彦と謙朴《けんぼく》とは、たちまち気が合って、その夜はおそくまで、酒をくみかわし、話がいつ尽《つ》きるとも知れ

なかった。謙朴《けんぼく》は、もう飲まん、もう飲まん、といいながら、いくらでも飲むのである。箱崎にある謙朴《けんぼく》の借家《しゃく》に、高木一家は移った。そこで、ささやかな雑貨商《ざっか》を開いた。高木家の新しい前進が始まった。ワカの強勒で不屈な努力《ど》は、しだいに店の基礎《きそ》をきずいていった。

「お父《と》はんは、商売のことなんか、心配しなさんな。自分の勉強でもして居んなさい」

ワカがそういうのに、前科者の友彦は頭をかいて、すなおに妻を信頼《らい》する心で「はい、絶対に口だしいたしません」と、おどけていった。夫婦は笑った。

屋号をやはり「高木屋」とした。紺《こん》に白抜《ぬ》きの高木屋の歴史《れきし》ある暖簾《のれん》が表に張られた。

「お祖父はんも、お祖母はんも、暖簾を大事にせえち、口癖《ぐせ》のごといいよったちゅうが」

友彦が憮然《ぜん》としてつぶやくと、

「自分の慾《よく》ではのうて、人のためにしたことでお店がつぶれたんですけ、お祖父さんも、お祖母さんも、叱りはしなされんでしょ」とワカはいった。

高木家の大黒柱はやや風がわりである。それは傷だらけのきたない一本の柱にすぎない。しかしその古ぼけた柱は、子供たちの成長の歴史《れきし》をあらわしているとともに、深いまごころのこもった愛情がきざみこまれていた。小倉《くら》の家を売るときに、友彦夫婦はどうしてもこの柱を残すに忍びず、買主の諒解《りょうかい》を得て、はずして来た。そうして、新しく移った家にはめこんだ。ワカは、姑《しゅうとめ》セツの志をうけついで、その柱に傷をつけはじめた。

「お父《と》はん、ちょっと、ここに来てみなはい」

ワカは笑いながら、夫にいう。友彦は、くすぐったそうな顔つきで、柱を背《せ》に立った。母セツにいわれて幾十度、この柱に添《そ》うて立ったことであろう。友彦は、爪さきだちをして、自分の頭のうえに物尺《ものさし》をあてるワカを見て、ふと、妻が母であるような錯覚《さっかく》にとらわれた。

「ももええです」

友彦が首をすぼめて、柱から離《はな》れると、ワカは物尺ではかって、切れながの眼をみはり、

「ほう、お父はんの背《せ》のたかいこと、五尺五寸八分もあるが」

「そうかん。じゃが、もう、これからは延《の》びまいで。縮《ちぢ》む一方じゃろう」

「縮《ちぢ》みはすまいけんど、……あたしはなんぼぐらい、あるじゃろか」

「よし、俺《おれ》がはかってやろう」

今度はワカが柱に立った。友彦は見おろすようにして、物尺で、妻の頭のうえを、ぎゅっと、おさえつけた。

「あいた、そげ、ひどう押えたら、痛いが」

「それでも、お前は髪《かみ》を結うちょるけ、押えにゃわからん。髪《かみ》の毛は背丈《せ》のうちにゃ入らん。

……よし」

友彦は柱の目盛を見て、

「四尺九寸三分、……俺《おれ》が十四の時と同じじゃ」

「まあ、十四の時と？」

夫婦は顔見合わせて笑った。

いつの間に来たか、伸太郎《しん》が入口のところに立って、父母が背丈《せ》をはかりあうのをふしぎそうな顔をしてながめていた。

「伸《しん》ちゃん、ここにおいで」

ワカは、抱きとるようにして、伸太郎《しん》を柱に立たせた。

「この子も、お父はんに似て、背高《せえ》のっぽんになるにちがわん」とワカはたのしそうに笑った。

家は、店をのぞいて、階下が四間、二階が二間あって、のちには狭《せま》いのをかこつようになったが、移った当座は、やや広すぎる感があった。友彦は、二階の四畳半を書斎《さい》にした。書斎《さい》といっても大した本があるわけではない。「大日本史《し》」があるだけだ。中櫺《ちゅうれい》の窓側に、古道具屋で買って来た一閑《かん》張の机を据《す》えた。友彦は、自分の部屋の壁に、軍人勅諭《ちょくゆ》を書いて張ったばかりでなく、まるで兵営のように、どの部屋にも張った。

一軍人ハ忠節ヲ尽スヲ本分トスヘシ

一軍人ハ礼儀ヲ正クスヘシ

一軍人ハ武勇ヲ尚フヘシ

一軍人ハ信義ヲ重ンスヘシ

一軍人ハ質素ヲ旨トスヘシ

兵隊のときに、心の糧《かて》であったこれらのお言葉が、軍服をぬいだ今になって、いっそう切実に身にしみることを友彦は奇妙《きみょう》なことに思った。父友之丞《じょう》が、いつも、口癖《ぐせ》のように、この御勅諭《ちょくゆ》は軍人だけでなく、国民全部に賜《たま》わったものと思わなくてはならん、といっていたことが、しみじみと思いだされた。

うだるような暑い日をわざわざ選んだように、久しぶりで、櫟木《いち》曹長《そう》と、叔父敬次郎とがたずねて来た。櫟木《いち》はすこぶる元気で、なにかうれしくてたまらないように、にこにこしていた。

「やあ、国嬢《じょう》ちゃんも、伸坊《しんぼう》ちゃんも、大きゅうなんなさったなあ。……大きうなる筈《はず》じゃわ。わしがもう、来々年《さらいねん》は六十じゃけ。いつじゃったかなあ、なんでも、とても寒い晩じゃったが、西南戦争のとき、乃木隊長が、薩《さつ》軍に、軍旗をとられなさった折《おり》の話をしたことがある。あんときに、あんたが、まあだ、十二か、十三くらいじゃった」

櫟木は感慨《がい》にたえぬ様子で、ひとりで喋舌った。もともと、皺《しわ》だらけの細面で、風采《さい》のあがらぬ小男ではあったが、もう六十が近いというのに、顔の艶《つや》もよく、声も若い。ただ、頭髪《はつ》はうすくなり、頭の中央は赤く禿げて光っていた。

「わしばかりじゃない。トラ兵さんも、年とった」

櫟木は厚い掌を煙草盆《ぼん》がわりにして鉈豆銀管《なたまめぎせる》の火をおとしながら、敬次郎をかへりみて笑った。トラ兵というのは、明治六年、徴《ちょう》兵令によってはじめて徴《ちょう》集された兵隊が、寅《とら》年生れなので、そう呼ぶのである。敬次郎も頭をかいた。ワカの膝《ひざ》のうえに抱かれていた伸《しん》太郎は、客が手のひらの上で煙草の火をころころころがすのを火傷しないかと心配そうに見た。

「そら、そうと、あのですな、この間、室井の武作さんに会うたら、今度、御変動のときの人たちが集まって、丙《へい》寅会ちゅう、思い出の会のようなもんを作ろうと思うちょるけ、高木の大将も、ぜひ入って下さるように、話しといてくれちゅうて頼《たの》まれました。あんたは直接《せつ》関係はないけんど、亡くなられたお父はんが縁《えん》が深いし、竹内喜左衛門《え》ちゅう人の、なんか、……わしはよう知らんが、……形見の歴史《れきし》の本があなたのとこにあるそうじゃし、まあ、そげな縁《えん》故で」

「そうですか。よろこんで、入れていただきましょう」

「わしらが、西南役で、古いと思うちょったが、御変動のときの人が、まあだ、たくさん居りますけな。……いま思や、あん時や日本同士で、なんのかんのと、内輪喧嘩《けんか》ばっかりしちょったが、……御時世は変りましたなあ」

櫟木は煙草を間断《だん》なく吸いながら、話題《だい》を転じ、

「久彦坊ちゃんは、どげされました？」

「あれは、いま水戸の連隊に居ります。大尉《い》になって、中隊長をやっとります」

「ほう、早いもんな。小倉《くら》に居るとき、久彦坊ちゃんを、わしが肩車《びびんこ》をして、軍旗祭に行ったことがあるが、あんとき、赤い風船玉をぶらぶらさせなさっとったとが、まあだ、眼に見ゆるごとあるが、……五つくらいじゃったが、はや、中隊長か」と、涙もろい櫟木は、もう細い眼をしょぼつかせながら、「大尉《い》といや、あんたと同じのわけですな」

「わたしは、もう大尉《い》の立ちくされじゃが、あいつは、将軍になるかも知れんですよ。現地戦術《じゅつ》などは、師団でも及ぶものがないちゅうて、自分じゃいわんが、あれの友人から聞きました」

櫟木はふんふんと満足そうにうなずいていたが、ふと思いついたように、

「そら、そうと、あなたは、その後、乃木隊長に会いなすったか」ときいた。

「お会いしません」

「どうして、あいなさらん？　日露戦争がすんで、九州にもたびたび、お出でになられた筈《はず》じゃが」

「そうですか」

友彦はそう答えた。そのことを、知らないのではなかったが、自分が乃木将軍に会いたくない気持を、櫟木に説明しても仕方がないと思ったのである。

「わしはお目にかかりました。陸軍特別大演習に来られたときでした。熊本《くま》の宿屋にたずねて行きました。ところが、ごらんのとおり、わしの風態《てい》が、こげ見すぼらしいでしょう。それで、どうしても取りついでくれん。なんべん行っても玄《げん》関で断わられる。仕様がないもんで、乃木隊長が出て来られるのを待っちょって、お目にかかりました」

そのときの様子を櫟木はこまごまと語る。

「それで、実は」と、櫟木はおさえがたい喜色を、皺《しわ》のふかい顔いっぱいにたたえて、「わし

は明日《あした》、上京するとです。東京で一旗あげてみたいと思いましてな、乃木隊長をたよってゆくことにしとるとです。乃木隊長が、いつでも来いちいうてくれましたけ」

敬次郎が横から、「それで、櫟木さんな、なんか友さんに願いごとがあるんじゃげな」

「なんじゃろか」

櫟木がいいにくそうにもじもじして居るので、笑いながら、敬次郎が、「実は、友さんが、乃木さんの赤瓢箪《たん》を持っちょるじゃろう。あれを譲《ゆず》って貰《もら》いたいいちこ。きっと、東京に行って、あれで、乃木さんといっぱいやりたいんじゃろ。……な、櫟木さん、そうじゃろ？」

櫟木は、てれくさそうに、うなずいた。

友彦はおどろいて、「冗談《じょう》じゃない。なんかと思や、そげな無茶なこと。なんぼなんたち、あれが譲《ゆず》られるもんか。駄目《だ》です。馬鹿にしなさんな」と、だんだん怒りだした。

意外に強硬《こう》な友彦の態《たい》度に、櫟木もあきらめるほかはなかった。櫟木には、友彦の怒りの気持は、やや腑《ふ》に落ちなかったのである。昔、肩車にのせた少年が、眼を光らして自分に対抗《こう》するさまに、櫟木はちょっと悲しそうな顔をした。友彦とて説明しようとは思わなかった。また、説明はできなかったかも知れない。

歓《かん》談しながら、赤瓢箪《ひょうたん》で、酒をくみかわした。ゆで蛸《だこ》のように赤くなって、櫟木と敬次郎とは、油蟬《ぜみ》の鳴きしきる炎《えん》熱の日中を帰っていった。

七月の終りちかく、突如、発表された聖上御不例《れい》の報は国民を駭《おどろ》かせ悲しませた。憂色は全国に満ちわたり、御平癒《ゆ》を祈る声は津々浦《うら》々にあふれた。新聞のつたえるところによって、友彦は、二重橋前のただならぬ状況《じょう》を知った。宮城に参内する人々の馬車の混雑《こんざつ》。潮のごとく寄《よ》せあつまる群衆《しゅう》。満員の電車は、ことごとく、桜田、馬場先、和田倉《くら》の停留《りゅう》場で客を降す。ひとびとは広場にたたずみ、あるいは土下座してひたすら御平癒《ゆ》を祈り奉る。襟《えり》をかき合わせて柏手をうつ小学生。人の眼もはばからず一心不乱《らん》に祈禱《とう》をする者。夏の陽の直射《しゃ》も覚《おぼ》えぬげに額《ひたい》を地にすりつける老婆《ば》。参集する陸海軍部隊。民間諸団体。群衆《しゅう》は夜に入っても去らず、アーク灯の青白い光のなかに照しだされた、聖上の御容体書に見入る。

友彦は自分もその群衆のなかにいるような思いになった。士官学校時代、仰ぎみた龍《りゅう》顔を偲《しの》び、自分の生命と代えさせ給えと、神に祈った。ワカは国子と伸《しん》太郎とを伴《ともな》って、筥崎八幡《まん》宮に詣った。神社には同じ思いの人々があふれていた。ワカは裏の井戸端で水垢離《り》をとった。国子も、伸《しん》太郎も母にしたがった。国子は、母に内緒《しょ》で、伸《しん》太郎と二人で水をかぶり、東を拝んでいることがあった。

明治四十五年七月三十日、午前零《れい》時四十三分、全国民哀悼《あいとう》のなかに、明治天皇は崩《ほう》御あらせられた。

いまだ、高木一家の悲歎のかわかぬうち、九月十三日、乃木大将夫妻殉《じゅん》死の報がもたらされた。

驚愕した友彦は、しばらく茫然《ぼうぜん》となって、言葉も出なかった。号外を持った手がぶるぶるとふるえた。うつろな眼つきで、何度も号外のうえに眼を落した。意味もなく、裏がえしてみたりした。庭下駄《た》をつっかけて、梅の木のところに行き、幹を蹴《け》った。いつか、謙朴《けんぼく》と交換《かん》した梅である。かなりな古木で、ぼこぼこと空虚《きよ》な音がした。

「乃木、さん、は、もう、この、世に、居られん」

いいふくめるように、一句《く》一句《く》切って、呟《つぶや》いてみた。すると、いままではどうしても信じられない幻影《げん》であったものが、急に真実となって、落ちかかるように、心のうえにどっとのしかかって来た。眼まいがして、よろよろとした。心の支柱をうしなった堪《た》えがたい寂寥《せき》が胸を嚙《か》む。ほとばしるように、涙があふれて来た。男泣きに泣いた。

「馬鹿たれ」

唇を嚙《か》んで、どなった。ひとの声のようであった。自分を罵《のの》り、ぶりぶりと自分に腹を立てた。

「お父さん、どうなされたとですな」

伸《しん》太郎を帯で背《せ》に負ったワカが台所から出て来て、心配そうに夫を見た。

「ワカ」

「はい」

「東京に行く支度をしてくれ」

「どうして、また、そげ急に？」

「乃木さんが亡くなられた。殉《じゅん》死されたんじゃ」

「まあ」

ワカも顔色を変えた。友彦のさしだす号外に、眼を釘づけにした。

「すぐ、今から行く。俺は乃木さんが生きとられる時にゃ、面目のうて、会いきらんじゃったが、亡くなられたと知ったら、急にお会いしとうなった。葬《そう》儀は十八日ちゅうことじゃ。青山墓地に葬られるとのことじゃけ、よそながら、拝みたい」

いくらか興奮《ふん》も落ちついた友彦は、ふと思いうかんだように、

「櫟《いち》木さんが喜んで上京したが、どげしたかのう。……俺《おれ》には、いま、はじめてわかった。乃木さんは、植木で軍旗をとられなさったときから、死ぬことばかり、考えていなさったんじゃ」

「着物になさいますか。洋服になさいますか」とワカは訊いた。

友彦はちょっと考えて、「軍服にしよう」といった。

友彦が上京してから、新聞に、葬《そう》儀の詳しい状《じょう》況が出た。写《しゃ》真もあった。ワカはその写《しゃ》真に切れながの眼を皿《さら》にして、見入った。沿道に堵《と》列した軍隊、群衆《しゅう》、砲車に安置された霊柩《れいきゅう》。前後にしたがう十数名の砲手。棺側をきらびやかな盛装をして、徒歩でゆく十名ほどの人たちは、陸軍の諸将星であろうか。柩《きゅう》車の前に立つ銘《めい》旗には、「軍事参議官陸軍大将従二位勲一等功一

級伯爵乃木希典之柩」と書かれてあるのが、辛《かろ》うじて判《はん》読される。その荘《そう》重華麗《かれい》な葬《そう》儀の写《しゃ》真を見て、ワカは奇《き》妙な感じに捕《とら》われた。それは、この壮麗《そうれい》な柩《ひつぎ》のなかに眠っている偉い人が、夫の夫友彦が赤ん坊《ぼう》のころ、抱かれて小便をたれかけた人と同じであるからだ。そう思うと、夫の悲しみが自分の悲しみのように、胸に痛く伝わって来るのを覚《おぼ》えた。また、櫟木曹《そう》長にしても、夫にも劣《おと》らない悲歎《たん》の思いにとざされているのであろう。ワカの眼に、群衆《しゅう》のなかに交って、過ぎゆく柩《きゅう》車を、憂愁《ゆうしゅう》のまなざしで、じっと見送っている夫と櫟木との顔や姿が、そこに見るように、まざまざと浮んで来た。

友彦《ひこ》が上京してまだ帰らないある日、表から駈けこんで来た伸《しん》太郎が、「お母ちゃん、お煎《せん》餅《べ》」と、力のない声でいったと思うと、店の板の間にうつぶせに寝てしまった。

秋の気をふくんだ風が、古ぼけて色の褪《あ》せた高木屋の歴史《れきし》的暖簾をゆらめかしている。道路に落ちた白昼の陽の光のつよさが反射《しゃ》して来て、店のなかは明かるかった。雑貨《ざっか》商といっても、まったくの諸式屋で、店には、日用雑《ざつ》品類《るい》、米、小豆《あずき》、塩、砂糖、野菜類《るい》、醬《しょう》油、酒、豆腐《ふ》、蒟蒻の類《るい》までもあり、表の正面には一銭駄《だ》菓子もならべてある。いくつかの硝子戸棚や、樽《たる》、桶の間を縫って来た伸《しん》太郎は、いつものとおり、好物の煎《せん》餅をねだったのであるが、母の返事もきかずに、ぐったりと、うつぶした。

あたらしく仕入れた味噌《そ》の樽《たる》をしらべていたワカは、おどろいて、伸《しん》太郎のそばにかけよった。

る。

「伸《しん》ちゃん、どうしたな？」

「お煎餅《せんべい》」と、またいったが、だらしそうな声で、もう頭をあげようともしなかった。うっふ、うっふ、と、かすれた咳《せき》をした。長い髪《かみ》が揺れた。

ワカは伸《しん》太郎を抱きおこした。着物のうえまで熱かった。むくんだように顔が赤く、額《ひたい》に手をあててみると、かっと燃《も》えていた。眼がどろんとしている。咽喉《のど》が息苦しげにぜえぜえと鳴る。

「伸《しん》ちゃん、ああんしてごらん」

そういったが、伸《しん》太郎は口をあけようとしない。ワカは左手で口を無理に開いた。右手の二本の指を小さい口のなかにさしいれて、ぐっと舌をおさえた。いやがって、伸《しん》太郎は泣きだした。咽喉《のど》の奥をのぞくと、両側に白い点々がみえた。はっとして、（扁桃腺《せん》ではない）と、ワカは胸がどきどきしはじめた。

いきなり、両腕のなかに伸《しん》太郎を抱きかかえると、夢中《む》のように表にとびだした。杉垣に沿った細い道を草履《り》を鳴らして走った。櫛《くし》が落ちたのも知らなかった。藤田謙朴《けんぼく》は折《お》りよく在宅していた。高木屋から二町ほどしか離《はな》れていないのである。けたたましいワカの声をきいて、古風な式台《だい》のある玄《げん》関に、謙朴《けんぼく》は黒紋《もん》附の姿をあらわした。夏も冬もない同じ服装である。

「どげんしなさったな？　たいそう、あわてとるごたるが」

「この子が、……伸《しん》太郎が死にます。先生、助けてやって下さい」

ワカはほとんど取りみだしていた。

「まあ、こっちにあがんなさい」

診療室《しんりょう》にみちびかれた。ぷんと、枯れた草根木皮のにおいが鼻をつく。ちぢれ毛のような朝鮮人参《せん》や、さまざまの薬草が、いくつもの束になって、天井から吊してある。薬研《やげん》や小さい擂鉢が、棚のうえにならんでいる。一升徳利《しょう》もある。座布団のうえに足座《あぐら》をかいた謙朴《けんぼく》は、伸太郎《しん》を診察《しんさつ》していたが、咽喉《のど》のなかを見て、濃《こ》い眉を八字にした。団栗眼《どんぐり》をむき、

「ほんに、こら、大きな大事《おおごと》。あんた、よう早う気がつきなさった。こりゃ、馬脾風《ばひふ》たい。もう、二十分もおそかったら、咽喉《のど》がつぶれて、死んでしまうところじゃった。ばって、まあだ、危なか。だいぶ、ひどいごとある。年が三つじゃけ、持ちこたえきりゃ、ええがな。なんでも、こりゃ、伝染病じゃけ、すぐ、隔離《かくり》ばせにゃいかん」

謙朴《けんぼく》はあわてた。伸《しん》太郎の小さい左腕に、強心剤《ざい》の注射《しゃ》をした。蒜《にんにく》の根をすりおろした汁を、咽喉《のど》のなかに吹きこんだ。それから、咽喉に湿布をした。

ワカは膝がしらが、がたがたと顫えはじめた。一家の没落《ぼつ》のときにも、またいかなる苦難の生活にも屈しなかった勝気の彼女が、めずらしい取りみだしようである。馬脾風《ばひふ》ときいて、彼女は恐ろしさに身ぶるいがついたのだ。馬脾風はいまでいうジフテリアで、現在では、血清《せい》注射《しゃ》でたいてい治癒するといわれているが、そのころは、子供の馬脾風は、ほとんど死病とされていたのである。ワカは、ふたたび、伸《しん》太郎を両手に抱きかかえると、宙《ちゅう》に浮いたような気持

で、家に走りかえった。謙朴《けんぼく》もついて来た。二階の六畳（友彦の書斎《さい》の隣の部屋）に、床をしいて寝かせた。国子は、しばらく、謙朴《けんぼく》の家にあずかって貰《もら》うことにした。謙朴《けんぼく》の母と、さいきん貰《もら》ったばかりの細君とがいるからである。（夫の留守《るす》に、大切な子供を死なせては申しわけない）ワカは必死であった。

部屋の片隅《すみ》に、七輪をあげて、牛乳《にゅう》をわかし、葛湯を煮いた。ときどき、綿を箸《はし》のさきにかたくまきつけて、食塩水でぬらし、口のなかを拭いてやった。伸《しん》太郎は夢《ゆめ》うつつのように、ときどき力のない薄《うす》眼をあけたり、閉じたりする。咽喉《のど》はいかにも息苦しそうに、ひいん、ひいん、と鳴った。

蜩《ひぐらし》が表で鳴く。切るようなかんだかい声である。たそがれて来て、斜《なな》めに夕陽が障子《しようじ》いっぱいにさした。ワカは、眼ばたきもせず、伸《しん》太郎の顔を見まもっていた。時間が長いのか短いのかわからなかった。階下の時計が一度鳴ってから、あとが長時間経っても鳴らないように感じられるかと思うと、いま鳴ったのに、もう鳴ったと思われるときもあった。

脈をとったり、熱をはかったりしていた謙朴《けんぼく》は、日が暮れてしまったころ、急にそわそわとして立ちあがった。

「どうも、いかん。御寮《ごりよう》さん、わしは森さんを呼んで来る。伸《しん》ちゃんに気をつけといてな。唇《くち》のいろが、白うなったら、もう駄目《だ》じゃけん、そのつもりで」

いい終ると、飛ぶように階段をかけ降りていった。五町ほどさきにある森医《い》学博士を頼《たの》みにいったのである。もともと、二人はあまり仲がよくはなかったのであるが、子供を助けたいばかりに、謙朴《けんぼく》は我を折《お》ったものであろう。

ワカは伸《しん》太郎の唇のいろばかり見つめた。びくびくと動くたびに、はっと息をつめた。聞いていてこちらが苦しくなるほど、絶《た》えず、ひいん、ひいんと、咽喉《のど》が鳴った。大きく腹が波うった。ランプの光りのなかに、心なしか、もともと白い顔の色がしだいに青ざめてゆくように見うけられた。

黒洋服に白いカラーの目だった森博士は、赤鞄《かばん》を提げて、まもなくやって来た。手ぎわよくあちこちを診ていた医師《い》は口のなかを検べて、「これは」と、軽いおどろきの声をあげた。

「どうして、こんなになるまで、ほっといたのです?」

謙朴《けんぼく》の方に非難に似た眸《ひとみ》を投げた。

「だめで、ございましょうか?」とワカは気もそぞろの思いできいた。

「はあ、このままでは、お気の毒ですが、駄《だ》目でしょう。それとも手術《じゅつ》すれば助かるかも知れませんが、……そう、手術《じゅつ》するより手段はない」

「どこを手術《じゅつ》するのでございますか」

「咽喉《のど》です」

ワカはぐっと唾《つばき》をのみこんで、

「手術《じゅつ》したら、助かりますか」

「そりゃ、やってみにゃ、わからんが」

「そんなら、お断《ことわ》りいたします。切っても、助かるかどうかわからんとなら、このまま切らずに死なせます。こんな、いたいけな子供の咽喉《のど》を切りやぶるなんて、……」ワカはもう泣き声である。

「そんなことをいうたって、切れば助かるかも知れんのですよ」

「受けあって下さいますか」

「さあ、受けあうということはできんが」

「そんなら、止めていただきます」

森博士は不機嫌《げん》そうに、「そんな無茶いうもんじゃない。親のいうとおりにしとったら、世間に可愛い子供を死なす親はない筈《はず》だ。手術《じゆつ》せねば、とても助からんのだから、手術《じゆつ》を思いきってやってみるのが、親のつとめでしょう。ま、僕にまかせときなさい。準備《じゆんび》をして、一時間ほどしたら、迎えに来ますから」

医師《い》は帰った。

「藤田先生、しばらく、お願いいたします。すぐ、帰って来ますから」

ワカはそういいおいて、夜のなかに出ていった。月はないが無数の星が澄《す》みきった光をきらめかせて、空にあった。ワカは夜の道を、草履《り》の音をぺたぺたいわせながら、筥崎神宮に来た。跣足になり、駈け足のようにして、お百度を踏《ふ》んだ、消えいる思いで、神に祈った。それから、最後の望みをこめて、神鬮《みくじ》を引いた。出たみくじ札をくらいアーク灯の下で読んだ。「半吉」胸がどきんとした。「病気」の欄《らん》に眼を走らせた。「癒《なお》りがたし」なん度読んでもそうである。頭のなかがぼうっとなって、よろけた。悲しみと絶《ぜつ》望とに心をくだかれて、ワカは足をひきずるようにして、夜の道を家にかえった。（もう、仲《しん》太郎はこときれている）二階にあがるのが恐ろしかった。

奥座敷に来てくずれるように、ぺたんと坐った。くらい電気灯がともっている。子供たちの成長の目盛を記した柱に眼がとまった。そこへにじりより、そっと柱をなでた。前月に書きつけた「仲《しん》太郎三歳、二尺二寸七分」という字を読んだ。狂暴《ぼう》な悲しみが煮えるように、胸のなかにたぎった。とめどなくあふれる涙をぬぐおうともしなかった。ワカは立ちあがった。簞笥《たんす》にちかづいて、抽匣《ひきだし》をあけた。なかから、三枚の絣《かすり》の着物を出した。仲《しん》太郎のために作ってやったものである。ワカは狂気のように、その着物の縫いあげをほどいた。それから、一枚ずつ、力をこめて引き裂いた。泣きながら、破った。なかなか破れないので、足をかけて裂いた。

（仲《しん》太郎が死んだのに、こんなもん、なんするもんか）三枚の着物はずたずたになった。

その物音を聞いたのであろう、階段を鳴らして、謙朴《けんぼく》が降りて来た。

「御寮《りよ》、あんた、なんちゅうことしなさるか」

おどろいた謙朴《けんぼく》は、ワカの手から、すでに襤褸《ぼろ》になった着物をとりあげた。ワカは、そこへ泣きたおれた。

「ははあ、伸《しん》ちゃんが死ぬと思うたとじゃな」と謙朴《けんぼく》は気づいて、「なんの、御寮《りよ》さん、伸《しん》ちゃんな、たいそう、調子がよかごたるばい」

ワカはバネ仕掛のようにはねあがった。二階にあがった。さっきまで、ひいん、ひいんと聞えていた苦しい息づかいが聞えない。あまり静かなので、ふと見たときは、（あ、とうとう）と、息がつまった。そっと、伸《しん》太郎の顔に、自分の顔を近づけた。すやすやとしずかな寝息である。手をにぎって、

「伸《しん》ちゃん」と、呼んでみた。

「はあ」と、返事をして、伸《しん》太郎はぱっちりと眼をあけた。

まったく容体がかわっているので、ほっとしながら、まだ不安が去らなかった。死ぬ直前の小康《こう》で、安堵した途端に、ふっと、息を引きとってしまいそうな気もする。ワカは伸《しん》太郎の額《ひたい》に手をおき、ふるえる声で、

「どうしたとでしょうか」と、謙朴《けんぼく》の顔を見た。

「どげんしたちゅうて、様子がようなったとじゃろうもん。……それがくさ、あたしも、実は、もうつまらんと思うとったとじゃが、さっき、あんたが出ていきなさって、しばらくしてじゃ、いまにも咽喉《のど》のつぶれるごと、はげしゅう、ひいん、ひいんと、鳴りよったとが、急にばたっと聞えんごとなった。正直のはなし、わしも、ありゃ、死んだと思うた。そしたら、そうじゃ無うて、息づかいが、楽になっとる。熱も下って来た。それで、わしも安心して、あんたの帰

って来るのを待っとったら、……なんか、階下《した》で、ばりばり、布でも裂《さ》くごたる、おかしな音がしたもんじゃけん」

(助かった)そう思うと、ワカは、あべこべに、ふしぎな恐しさのようなものに襲《おそ》われて、わっと泣きふした。全身ががたがたと顫《ふる》えだした。寝ている伸《しん》太郎の身体をかかえるようにして、わっと泣きふした。

約束の時間より、すこし早く、森医《い》師はやって来た。白い手術《じゅつ》着を着ていた。二人の看護《かんご》婦が、小さい担架《たんか》を持ってあとにしたがっていた。森博士は、伸《しん》太郎の容体を見て、合点がいかぬように小首をかたむけた。とがった顎をいっそう引きのばすように、右手でなん度ももみながら、

「だいぶん落ちついとるようにある。この分なら、明日まで様子を見あわせてみよう」

そういって、強心剤《ざい》の注射《しゃ》だけをし、看護《かんご》婦をつれて帰っていった。

「まあだ、油断《だん》はならんばって、馬脾風ちゅうもんな、とりつくのも早いが、退くのも早かけん、たいていは、大丈夫じゃろ。……あたしはちょっと帰って来るけん。じき、また、来ます」

謙朴《けんぼく》は帰った。下駄《た》の音が杉垣に添《そ》って遠ざかって行くのを聞いて、謙朴《けんぼく》が御飯を食べに帰ったのだとワカは気づいた。(すみません)と、心のなかでいった。自分もなにも食べていないが、空腹などはまったく覚《おぼ》えないのである。大丈夫とはいわれたが、一人になると、心細さがよみがえって来た。伸《しん》太郎はすやすやと眠っている。外では、かすかに風が吹いている。眠

っていた伸太郎《しん》が、ふっと眼をひらいて、あたりをきょろきょろと見まわした。ワカは顔をよせて、

「伸《しん》ちゃん、どうしたな」

「お父《と》っちゃんは？」

「お父《と》っちゃんは、東京よ」

「いつ帰る？」

「もう、じき」

伸《しん》太郎はだまったが、また、思いだしたように、頭を動かして、あたりを見まわし、

「国姉ちゃんは？」

「おるよ。下に寝とる」そういった。

「ふうん」

生死の境をさまよいながら、いつも家のなかにいる人の姿の見えないことを気にしている子供の心がいじらしくて、ワカは涙が出た。

伸《しん》太郎は眼に見えて回復した。森博士も、無論、もう手術《じゆつ》の必要などはないといった。しかし、謙朴《けんぼく》は、いったいなにがきいたんじゃろうかと、どんぐり眼を動かして、しきりに首をひねるのである。伸《しん》太郎が助かると、ワカは破《やぶ》った三枚の絣《かすり》の着物が、いくらか惜しかったが、

「とうとう、お父はんの気短かがあたしにも伝染《せん》したわな」と、屈託《たく》のない声で笑った。彼女

は、町に出て、一円二十銭も奮《ふん》発し、連結するブリキ製の汽車を買って来た。当時では最新流行でもっとも高価《か》な玩《がん》具である。それを、伸《しん》太郎の枕元で、終日、ぐるぐると座敷中を引きまして見せた。

帰郷して来た友彦は、留守《るす》中のことを聞いておどろいた。しかし、もう伸《しん》太郎は起きあがって、遊んでいるときであったので、ワカに、「心配させたのう」の、心からいった。謙朴《けんぼく》にもあつく礼をのべた。見舞や、世話になった近所の人たちの家もまわって、礼をいった。

この附近の町内の世話役を、謙朴《けんぼく》の父がしていたので、先代の物故後も、謙朴《けんぼく》がやはり、そういう役目についていた。近所の人たちとも次第に顔見知りができた。友彦は小倉《くら》を出るとき、源内から、「博多の者な横道者、青竹割って褌《へこ》をかく」ということを聞かされて来たが、その言葉の意味を、別な風に解釈《しやく》をしていたのである。はじめは、まったくゆかりのなかった他郷が、しだいに、生れたときから住んでいたところのような親しみを覚《おぼ》えるようになった。「この町内の者な、とんちんかんな者ばっかりでな」と謙朴《けんぼく》はよくいうが、その謙《けん》朴とて、なかなか、とんちんかんでないこともないし、自分とて、また一種のとんちんかんでもあろうかと、友彦は、ひとりでに微《び》笑が湧《わ》いて来るのである。

かえって来て、乃木大将の葬《そう》儀に参列した折《おり》のことを、友彦は感慨《がい》をこめて語った。そのあとで、「久かたぶりで弟に会うた」といった。秋の気配がふかぶかと、庭の立木に感じられる夕暮である。友彦の東京みやげの話をきくためと、伸《しん》太郎の全快祝いをかねて、帰郷の日の晩餐《さん》には、謙朴《けんぼく》をはじめ、数人の近所のひとびとが集まった。左隣の傘《かさ》店「蛇の目屋」の主人天野徳《とく》右衛《え》門、右隣りの八百屋三谷秀《ひで》吉、一町ほど先の博多織物問屋「筑《ちく》前屋」の八木重平。盃《さかずき》がまわった。あまり雄弁《べん》ではなく、吶々と語る友彦の話は、聴衆《ちょうしゅう》に満足をあたえはしなかったようである。

わずかな酒で、友彦はもう顔を赤くして、「あの子は」と、弟久彦のことをそう呼び、「中隊長をやっとりますが、活潑《ぱつ》な奴ですから、評判《ひょうばん》も悪うはないようです。背《せい》は私と同じくらいですが、私とちごうて、肩幅がごつう張っとるし、眉毛が濃《こ》ゆうて、太いので、黙《だま》っとっても、兵隊にゃ睨《にら》みがきくようですな。兵隊は口数の少いがええです。あの子は私よりもずっと落ちついとりますし、きっと、偉うなりますよ」

友彦がそういうのは、自分の志までも二人分やって欲しいという念願をも語っているのであろう。

「私は久彦の任地に行ったんですが、あの子が、私にいきなり、田舎《いなか》の人はええですな、と感に堪《た》えたようにいうんです。どうしたかと思うて聞いてみたら、この間、田舎の人たちが、連隊に、牛車で三台も小豆を持って来てくれた、というんです。わけを聞くと、ある日、休日に外出した兵隊が、……一等卒か二等卒かでしょう、……郊外に出て、一軒の駄《だ》菓子屋の店で、饅《まん》頭を食うて、なんの気なしに、このごろ、隊じゃ、小豆がないけ、酒保でも、ぜんざいが食えんて、……まあ、東北じゃけ、向こうの言葉で、そげな風なことをいうたらしい。その兵隊は、そういうたままで、帰って来たんだそうですが、べつに意味があっていうたわけじゃないけ、忘《わす》れてしもうとった。そしたら、あとが大騒動《そう》で、その駄《だ》菓子屋の婆さんが、となりの誰かに、そのことを話した。そしたら、そらいかん、小豆を食べんと、脚気《かっけ》になる、兵隊さんが脚気になったら大事《おおごと》ちゅうわけで、村中の騒《さわ》ぎになった。隣村まで波及して、なんか、今年はたいそう小豆は不作じゃったらしいんですが、足らんなかから、村中の者が二合三合ずつ出しあわせて、すこしずつでも、人数じゃもんじゃけ、相当に集まった。それを牛車に積んで、兵隊さんに食べさせて下さいちゅうて、連隊に曳《ひ》いて来たというんです」

「ほう」と、傘《かさ》屋の天野は、とびだした顴骨のうえに皺《しわ》をあつめるように、眼をすぼめて、「そら、兵隊さんが、喜びござったろう。饅《まん》頭食うて、はじめに小豆のことばいわしゃった兵隊さんな、金鵄勲章《きんしくんじょう》ものですな」

「そげなことになろうとは、夢《ゆめ》にも思わなかったとでしょう」

「そら、そうでしょう」と、八百屋の三谷はいったが、ちょっと首をひねって、「ばって、ぜんざいを食わんくらいで、そげん、すぐ脚気になるじゃろかな」

「それたい」と、筑《ちく》前屋も、待っていたように、「あたきも、さっきから、そげんこと思うとったたい。ちょっとくらい、小豆ば食わんちゅうても、連隊中の兵隊さんが、みんな脚気になるなんて、そげんこたなかろうもん」と、謙朴《けんぼく》の方をむいて、「謙朴《けんぼく》さんな、お医《い》者さんじゃけん、詳しゅうございましょう。どげんですな」

謙朴《けんぼく》は苦々しそうに、「小豆ば食べにゃ、じきに、脚気になるくさ。そげんこた、聞かんでもわかっちょる」と、まるで、はきすてるようにいった。さようなことは論議すべきではないという意味であろう。

「それに、なあ、ワカ」と座の空気が険悪《けん》になって来たので、友彦は妻の方をかえりみて、「あいつはな、もう、嫁女を貰《もろ》うとるで」と、わざとあきれたような口調でいった。

「まあ、久彦さんが？」と、ワカもこれにはちょっとおどろいた。全然《ぜん》知らなかったからである。

「あいつ、小さいときから、なんぼか奇抜《きばつ》なとこがあったが、それにしても、嫁女を勝手に貰《もろ》うて、すましこんどるとは思わんじゃった。両親は居らんけんど、親がわりのわしが居るとに、怪《け》しからん奴《やつ》じゃ」

そうはいっても、すこしも怒ってはいないのである。

「その嫁さんに会いなさったとですか」

「うん、会うた。なかなか、ええ嫁女じゃ。女学校も抜《ぬ》けちょるし、身体も丈夫のごとある。年は久彦と五つちがいの二十二とかいうことじゃった」

「どうして、また、あたしたちの知らん間に」

「それがくさ」と、思わず博多言葉が出て、「なんでも、急なことじゃったらしいのじゃ。その嫁女は水戸の旧藩《きゅうはん》士の娘さんじゃが、久彦は、それまでは、一ぺんも会うたことはなかったげな。あいつは、師団でも有数の現地戦術《じゅつ》の、いや、作戦の上手じゃったので、師団参謀《ぼう》の志村中佐という人が、まあ、あいつを見こんだんじゃな。そして、自分の親戚《せき》にあたる、……姪ちゅうことじゃが、……その娘さんを世話しようと思うた。ところが、突然《ぜん》、志村参謀《ぼう》は台湾《わん》軍の参謀《ぼう》に転勤を命ぜられた。そこで、その前に、と思うて、急にあわてだしたら、今度は、久彦が陸軍大学の試験《けん》を受けに上京していて、居らん。ところが、あのですな」と今度は、客の方に、「東京に居った久彦は、ある日、志村中佐から、上野公園、西郷隆《たか》盛銅像前に、三時《じ》までに来い、というような電報が来たそうです。なにごとかと思うて、時間よりすこし早目に、そこへ行った。傍《そば》の店に入って、ラムネを飲んで居ったら、公園にぞろぞろ人が集まる。なかに、何人か、着かざった女も居る。すると、店の姐さんたちが、雑沓《ざっとう》を指さしながら、囁き声で、あれ、きっと見合よ、とかなんとか話しよる。それを聞いて、西郷さんの銅像の前で、見合などやる人があるのかなあと、ごつい西郷さんの銅像をふりあおいで、久彦は感心しとったそうです。そしたら、電報の時間になったら、志村参謀《ぼう》がやって来た。出ていって敬礼すると、一人の娘さんをつれておる。なんのこたない。やっぱり、久彦もそこへ見合に引っぱりだされたわけです。俺《おれ》は台湾《わん》へ明日出発する、というわけで、うんもすうもなかったとですな」

「電撃作戦にかかったわけたい」と、どこでそんな言葉を覚《おぼ》えたか、八百屋の三谷がいった。

「軍人はあっさりしとる」と謙朴《けんぼく》も顎鬚をなでて笑いながら、「上官ノ命令ハ其ノ事ノ如何ヲ問ハズ、抗抵干犯《こうていかんはん》ノ所為アルベカラズ、じゃな」

「まあ、そんなことで一緒《しょ》になったけんど、仲ようやっとるようじゃから、ええでしょう。それに、水戸といや、なんぼか、こじつけの因縁《いんねん》のごとはなるけんど、わしのところにある光圀公の『大日本史《し》』の本を考えると、まんざら、縁《えん》故のない土地でもない。竹内喜左衛《え》門さんの引き合せかも知れんです」

「蛇の目屋」は長い首をかしげて、「いまいわしゃった光圀公ちゅうのは、水戸黄門さんのことですか」

「そうです」

「あの、助さん、格《かく》さんと漫《まん》遊した黄門さんですか」

「そうです」

「へえ、その黄門さんの本が、高木さんのところにあるのですか。そら、面白か。あたしゃ、黄門さんの漫《まん》遊記が大好きでござすけん、いつか、貸して下さらんか」

「お貸ししましょう」と、友彦は笑いながら答えた。

謙朴《けんぼく》はしきりに盃をかたむけながら、

「それで、弟《おとと》御《ご》は？　陸大の方に？」

「学校ですか。結果は聞かずに来たとですが、あいつのことですけん、たいてい、大丈夫でしょう」

客人たちは遅《おそ》くまで話して帰って行った。外では秋風に樹木が騒《さわ》ぎ、「やあ、どんどん風の吹きよるやあ」という「筑前屋《ちくぜんや》」の甲高《かんだか》い声が風のなかに遠ざかっていった。

「みんな、ええ人ばかりですな」と伸太郎《しんたろう》を寝かしつけながら、ワカはいった。

風は海岸から吹いて来ることが多い。移住した当時は、風の音を近くに聞くことは少なかったが、いまは、わずかの風も身近に聞かれる。庭の立木が騒《さわ》ぐからだ。といって、べつだん、騒々《そうぞう》しくてうるさいというわけではない。杉垣でかこまれた二十坪《つぼ》ほどの庭には、移ったときには、わずかに二本の夾竹桃と一本の百日紅《さるすべり》とがあったきりであった。夾竹桃はなくなり、梅の木が移動して来た。ワカから、商売への口出しを厳禁《げんきん》された友彦《ひこ》は、しばらくは、庭づくりに没頭《ぼっとう》し、たちまちのうちに、庭を林のようにしてしまった。縁側《えん》にちかいところには五段もの盆栽棚《ぼんさいだな》をつくった。庭の中央には瓢箪池《ひょうたんいけ》（乃木さんの赤瓢箪の形によったのである）を掘った。残ったところは野菜畑にした。杉垣に添《そ》って、稲荷の祠《ほこら》があり、赤い鳥居が五つ、くっついて立っていた。これはワカがねだって作ったものである。

ある日、梧桐を植えようとして地を掘ると、一匹の蝦蟇《がま》が出て来た。友彦《ひこ》は鍬《くわ》のうえにのせて、杉垣のそとに棄《す》てようとした。ワカがおどろいて、走って来てとめた。

「お父《と》はん、なにをしなさる？　蝦蟇《わくど》というものは不幸な家には棲《す》まわんもんです。家に置いて飼いましょう」

「あげなことばかり、いうちょる」と、友彦《ひこ》は苦笑したが、強いてさからわず、蝦蟇を池のなかへ逃がした。

ワカの知遇《ぐう》に感じたか、この蝦蟇は、もはや、そのときから三十年以上にもなるのに、現在もなお高木家の庭に棲《す》み、夏になれば、かならず姿をあらわすのである。あのときの蝦蟇ではないという者もあるが、ワカの確信はゆるがないのである。

大正二年二女鈴子《すず》が生れた。「この子は鈴《すず》のように泣くわな」と、ワカがいったので、すぐに名ができたのである。


翌年、正月十二日、鹿児島の桜島が大爆《ばく》発をした。天に冲した火山灰は、風のまにまに、九州を縦断《だん》して、遠く、北九州の空にながれて来た。天も地もいちめんに灰白色に掩《おお》われた。雪と思った人もある。屋根も、道も、縁《えん》も、机も、下駄《た》も灰でざらざらした。ときどき、地震がおこり、硝子戸が鳴った。庭の木が灰をかぶって白くなったので、友彦は竿でたたきおとし、長柄《え》の柄杓《しやく》で水をまいた。国子も、伸《しん》太郎も手つだった。ちょろちょろするので、伸《しん》太郎は邪《じゃ》魔《ま》になることの方が多い。ワカは鈴《すず》子を背《せ》にして、瓢簞《ひようたん》池の縁に立ち、バケツに水をくみこんでは、友彦にわたした。池には薄《うす》氷が張っていたが、池の水も灰のために濁《にご》っていた。金魚や鮒《ふな》や鯉が、時ならぬ騒《そう》動に右往左往する。隣りの「蛇の目屋」の裏庭には、三十本ほどの雨傘《がさ》が、皿《さら》をふせてならべたように、柄《え》を地中にさしてひろげられている。そのうえにまっ白に灰がたまっている。天野徳《とく》右衛《え》門はぶつぶついいながら、やはりバケツの水で、いちいち灰を洗いながら、折《お》りたたむ。一本ごとに、舌打ちするのは、よほど、いまいましいらしい。

「こっちは、これくらいのことですんどるが、鹿児島の方は、さぞや、大変じゃろうのう」

友彦《ひこ》は、まだ降る灰の空を見あげて気の毒そうにいった。

「はい」と、ワカも答えたが、なにか、ふいに、もっともらしい顔つきになって、切れ長の眼に力をこめ、「お父はん、これは、なにか、きっと近いうちに、大事《おおごと》が起こりますよ。お山が怒らっしゃる時には、かならず、なにか変があるちゅうて、昔からいうとりますけ」

「また、あげなこと、いうちょる」

友彦はあきれた顔になって、笑った。

冬が過ぎ、春が過ぎ、夏になると、ワカの予《よ》言は的中した。六月二十三日、サラエボにおいて、セルビアの一青年が墺匈国皇儲フェルヂナンド大公を狙《そ》撃暗殺《さつ》した事件に端を発して、第一次欧《おう》州大戦は勃《ぼっ》発したのである。墺国とセルビアとの開戦、八月二日、独露の開戦、三日、三国協《きょう》商にもとづいて仏蘭西も独逸と交戦、五日、英国の参加、土耳古の参戦、翌年五月には、伊太利が同盟《めい》条約を破棄《き》して連合軍に加担《たん》、さらに希臘、勃牙利、羅馬尼と、各国がぞくぞくと戦争に加わるにいたった。謙朴《けんぼく》の言にしたがえば、あたかも、欧羅巴《ヨーロッパ》は、「玩具《おもちゃ》箱をひっくりかえしたごとなった」のである。日英同盟《めい》の約によって、わが国が独逸に宣《せん》戦を布告したのは、大正三年八月二十三日である。

宣《せん》戦布告の日、謙朴《けんぼく》は、うれしそうに相好をくずして、裏の杉垣のそとから、「高木さん、うちに、男ん子がでけたばい」と、嗄《しやが》れ声でどなりに来た。

号外売りが、また、町をとびはじめた。独逸の青島要塞《さい》に向って、攻撃が開始された。その攻撃軍に加わっている弟久彦から、便りが来た。久彦《ひこ》らしいぶっきらぼうな手紙である。硝煙《しよう》のにおいのする封《ふう》筒を鷲《わし》づかみにして、友彦にはおさえがたい感慨《がい》がある。(嘗《かつ》ては、自分が戦地から手紙をだした。それを久彦が読んだ。いまは、久彦の手紙を自分が読む。もし、身体に故障《しよう》さえなかったら、いまは、自分も大隊長か連隊長かで、今度の戦いにも参加できたであろうに)同期生《き》の誰れ彼れの顔が浮ぶのである。

硝子障《しよう》子越しに、庭が見える。冬にしてはめずらしくあたたかい陽が、黒い土のうえに、坐《すわ》るように降りている。伸《しん》太郎が手網《たぼ》で、しきりに瓢簞《ひようたん》池の金魚をすくおうとしている。うまくゆかず、ときどき、池に落ちこみそうになって、尻《しり》餅をつく。友彦《ひこ》は、その無心の姿を見ながら、(いつか、また、伸《しん》太郎の書く戦地からの手紙を読む日が来るにちがいない)と、考えていた。

「お父《と》はん、久彦《ひこ》さんは、いま、どこ?」

隣の部屋で、鈴《すず》子を寝かしつけていたワカである。長火鉢の銅壺がしゅうんと鳴っている。白い湯気がのぼっては消える。

「どこかわからん。どことも書いてない。なんでも龍《りゆう》口から上陸した後も、何十年来ちゅう大暴風雨《あらし》で、どこもかも水につかって、なかなか弱ったらしい風じゃ。久彦《ひこ》は砲兵に専科したらしいが、大砲が好きでたまらん、なんて書いとる。今度は、神尾中将の独立第十八師団が根幹じゃ。わしも神尾閣下《かっ》には、むかし、お世話になったことがある。重砲、二十八珊榴弾砲六門、十二珊榴弾砲二十四門、なんて書いとるが」と、友彦《ひこ》は眼を細めて遠いところを見るように、「わしが日露役に出たときにゃまだ旧《きゅう》式の大砲でな、維《い》新のときのように、ぶわぶわ黒い玉のとんでゆくのが見えたり、どさんと甲板のうえに落ちたのを、毛布でつつんで棄《す》てたりするようなのとは、比べもんにゃならんが、それでも、一発撃《う》つと、がらがらと、砲《ほう》車が三間も五間もあと下りする。それをまた、もとの位置に押しもどして、つぎの玉を射《う》つ、というわけでな」

鈴子《すず》が眼をさまして泣きだしたので、話がとぎれた。ワカが、「ほらほら、でんでん太鼓《こ》が、ひょうろひょろ、あの山越うえて、里越えて」と、あやしながら歌うと、また寝た。

「それで?」

「それで? うん、……それからな、久彦《ひこ》が飛行機に乗ったげな」

「まあ、危いことを」

「あいつ、嫁女をだまって貰《もろ》うてすましこんどる奴《やつ》じゃけ、飛行機に乗るぐらい、屁《へ》とも思うちょらん。……埼玉県で、陸軍の飛行機が落ちて、木村中尉《い》が死んだのは、去年じゃったかなあ。春ごろじゃったなあ。いつか小倉《くら》に居るとき、飛行機なんて戦争の役に立つまいというた小松屋さんと、喧嘩《けんか》したことがあったが、あんときにゃ、わしも、ほんとはどうやらわからんで、ただ、知ったかぶりする小松屋が癪《しゃく》にさわったんじゃったが、今度の戦争じゃ、飛行機が立派に役に立っとる。敵の要塞《さい》本防禦《ぎょ》線の堡塁《ほうるい》を、飛行機で偵察《ていさつ》やっとる。鳥のごと飛んで、上から見るんじゃけ、なんでもわかるわな。……日露のときの旅順攻撃じゃ、敵陣地の様子がさっぱりわからんので、あげな苦労《ろう》をしたんじゃが、あん時に飛行機さえあったら、乃木さんも、あげ苦労《ろう》なさらんでもよかったんじゃのう」と、友彦《ひこ》はかえらぬことを愚痴《ぐち》る。

「それで？」

「それで？　うん、……それでな、十月三十一日の天長節祝日に、一斉《せい》に大砲撃を開始したんじゃそうなが、敵も、めっちゃくちゃに射って来たげな。両軍砲撃のまっ最中、と書いてある。それからキヨの婿《むこ》の川崎少佐が大隊長で来とるとに、孤《こ》山ちゅうところで会うたげな。敬次郎叔父《おじ》とこの敬吉君や、うめ伯母さんとこの吉崎君には、まだ会えんて」

このとき、表の戸があいて、「おごめん、おごめん」と呼ばわる者があった。長く聞かなかったが忘《わす》れることのできない声であった。友彦《ひこ》は畳を蹴《け》るように玄関《げん》に出た。松葉杖によりかかった仁科弥《にしなや》助が立っていた。ずんぐりした猫背《ぜ》の仁科は、松葉杖にぶら下るようにしているので、いっそう前かがみで背《せ》がひくく見えたが、顔は以前よりはずっと若々しく艶《つや》があった。以前にはかけてなかった眼鏡をかけ、縹《はなだ》いろの中折帽をかぶり、同じいろの背《せ》広を着ている。

「やあ、久しぶりじゃなあ」

友彦は、戦友の顔を見るなり叫んだ。

「ああ、久しぶり」と、仁科《に》も、よく日に焦けた赤ら顔をほころばせて、気やすげに、店の板の間に腰をおろした。松葉杖を重ねておいて、「わからんでなあ。それがくさ、君がまだ小倉《くら》に居るもんと思うて、あっちに尋ねていったとたい。そしたら、博多さい、みんな移ったちゅうばって、博多でどこを聞いてもわからん。十日ぶりで、やっと、たずねあてた」

「そげなことというて」と、友彦の方が不思議そうに、「貴様《き》の方がよっぽど出たらめだぞ。俺や、博多に来たときに、まっさきに貴様《き》の家をさがしたとに、行方が知れやせん。貴様《き》の御両親もさっぱり知らんという。どこに消えたやら、うんともすんとも、音がないんじゃけのう」

貴様《き》、という言葉が思わず出た。世俗《ぞく》の生活のなかから、とつぜん、また士官学校時代にかえったような感慨《がい》が、鼻につうんと来るような、甘《あま》ずっぱいものになって胸のなかをながれた。

「まあ、よかたい、おたがいじゃけん」

玄関《げん》の騒《さわ》ぎを聞いて、ワカがなにごとであろうかと出て来た。

「まあ、これは、仁科さん」

「これは奥さん、お久しぶりでした。御無沙汰《さた》ばかりしまして」

ワカは息をつめて、黒塗《ぬ》りの松葉杖を見たが、

「お父はんののんきなこと。せっかくのお客さんを、玄関《げん》でお相手して。さあ、仁科《に》さん、どうぞ、お上りなさって、せまいところですが」

「はい、ありがとう。奥さん、どうですか。あたしの歯《は》は、見てつかさい」

ワカも気づいていて、「ほんとに、立派なお歯《は》が」

「奥さんにいわれたとおり、遠賀郡の糸切地蔵に詣ったとですよ。そしたら、こげん、きれいに、上も下も生え揃いました」実際《さい》は入歯《ば》なのである。

「おい」と、仁《に》科は表にむかって呼んだ。

「誰かん？」

「家内たい。遠慮《りょ》して、はいらんとじゃ」

ワカが草履《り》をつっかけて、表に出た。「さあ、どうぞ」といいながら、仁《に》科の細君をともなって来た。無造作な束髪《はつ》のおとなしそうな夫人は、肩掛をとって、遠慮《りょ》勝ちに土間に入った。

庭に面した奥座敷で、主人と客とは、久々の対面で、話題《だい》が尽《つ》きなかった。

重傷の仁《に》科は治療《りょう》の結果がよくて、「紙張子のダルマをくずしたようになった」といったわりには、身体の故障《しょう》は少く、松葉杖で歩けるようになったらしい。昔にかえって、二人は、貴《き》様、俺《おれ》で、活潑《ぱつ》にあけすけな話をした。ところが、ただ、仁《に》科があれからずっと支那にいたというが、支那でなにをしていたかということと、とつぜん、今、何の用でたずねて来たかという二点になると、たちまち、話が曖昧《あいまい》になるのである。仁《に》科は売薬商人になって、支那をながれあるいとったなどという。しかし、友彦《ひこ》はっと胸にこたえるものを感じて、仁《に》科の支那での行動については、言葉をひかえる思いになった。戦術《じゅつ》と謀略《ぼうりゃく》の天才《さい》と称《しょう》された仁《に》科が、不自由な身体になってのちに、あらたについた或る任務について、頭にひらめいたことがあったからである。

第二の点については仁科《に》の方では曖昧《あいまい》にしたが、友彦《ひこ》が「子供を貰《もら》いに来たとじゃろう」といったので、たちまち明らかになった。

「うん、それたい」と仁科《に》も、ほっとしたようにうなずいた。いいだしにくかったのであろう。

「貴《き》様ら、さっきから、子供の偵察《ていさつ》ばかりしちょる」と、友彦《ひこ》も笑った。

「奥さん」と、てれくさそうに、仁科《に》弥《や》助は、ワカの方をむいて、「戦地で、高木大尉《い》と妙な約束ばしましてな」

「はい、承りました」

「長男を貰《もら》うわけにいきませんし、というて、二番目を貰《もろ》うては、上一人になるし、まあ、三番目ならというようなことでして」

「ところが」と友彦《ひこ》は笑いながら、「勉強が足らんで、まだ男の子は一人しかでけとらん。そのうちに、でけたら、かならずやる。心配すんな。一軍人ハ信義ヲ重ンスヘシ、じゃ」

そういって、壁間にかかげてある軍人勅諭《ちよくゆ》をあおいだ。

「御無理なことを申しあげまして」と仁科《に》の細君も恐縮《しゆく》したように、ひくい声でいった。

ここへ連絡《れんらく》してくれればわかると、仁科《に》は東京の住所のある名刺《し》を残して、夜更けちかくなってから帰った。

十一月十四日、青島陥《かん》落。龍《りゆう》口上陸以来、六十日余をもって膠《こう》州湾《わん》周辺の全要塞《さい》攻略《りやく》は成ったのである。町によろこびはみなぎり、昼は旗行列が、夜は提灯行列がおこなわれた。しかしながら欧洲《おう》大戦はなお継続《けい》した。その間、わが国と支那共和国政府との間に、山東省に関する問題《だい》をふくめた二十一箇条約の締結《てい》があり、ロシヤ革命の勃発《ぼつ》、それを契機《けい》とするわがシベリヤ出兵、さらに米国の参戦と相つぎ、幾多の変遷《せん》と紛糾《ふんきゅう》とを重ねたあげく、大正七年十一月十一日、休戦によって終結したことは、ひとびとの知るとおりである。

大正四年、二男友二出生。国子が小学校にあがった。翌五年、三男雄三出生。

仁科弥《や》助がたずねて来てから、矢つぎ早に男の子が生れたので、友彦が感歎《たん》すると、ワカは、けろりとした顔をして、「あたしがお呪禁《まじない》をいたしました」といった。

「また、お前の呪禁か。なんぼ、お前が呪禁の名人ちゅうたち、そげ、子供のことがうまいこといくもんか」

「仁《に》科の奥さんが、いかにも淋《さび》しそうにしておいででしたけ、早う男の子がさずかるように、愛宕《あたご》さんに、お願いいたしました。愛宕さんが聞きとどけて下さったとです」

「そうか」と、友彦も、頑《がん》強な妻に辟《へき》易して、もうそれ以上さからわなかった。

ところが、雄三を仁科にやるつもりにして、仁科が残していった名刺《し》のところに手紙を出したが、返事がない。四五通出したが、いずれも「受取人不明」の赤紙がついて帰って来た。福岡下警固《しもけいご》にいる両親のところで聞いてもわからない。東京麻布《あざぶ》連隊附になっていた久彦に、仁《に》科の家をたずねて行かせると、もうだいぶ前から南洋方面に行くとかいって出たきり、誰も行く先を知らないという。細君もいなかった。やむなく、仁科の方からたずねて来るのを待つことにした。

仲《しん》太郎は、その年に、早生れであったので、七つで、小学校にあがった。筑《ちく》前屋の八木重平が、祝いに銘《めい》仙の反物をくれた。丙寅《へいいん》会ができたのもその年である。そのうち合せにやって来た七十一歳の室《むろ》井武作老人は、友彦と、その子供たちを見て、「わしらの時代は、もうすんでしもうたわな」と笑っていって、涙をためた。

ところが、その翌年の正月、雄三は風邪《かぜ》をひいたと思うと、あっという間に、肺炎《はいえん》になって死んでしまった。「子供の病気なら、博士でも、大学の先生でも及ぶ者はない」といわれた謙《けん》朴《ぼく》も、森博士も、あまりの急変で手のほどこしようがなかったのである。雄三はいくらか月足らずであったうえに、乳が足りなかったので、近年にない寒さに抵抗《ていこう》ができなかったものであろう。友彦《ひこ》ももとよりであるが、ワカのなげきは、はたで見て居られないほどであった。生活の場所では、どのような苦難にも、胸を張って笑って対する不屈のワカが、子供のことになると、まるで別人のごとく、とりみだして、聞きわけがないのである。「馬鹿たれ、たいがいにしちょけ。なんぼ泣いても、死んだ者がかえるか」と、しまいには、どなりつけたほどである。仏壇《だん》の前で、母が毎晩泣くので、国子を始め、弟や妹たちが、ついて泣くのである。

大正七年、世界大戦が休戦となった歓《よろこ》びの賑《にぎわ》いのなかに、礼三が生れた。それからは、友彦《ひこ》夫婦は奇《き》妙な算術《じゅつ》の計算を、毎日くりかえした。三か四かというのである。

「礼三は四男とちがいますか？」と、ワカがきく。

「そりゃ、雄三が生きとれば四男じゃが、死んだけ、三男になったんじゃないかな。いまじゃ、三番目の男の子にちがわんけの」

「死んでも、戸籍面《せき》は変らんのとちがいますか。伸《しん》太郎が死んでも、友二が長男ちゅうことには、なりやせんとでしょう。そうすりゃ、礼三はやっぱり四男でしょう」

「四男でも、いまは、三番目じゃが」

法律《りつ》のことや、戸籍《せき》の規則《き》のことなどは、まるで二人とも知らないのである。二人は要領を得ない問答を、明け暮れくりかえした。仁《に》科は相かわらず音沙汰《さた》がない。三と四との関係の紛《ふん》糾《きゅう》に、ややくたびれて、礼三を仁《に》科にやらなければならないか、やらないでもよいかという疑問についての議論も、もうあまりしなくなったときには、数年が経っていた。

どんな呪禁《まじない》をしたか知らぬが、ワカは、その翌年には、また、男の子を生んだ。立秋の日に生れたので、秋《あき》人と名づけた。「兵隊ばっかりじゃなあ」と、大正三年、封独宣《せん》戦の日、謙《けん》一が生れて以来、あとのできない謙朴《けんぼく》は、うらやましげにいって、その呪禁を教えてくれと、まじめな顔になって、ワカにいった。ワカは教えたらしかったが、効顕《ききめ》はあらわれなかったようである。

「漢《かん》方医《い》学に、なんか、秘《ひ》伝があろうもん」と、友彦がひやかすと、「これぱっかりわな」と、謙朴《けんぼく》もすなおに頭をかいた。

店と子供とでは、さすがのワカも荷が勝ちすぎるので、飯塚《づか》の実家から、十四になる末の妹を子守代りに来て貰《もら》った。友彦とて子守ばかりもして居られないからである。

子供の一人一人の成長の過程については、ワカは、まるで、頭のなかに印刷《さつ》したように、明瞭《りよう》におぼえている。ワカはいわば無学の田舎者《いなか》であり、また、頭脳《のう》明晰というわけでもない。ひとくちに、鈍《どん》重、愚《ぐ》直の女といってしまうこともできる。しかし、ワカが、どの子が、いくつの年の、何月に、どうした、こうした、ということには、まったく誤《あやま》りがないのである。成長の目盛をつけた柱は、線の混雑《こんざつ》のために、ほかの者は、友彦ですら、容易に判《はん》読できないが、ワカはたちどころに、これを読みわけることができる。そして、狂いがない。しかし、この子供たちにやさしい母であるワカが、ときに、別人のようなはげしさを発揮《き》することがあった。

ある日、縁《えん》側で遊んでいた国子と仲《しん》太郎とを、ワカはいきなり両脇《わき》に引っかかえると、泣きさけぶのもかまわず、奥座敷の隅《すみ》に据《す》えてある朱塗《しゅぬ》りの押入のなかに、押しこんでしまった。ワカは力が強い。子供たちは抵抗《ていこう》したが、もとより及ぶところでない。押入の錠《じょう》がぱちんと外からかけられた。国子と仲《しん》太郎とは泣きさけんだ。内からどんどん戸をたたいた。中はまっ暗であろう。泣き声には恐怖《ふ》のひびきがまじっている。

「母《かあ》ちゃん、母ちゃん、開けてえ、……」

「母《かあ》ちゃん、堪忍《かんにん》して」

泣きじゃくりと、必死にたたく音とを背中《せ》にききながら、ワカは押入の前にきちんと端坐《ざ》している。色青ざめて、唇《くちびる》をぎゅっとむすび、身うごきもしない。こころもち膝《ひざ》がしらがふるえている。いまにも泣きだしそうな顔である。はげしく泣きわめいていた子供たちの声がふと低くなる。はっとしたように、ワカは不安の眼になる。また、子供は泣く。しばらくすると、声も音もしなくなる。ワカは押入ににじりよって耳をすます。よっぽど、開けてやろうかというように、錠《じょう》前に手をかけて、思案《あん》をはじめる。手をひっこめる。なんの音もしない。不安の面持で、「国子」と姉の方を呼んでみる。甘《あま》い顔を見せたらいけないと思うので、きつい声である。いままで、静かであった中から、返事のかわりに、ふたたび泣き声が起こる。二人がまた声をあわせて泣きわめき、戸をたたきだす。

「なにをしとるか」

ふいに、どなり声とともに、ワカははげしく肩をつかまれた。血相を変えて、友彦が立っていた。

「馬鹿たれ。子供を押入に入れたりなんか、なんちゅうことをするか。畑に居ったら、子供たちの妙な泣き声がするけ、どうしたかと思や、こげな無茶しとる。出してやれ」

「いいえ、お父《と》はん」と、ふだんには夫にさからったことのないワカが、眉をあげて、押入の前に立ちふさがった。

「懲らしめてやらにゃ、わからんとです」

「いったい、なにをしたというのか」

「銭《ぜに》を持って遊びごとをしよるとです。一銭銅貨《か》を、指ではじいて当てやいこをしたり、上から落して引っくりかやしこをしたり、くるくる廻して手で押えて、裏か、表か、なんて、そんなことしよる。もったいない。菊の御紋章《もんしょう》のついとるもんを、玩具《おもちゃ》なんかにして」

「いうてきかせたら、ええじゃないか。押入に入れたりなんか、せんだち」

「いいえ、何度もいうて聞かしたとです。今日で、三度目じゃけ、堪忍《かんにん》袋の緒《お》が切れました」

「そうか」と、友彦《ひこ》も仕方なしに、「もうわかったろうから、出してやんなさい」

「はい」

押入のなかからは、かすかな泣きじゃくりが聞えていた。ワカは押入をあけた。泣きはらした顔の国子と伸《しん》太郎とを両手に抱きとると、そこへ、くずれるように坐った。そして、二人の子をつぶれるほどに腕のなかに抱きしめて、おいおい泣きだした。

高木家のきょうだいたちが生長してからも、思い出話にかならず出るのは、この、「お母《か》はんの堪忍《かんにん》袋」である。それは、短気で頑《がん》固な父友彦《ひこ》さえ、ときには持てあますほどであった。長男の伸《しん》太郎は、こういう両親のどちらのはげしさも、受け継《つ》がなかったようである。母親のやさしいところばかりを摂《せつ》取したような、おとなしい無口な子供になった。友二も、礼三も、どこか、きかん気のところがある。「短気者《たんきもん》で困る。いまに、とんでもないしくじりをしでかすぞ」といわれるようになったのは、いちばん下の秋人である。短気者というよりは、癇癪《かんしゃく》持ちである。

母ワカはあまり犬猫を飼《か》うことを好まなかったようである。きらいではないが、飢《ひも》じい思いをさせたり、不自由をさせたりして、「罪《つみ》をつくる」のがいやだというのである。ある時、伸《しん》太郎が小学校の帰りに、小猫を大事そうに拾って来た。ワカは、「もとのところにかえして来なさい」と、きびしくいいつけた。伸《しん》太郎は、悲しそうな顔をしたが、だまって猫を抱いて出ていった。それから一週間ばかり経ったころ、ワカは庭の掃除《そう》をしていた。すると、どこかで猫の鳴き声がきこえた。その声をたよりに行ってみると、庭の隅《すみ》にある物置のなかのようである。はいってみたが、猫の姿は見えない。すると足もとで、また、猫が鳴いた。足もとに、伏《ふ》せた盥《たらい》がある。そのなからしいので、おこしてみた。案《あん》の定、その盥《たらい》の下に、小猫が二匹いた。そうして、そこには、ほとんど、十四五枚の皿《さら》がならんでいた。伸《しん》太郎が、母にかくれて小猫を養《やしな》い、そっと食糧《りょう》をはこんで来た皿《さら》であろう。このごろ、台《だい》所から皿《さら》の減ることに気がついて、奇《き》妙なことに思っていた矢先である。一枚ずつさし入れたのであろうが、前のはそのままにして、つぎつぎに新しい皿《さら》を運んだものにちがいない。ワカは涙が出た。なんという心のやさしい子供であろうと思ったのである。こういうときには、「お母《か》はんの堪忍《かんにん》袋」は逆な作用をするとみえる。伸《しん》太郎の心をいじらしく思い、正式にその猫を飼うことにした。

こういう伸《しん》太郎は、学校の成績はよかったが、あまり活潑《ぱつ》であるとはいえなかった。小学校に上《あが》った年の運動会で、徒歩競走のとき、スタートに勢ぞろいした子供たちは、「用意」「ドン」で、いっせいに走りだした。すると、伸《しん》太郎だけは、じっと、そこを動かずにいて、みんなが運動場を一周してかえって来ると、「あんたたち、どこに行っとったとな？」とぽかんとして訊《き》いた。「いっしょに走らにゃ、いけんとばい」と教えられて、今度はいっしょに走った。走ってみると、父に似て背《せ》はたかいし、足も早い。出発点ではすこし愚《ぐ》図ついておくれたのに、すぐに、ぐんぐん追い抜《ぬ》いて、一番になった。ところが、決勝点のテープのところに来て、二尺ほど手前でとまってしまった。

「もっと走れ、テープを切れ」

見ていた父や、姉などは気が気でないが、本人はけろりとして、友達が走って来るのを見ている。とうとう、あとの者がさきに決勝点に飛びこんでしまった。気づいて、あわてて決勝点に入ったときには、十番目くらいになっていた。

「勝負ごとは、好かんとじゃろうたい」友彦も苦笑するほかはないのである。

十歳になった年の正月、友彦は、傘屋の天野徳《とく》右衛《え》門にたのんで、畳二枚敷もあるほど大きい凧《たこ》をこしらえた。楠木《くすのき》父子、桜井駅別れの場の絵《え》を描いて貰《もら》った。天野は念を入れてつくり、極彩《ごくさい》色にしあげた。北風の弱い日に、庭であげた。うなりを生じて凧《たこ》は空に吸いこまれるように、みるみる、小さくなっていった。子供たちは手をたたいてよろこんだ。紡《ぼう》績糸の端を、庭の百日紅にむすびつけた。雪が降りだした。凧《たこ》は昼も夜も空から下りなかった。伸《しん》太郎は百日紅の木のそばをはなれない。夜は、凧《たこ》の姿はみえないが、天の奥から、凧《たこ》のうなりが、かすかに伝わって来た。ある日、とうとう、憑かれたように、仲太郎《しん》は危なっかしい様子で百日紅の木にのぼりはじめた。これを見たワカは洗濯《たく》していた手をやすめて、思わず、「仲《しん》ちゃん、あぶない」と叫んだ。

友彦は、火鉢の傍《そば》で履歴《りれき》書を書いていたが、妻の声を聞いて、庭に駆《か》け下りた。雪が降っている。夢《む》中で登るには登ったものの、恐くなって、途中の枝にしがみついている仲《しん》太郎を、下からつかまえた。ところが、仲《しん》太郎はそういう危険《けん》のなかにあっても、枝から手を離《はな》そうともせず、必死の表情で、天空を睨《にら》んでいた。

「仲《しん》太郎、なんちゅうことするか。落ちたら、どげするか」

「お父《とつ》ちゃん、逃げる、逃げる、凧《たこ》が逃げるう」

仲《しん》太郎はなお空をみて叫ぶのである。

友彦は雪空のなかに、ぽつんと浮いている凧《たこ》を見た。すると、幼い日の思い出が、急に落ちかかるように、頭に閃《ひらめ》いた。自分も、五つのときに、節句《く》の鯉のぼりが、逃げてゆくと錯覚《さっかく》して、竿にのぼり、転落したことがある。そのときの傷が右の額《ひたい》口に残っている。いま仲《しん》太郎が逃げる凧《たこ》をとらえようとして、危険《けん》をかえりみず、木にのぼる。仲《しん》太郎は自分に似ぬどこかはがゆい子供であると思っていた友彦は、なにか、熱いものが胸につきあげて来るのを覚《おぼ》えた。

「心配せんでも、逃げはせんよ」

やさしくいって、百日紅から子供を抱きおろした。

ところが、この凧《たこ》は、とうとう、伸《しん》太郎の杞憂《きゆう》したとおり、逃げた。糸が切れたのである。雪まじりの風が毎日吹いていたので、凧《たこ》は百日紅の枝にくくりつけて、五日ほどそのままにしておいた。ところが、その日、吹雪にちかい東南風のつよさに、遂に糸は耐《た》えきれなかった。霏々と降る雪のなかに、くるくる舞いながら、凧《たこ》はまたたく間に、見えなくなってしまった。

「とうとう、逃げた」と、伸《しん》太郎は口を尖《とが》らしていった。いまにも泣きだしそうに、いっぱい涙をためている。

「散歩にいったんじゃよ。じきに、また、帰って来るよ」

友彦は笑って、子供たちを慰《なぐさ》めた。だれも、そんな出たらめを信用する者はない。

「お父はん、惜しいことを、しましたな」と、ワカもいった。

「いんや、見よってみい。お父はんな嘘《うそ》はいわん。明日の日の暮には、凧《たこ》は帰って来るじゃろうで」

その「翌日の日の暮」に、父のいったとおり、凧《たこ》はかえって来た。持って来てくれたのは、一人の兵隊である。凧《たこ》は博多の町のうえを飛びこえて、連隊の営所のなかに落ちたのである。破れた凧《たこ》をかついでやって来たのは、河村という子供のような伍《ご》長であった。

「射《しゃ》撃演習をやっとりましたらな、ばさっ、ちゅうて、これが天から降って来ましてな、たまがりました。藤棚に落ちましてな、見たら、凧《たこ》にちゃんと、所と名前とが書いてありますけん、中隊長殿から届けて来いていわれまして、持ってまいりました。……やあ、にぎやかなお子さんですな。六人ですか。兵隊の卵が四人も居らっしゃる」

気さくで話ずきらしい河村伍長《ご》は、一時間ばかり話してかえった。

その年に麻疹《はしか》が流行した。ワカは、万一のために、麻疹にきくという伊勢海老《えび》の殻《から》を干してとったり、糯米《もち》のお粥《かゆ》の準備《じゅんび》をしたりした。美濃紙《の》を持って、「蛇の目屋」に、猿《さる》の顔を描いて貰《もら》いにいった。

「またお母はんの呪禁《まじない》ごとがはじまった」と、友彦《ひこ》は笑った。ワカは、その猿《さる》の顔の紙に、自分で、「アノ子モコノ子モ留守」と書いて、表に貼った。

古い大将

もう子供はできないであろうと、ほとんどあきらめていた「筑《ちく》前屋」の八木重平に、男の子が生れた。友彦《ひこ》のところに秋人ができてから、十日ほど経ってからである。八木夫婦は結婚《こん》して十七年にもなってから、はじめて、突然《ぜん》、子供が授かったので、たいへんな騒《さわ》ぎで、いささか調子はずれの派《は》手なお祝いをした。しかし、赤ん坊《ぼう》はいくらか早生をしたので、満足に育つかどうかと、やや危ぶまれた。謙朴《けんぼく》は、そっと、友彦《ひこ》に、糠《ぬか》よろこびにならにゃええが、といったほどである。

「八月児《やつきご》は育たんでも七月児《ななつきご》は育つ、といいますけ、重造さんは大丈夫です」

あまり大きな声で泣くこともできない繊弱《ひよわ》い赤ん坊《ぼう》を抱いて、心細そうにしている八木の細君に、ワカはいった。ただ慰《なぐさ》めにいっただけではなく、そう信じているのである。ワカも秋人を抱いている。たくさん子供を生み育てて来たワカの言葉なので、八木の細君もいくらか安堵《ど》の面持をうかべた。

ときには、秋人を抱いた友彦《ひこ》と、重造を抱いた八木とが、陽の照る往還《かん》で出あうこともある。八木は子供のできたことが嬉しくてたまらないとみえて、まるで子守のようにいつも抱いてまわる。しかし友彦《ひこ》の腕のなかの秋人を見ると、自分の子の細いのが今さらのように情なくなるとみえて、羨《うらや》ましげに、

「お宅のややさんな、どうした、まあ、くるくると、よう肥《こ》えとらっしゃるとな」という。

「あんたとこのも、このごろは、だいぶん身が入って来たごとある」と、お世辞《じ》でなくいって、友彦《ひこ》は、重造の小さい耳に口を持っていって、なにかぼそぼそと呟《つぶや》く。

「おや、笑うた。いうたことがわかったとみえる」

「なんか、いいなさったな?」

「お役に立つ立派《ば》な日本人にならんといけんよ、といいました」

「冗談《じょうだん》のごつ」と、八木はおどろいて眼尻の下った眼をひっぱりあげ、「こげん小《こま》かやや子にそげんことというて、なんのわかろうかい」

「こげなことは、まだ、なんにもわからんうちから、耳にふきこんで置かんといけん」

八木はあきれて笑いだした。友彦《ひこ》も笑った。

ときどき、こういうことをいったり、したりするので、友彦《ひこ》は近所の人から一種の奇《き》人あつかいにされることがある。謙朴《けんぼく》は面とむかって、「あんたは御寮《ごりよん》さんの呪禁《まじない》ごとを笑いなさるばってん、あんたの呪禁《まじない》の方が、よっぽど、おかしかばい」という。しかし、その言葉のなか

には、赤ん坊《ぼう》に「役に立て」などという友彦《ひこ》自身が、かえって役立たずではないかという皮肉があるのかも知れない。友彦《ひこ》はそう感じた。なるほど、妻に店をまかせて、なにもせずにいる亭主などは、そう思われても仕方があるまい。いくら、店のことに口出しするなといわれているとて、妻にばかり苦労《ろう》させて、知らぬ顔でいるとはあまりに虫が好《よ》すぎるというものであろう。志の高さなどというものは、なかなか世間には通用しないものである。友彦《ひこ》とて、妻の苦労《ろう》を見かねて、たびたび、就職《しゆう》をこころみた。しかし、勤め人というものはまったく性に合わないうえに、いつも持ち前の性癖《へき》が邪魔《じやま》をする。気に入らないと誰とでも衝突《しよう》するので、どこに行っても長つづきがしない。

「お父さん、あんた、そげないらん心配せんで、本でも読んで居んなさいよ」

ワカがそういってくれるのがいっそう心ぐるしい。友彦《ひこ》は一大勇猛《もう》心をおこした。勇猛《もう》心をおこすといったところで、自分の性癖《へき》である癇癪《かんしやく》の虫をすこし押えればよいのである。腹を立てない鍛錬《たんれん》をしようと友彦《ひこ》は心にきめた。

「桜木製作所といいましてね、鉄工場なんですが、そこの主人の桜木君が感心な人でして、工場員で奉公団というものを作っているんです。二百人以上も居るでしょうか。その団の指導《どう》をしてくれる人を欲しがっているんですが、希《き》望者は多いらしいが、適《てき》当な人がないんだそうです。桜木君は僕の中学時代の友人で、先日会ったら、そんな話をしていましたから、ちょっと、あなたのことを話して置きました。会ってみませんか」

森博士にそういわれて、そういう仕事なら自分にもできると思い、友彦《ひこ》はさっそく行ってみることにした。

暑い夏の日であったが、羽織袴《はかま》をきちんと着た。門口を出ようとすると、ワカが、「お父はん、ちょっと」と声をかけた。

「なにかん？」

「ちょうど、ええ西瓜《すいか》がありますけ、これをお土産《みやげ》に下げて行ったらどうですか」

「そうしようかのう」

ワカは大きな西瓜《すいか》を菰《こも》につつみ、ぶら下げるようにした。「重いですばい」と、笑いながらいって、友彦《ひこ》にわたした。それを下げて出た。

電車を降りてから、海岸に近い工場まで三町ほど歩いた。陽炎が道にも屋根にもあがる。海岸からの風すらむっと熱くて、汗がながれた。数本の工場の高い煙突から黒煙が青空のなかにながれ、機械の騒《そう》音が聞えた。「桜木製作所」と看《かん》板の出ている表門を入った。受付に、顔中皺《しわ》だらけの老人がいた。名刺《し》を出した。

「桜木さんにお目にかかりたいのですが」

「古い大将ですか、若い大将ですか」

「さあ」と、友彦《ひこ》は首をひねって、「社長さんの方ですが」

「御用件は？」

用件をどういったらよいか、ちょっと困ったが、「お会いすればわかるのです。箱崎の森博士から行けといわれて来た者だというて下さい」と告げた。

老人は奥にはいった。しばらくして出て来て、友彦《ひこ》は応接《せつ》間と書いた一室に通された。小さな粗末な部屋で、丸卓《たく》が一つと、木の椅子が四つあるきりである。壁には「以和為貴」の四字を几帳《ちょう》面な楷《かい》書で書いた扁額《がく》がある。友彦《ひこ》は部屋の隅《すみ》に西瓜《すいか》を置いて、汗をふいた。

廊《ろう》下に足音がして、扉《とびら》があいた。五尺あるかないかと思われる短軀《く》の男があらわれた。油でよごれた菜っ葉服を着ている。毛虫のように太い眉の下に、開けているのか閉じているのかわからない細い眼がある。友彦《ひこ》はその貧弱な男を見て、職工が社長のところへ案《あん》内に来たものと思っていると、その男はぺこんと頭を下げて、

「あたしが、桜木常三郎です」といった。

友彦《ひこ》はちょっとおどろいたが、すぐに、「高木友彦《ひこ》であります」と、不動の姿勢で、敬礼をした。

「どうぞ、おかけ下さって」桜木は身体に似あわぬ明快な大きな声でいって、自分が先に椅子《い》に腰を下した。「森君から、あなたのことは聞いて居りました」

そういって桜木はよごれた手袋をぬぎ、菜っ葉服のポケットから巻煙草をとりだして、火をつけた。背《せ》がひくいので、卓《たく》のうえには首だけしか見えない。桜木は友彦《ひこ》の方に煙草の箱をさしだした。

「いかがですか、一本」

「私はのみません」

「ほう、煙草をあがらんとは珍《めずら》しいですな。あたしは、またこれがないと、いっときも居りきらんのでして」

桜木は弁《べん》解するようにいって、しきりに煙草を吸った。いかにもおいしそうである。友彦《ひこ》は桜木を見ながら、妙な気持がしていた。工場主などというものを、なんとなしにでっぷりと肥えているものと想《そう》像をしていたからである。それに、年をとっているのか、若いのかもこの風がわりな工場主はわからない。丸刈りの頭の半分はごまに白い。

友彦《ひこ》は気づいて立ちあがり、部屋の隅《すみ》の西瓜《すいか》をとって、卓《たく》のうえに置いた。

「これは、家内がええ西瓜《か》じゃといいましたから、持って参ったのですが」

「立派《ぱ》な西瓜《すいか》ですな」と桜木はいったが、急にまじめな顔になって、「これは頂くわけにはまいりません」と、西瓜《すいか》を友彦《ひこ》の方へ押しかえした。

「どうしてですか」

「あなたを工場に来て頂くようになるかどうかは、まだわからんのです。しかしこの西瓜《すいか》を貰《もら》うとそれが引っかかりになって困ります」

「いや、そんなつもりで持って来たのではないんですよ。出ようとしとったら、家内がそういうたんで、持って来ただけで、……」

「それに、あたしは、土産を貰《もら》ったから、貰《もら》わぬからといって、そんなことで気持を動かされる男とちがうんです」

友彦《ひこ》の心にむくむくといきどおりの気持がわいて来た。就職《しゅう》をたのむための御機嫌《げん》とりに持って来たわけではないのだ。馬鹿にするな、と思い、西瓜《すいか》を床にたたき落して割ってしまってやろうかとさえ思った。もう、就職《しゅう》など、どうでもよいと思った。しかし、その怒りの気持をやっとの思いでこらえた。ここでいつもの癖《くせ》を出してはいかんと唇を嚙《か》んだのである。

「高木さんは、日露戦争にいらっしゃったそうですな」

友彦《ひこ》の気持などには気づかぬ桜木は、煙のなかにむせるほど、煙草を間断《だん》なく吸いながら、話題《だい》を転じた。

「行きました」と、友彦《ひこ》はぶっきらぼうに答えた。

「あたしも行きました」

「ほう」

「兵隊ではないんです。ごらんのとおりの小男ですから、兵隊の資格《かく》はありません。通訳やら、またちょっとした役目を仰せつけられて行ったんです。これであたしは日清《しん》日露とも従軍したんです。二度とも、仁《じん》川府からあがりましたが」と、桜木は思いだすように、細い眼をいっそう細くして、

「高木さん、国力は強くなければいけませんな。日清《しん》と日露とでは、たった十年しか経ってい

ないのに、たいへんな変りかたでしたよ。日清《しん》のときは、はがいいたらないんです。仁川《じん》から上ったのに、町に入っても、兵隊をとめてくれんのです。もう夜になって兵隊を休ませねばならんのに、外国人がたくさん居って、なんのかんのといって仁川《じん》の町に泊らせん。仕様がないもんで、また、行軍をして、仁川《じん》から二里ばかりのところに行きました」桜木は話し好きとみえて、ひとりで喋舌《しゃべ》る。

「あたしは、部隊本部に居りまして、仁川へ宿泊の交渉《しょう》に何度もやられたんですが、けんもほろろで、いけません。ところが、仁川の町にいる日本人の居留《りゅう》民の人たちが、気の毒がってくれましてな、町はずれで炊きだしをしてくれた。女も子供も総《そう》出です。ずらりと飯釜《めしがま》をならべて、どんどん炊いて、熱い飯を片ぱしから握《にぎ》り飯にしてくれる。茶碗《わん》がありませんから、兵隊さんたちはみんな新聞紙を持ってそれを受けとる。それを持って、すこし先にゆくと、するめの焼いたのや、沢庵《あん》や奈良漬《づけ》をくれる。戦地に行って、同胞《ほう》から親切を受けるのはうれしいもんですよ」桜木はこれだけの話の間にも、むやみに煙草《たばこ》をふかし、何本も火をつけかえた。

「ところが、富平《フウヒン》というところに行軍で着いて、その飯を食べようと思ったら困った。炊きだちの熱い白飯だもんで新聞紙にべっとりくっついてしまって、離《はな》れん。どうしたもんかと思案《あん》して居ったら、智慧《ちえ》のある兵隊さんが居りましてな、水に濡《ぬ》らしたらよいといった。水に濡《ぬ》らしてみると、なるほど、うまいこと新聞が離《はな》れた。なるほどと、みんな感心しました」と、おかしそうに、一人で笑って、「このとき、朝鮮《せん》で、人夫を使ったんですがね、日本の金がまったく通用しないんです。日本の一円銀貨《か》をやっても働かん。朝鮮《せん》の一厘銭でないと、役に立たんので、韓銭を集めるのに骨を折《お》りました。日本の一銭やっても、韓銭の一厘をやっても、同じ物しかくれん。それに、天気の工合で、韓銭の相場が上ったり下ったりする。雨が降ると、穀類《るい》が入って来んので、韓銭が下るが、天気になると上る。朝のうちに、今日は二割とか、三割二分とか触れてまわる。一日に二度、ひどいときには三度も相場が立つ。韓銭は大きいのや小さいのやあって、面倒で弱りましたが、その中に日本の一厘銭があると、ちゃんと撰り出してしまう。半分にも取らんのです。日本の貨幣価値《かへいかち》がなかった。はがいいけれども仕方がないんです。仁《じん》川の町には泊らせんし、日本の金は通らんし、日清《しん》のときには、涙の出る思いをしたもんですよ」

友彦《ひこ》は、父友之丞《じょう》が、遼《りょう》東半島還《かん》附を憤慨《ふんがい》して上京したころのことを思い出した。

「ところが、日露のときになると、すっかり変っているんです。あなたも仁《じん》川府から上陸されたでしょうから、御存知でしょうが、仁《じん》川の町では、その時はどこへ行っても宿に困らない。もう、外国人も、町から出て行けなんていいません。いったところで、受けつけん。なかには、外人で、どうして自分の家に泊ってくれんかなんて、いって来る者もありました。私は、またやっぱり同じような役目で、従軍しましたが、ほう、たった十年で、日本も強うなったもんだなと、日清《しん》のときとはあべこべに、うれしくて涙の出る思いがしましたよ。私たちはあるイタリア人の家に泊りましたが、なんか知らんが、二階で西洋人たちが集まって、がやがややっとる。仁《じん》川港のなかで、海戦がはじまるらしいが、日本が勝つか、ロシヤが勝つかなんて、もう賭けをやっているんですよ。そのうちに、あれは、たしか、二月の九日でしたな、瓜生《うりゅう》さんの第四艦隊の千代田艦、浅間艦が、ロシヤのワリヤークと、コレーツを沈めてしまった。敵艦は港のなかに、斜《ななめ》になって逆立ちをした。そしたら、私たちを泊めたイタリア人が、大よろこびで二階から飛んで降りて来て、自分が賭けに勝ったと大はしゃぎです」

夢《む》中のようにしゃべる工場主を、友彦《ひこ》は奇《き》妙な思いで見た。卓《たく》のうえに所在なげに乗っている西瓜《すいか》が桜木の煙草の煙にふきまくられている。腕時計に眼をやった桜木はなにか思いだしたように、ちょこちょこと矮軀《わいく》をはこんで、出て行った。まもなく帰って来て、椅子にかけると、すぐに、「あたしは、今度の青島戦争にも行きましたが」と、しゃべりはじめた。話はいつまで経っても、肝《かん》腎の用件に触れて来ない。いらいらしながらも、友彦《ひこ》はじっと桜木の饒舌を聞いているほかはない。気短かの友彦《ひこ》がこのように辛《しん》抱づよいとは、珍《めずら》しいことである。妻の苦労《ろう》を思って起こした勇猛《もう》心のせいであろう。

話の間に、扉《とびら》が開いた。先刻受付にいた皺《しわ》だらけの老人が膳《ぜん》をはこんで来た。膳《ぜん》のうえには、三段重ねの黒漆《うるし》塗の弁《べん》当が二つあった。

「高木さん」とやっと桜木は弁《べん》説を中断《だん》して、「あんまり、おしゃべりをして居るうちに、昼を過ぎてしまいました。お腹が空かれたでしょう。粗末な弁当ですが、どうぞ」そういって、一つを友彦《ひこ》の前に押しやった。

「いえ、私は空腹ではありません。結構《こう》であります」

「どうぞ、どうぞ、御遠慮《りよ》なく」

友彦《ひこ》はきっと眉をあげた。

「それでは頂戴《だい》しましょう」

「さあ」

「桜木さん、ちょっとお伺いいたしますが、この弁《べん》当の代金はいくらですか」

「へ?」

「弁《べん》当のお代を払います」

「そんな、あんた」と、桜木はおどろいて、「お昼になったので、差《さ》しあげるのです。代金なんて、そんな、……」

「いいえ、私はあなたから、弁《べん》当を無料で食べさせて貰《もら》う義理はないのです。あなたは、私が礼儀だと思って持参した西瓜《すいか》を、就《しゆう》職運動のためのように軽蔑《べつ》された。そんなら、私もこの弁《べん》当の代金を支払います」

「そうですか」と、桜木もむっとしたように、「そんなら食べて頂かなくもよろしいのです。代金を貰《もら》うなんて、そんな馬鹿なことができますか。西瓜《すいか》を持ってお帰り下さい」

「失礼しました」

友彦《ひこ》は西瓜《すいか》をぶら下げると、扉《とびら》を排《はい》して出た。

家の近くまで帰って来ると、陽炎の立っている道路で、仲太郎《しん》や、友二、礼三、謙朴《けんぼく》のところの謙一《けん》などが金輪をまわして遊んでいた。大きな輪に小さい輪が三つはめてあって、さきが又になった棒で、輪を押して走ると、ちりんちりんとよい音を立てる。

「お父ちゃん、どこに行っとったとな?」

父の姿を見つけた仲太郎《しん》が、駈けよって来た。ほかの子供たちも寄《よ》って来た。

「うん、ちょっと町に行った」

怒ったような顔で答えたが、ふと思いついたことがあるように、立ちどまった。

「みんな、見とれよ」

友彦《ひこ》は、ぶら下げている西瓜《すいか》を、頭のうえ高くさしあげると、「馬鹿たれ」と叫んで、力いっぱいに投げた。西瓜《すいか》はくわっと前に落ちて微塵《じん》に割れ、青い皮のなかから、まっ赤な身が火のように飛び散った。友彦《びこ》はけたたましく笑って、呆気《あっけ》にとられている子供たちを残して、家の方に歩み去った。

「お帰んなさい」とワカは迎えたが、夫のただならぬ様子を見て、「どげんしなったとですか?」と気づかわしげに聞いた。友彦《ひこ》はなにもいわず、裏庭にまわって、梅の木にむかって、えい、えい、と木剣をふりまわしはじめた。

あくる日の朝、森博士がやって来た。

「高木さん、あなた、昨日、桜木君に会いなされたそうですな」

「会いました」

「桜木君は長いこと満洲や支那で苦労《ろう》した男で、独力で今の地位をきずいた、いわば立志伝中の人ですが、このごろ多い、成金臭《しゅう》のないところがとりえです。日清《しん》、日露、それに日独戦争にも、だれからも頼《たの》まれないのに自分で志願して従軍したりして、まあ、少しでもお国の役に立ちたいという気持だったんですね。……そんな話をしたでしょう」

「聞きました」

「あれで、なかなか気むずかしやで、気に入らないと、てんで、口も利かんのです。ところが、なんか、あなたに会ったら、話がしたくて、ずいぶん、おしゃべりしたと、自分でも笑っていました。ひとりで、しゃべっていたそうですね」

「しゃべっていました」

「ところで、高木さん」と、森博士は膝《ひざ》を乗りだして、「桜木君が、ぜひ、あなたに工場に来ていただきたいと、いっているのですが」

「そんなことはないでしょう」友彦《ひこ》は不愉快そうにいった。

「いえ、なんか、あなたの人柄《がら》に、とても、桜木君は惚《ほ》れたようでして、工場員の指導《どう》者として、ぜひ、あなたにお願いしたいので、僕に頼《たの》んでくれというのです」

「お断《ことわ》りします。あんな、無礼な人のところには行きたくありません」

「しかし、高木さん」と、森博士は、頑《がん》固《こ》に謝絶《しゃぜつ》する友彦《ひこ》を、いろいろと説き伏せようとしたが、友彦《ひこ》の決心は動かなかった。森博士もあきらめて帰った。

明治四十三年十一月三日、帝国在郷軍人会の発会式があげられて以来、各地方にその支部ができたが、大尉《い》である友彦《ひこ》も、箱崎地方でできた分会の分会長を委嘱《しよく》されていた。そこで、たくさんの知合ができた。会員のなかには、話していると、思いがけず、同じ部隊であったり、戦地の同じ町にいた者もあったりして、友彦《ひこ》にとってはもと兵隊であった人たちと、集まって話をすることが、なにより楽しかった。しかし、日露戦争では病院暮らしばかりしていたので、会員たちが戦闘《とう》の思い出話をしているのを聞くときには、やはり一抹《まつ》の寂しさをおさえることができなかった。

ときどき、友彦《ひこ》は近所の子供や、青年たちを集めて、歴史《れきし》の話をした。博多湾《わん》をのぞんで、元寇の話をした。塾というような大げさなものではない。また、講義《こう》という堅苦《かた》しいものでもない。彼は自分でも、「こう気短かじゃあ、吉田松陰《いん》にはなれんわい」と、笑ってワカに話すことがある。友彦《ひこ》は竹内喜左衛門《え》の「大日本史《し》」を熟読《じゆく》し、自分の心の糧《かて》とするとともに、子供たちへの指標《ひよう》ともした。軍人に賜《たま》わった御勅諭《ちよくゆ》が、つねに心の底にしみついていたことは、いうまでもない。しかし、友彦《ひこ》は妻ワカのふだんの行いを見ていて、眼をみはることがある。おかしな呪禁《まじない》をすることには、いささか辟易《へき》するが、ワカがなにげなしに、いったりしたりすることに、(ああ、自分は家内に及ばない)と思う時があった。無学の田舎者であるワカは、理窟《くつ》などは一切知らないのである。「男の子は天子さまからのあずかりもの」といい、「菊の御紋章《もんしょう》のついた銭を大切にするように」といい、また、「東の方に足を向けて寝てはいけない」と、常に子供たちにいうことも、まったく理窟《くつ》ではないのだ。また、なんのわざとらしさもない。なにか、身体のなかに溜っているものが、ふっとひとりでに洩《も》れるような工合に、言葉になる。友彦《ひこ》は、大義を鹿爪《しかつめ》らしく説く自分が、妻の前に、いかにも見すぼらしく思える時があった。

「東の方に足をむけて、寝るんではないよ。天子さまがござらっしゃる。坐《すわ》ったときでも、東に足を投げだしてはいけん」

子供たちは物心つくころから、みんな母のその言葉を聞いた。どの子も、よく母の言葉を守った。

「君に忠義を尽《つく》さなければならん」と、説く自分の言葉と、ワカのその言葉との差《さ》について考えてみて、友彦《ひこ》はひとりで顔の赤らむことがあった。友彦《ひこ》が東に足を向けまいと心がけるようになったのは、ワカが子供たちにいう言葉を聞いてからである。九州であるから宮城のある方角を東の方というのである。奥羽の方であれば、ワカは西の方にというであろう。ワカは子供にやさしかったが、こういうことに、「お母はんの堪忍袋《かんにんぶくろ》」が切れると、懲罰《ちょうばつ》は苛酷《かこく》であった。容赦《しゃ》もなく、押入に入れたり、灸《きゅう》をすえたり、高い簞笥《たんす》のうえに上げたりする。しかし、ワカは子供たちが障子《しょう》を破ろうが、襖《ふすま》に穴をあけようが、畳を汚《よご》そうが、そんなことには一切叱言《こごと》をいわない。大勢の子供たちがあちこち破る障子《しょう》を、毎日、たのしそうに切り張りする。それをまた破る。また修繕《ぜん》する。破ってはいけないとたしなめはするが、破っても怒りはしない。そんなときには、「お母はんの堪忍《かんにん》袋」は、どこかに忘《わす》れて来たようである。

「こら、こら、友二、また障《しょう》子を破ったな」

友彦《ひこ》がおこると、ワカは笑って、「お父はん、そげ怒んなさんな。子供ちゅうものは、障《しょう》子を破るにきまったもんです」という。

はじめて子供が笑ったり、這いだしたり、箪笥《たんす》の環《かん》をつかまえて立ったり、障《しょう》子の桟《さん》を伝って歩いたり、なにも摑《つか》まずに歩いたりするような、子供たちの成長の道程について、ワカの配っているなみなみでない心づかいを見ていて、友彦《ひこ》は「母親」というものをあらためて考えずには居られない。大勢の子供であるから、喧嘩《けんか》をしたり、泣いたりする。一日に、誰かが、何回か泣かぬことはない。

「やかまし、めそめそ。泣くな」と、友彦《ひこ》は叱る。「お父はん、子供は泣くにきまったもんです」と、ワカは笑いながらいう。赤ん坊《ぼう》の泣くのは運動だから、なるべく大きな声で泣いた方がよいともいう。「きまったもの」ということになれば論争の余地《よ》はない。

しかし、礼三が三つになった時に、夜泣きをするのには、さすがのワカも閉口した。昼と夜とをまちがえたのか、礼三は昼はおかしいほど眠って、夜になると、泣きわめいた。いくらなだめても泣きやまない。癇《かん》の立った声で、身体《からだ》中をふるわせ、息もとまりそうに、しゃくりあげて泣く。いくら子供は泣くものときまっていても、こう泣かれてはワカもたまらないのである。

「こら、虫が出とるとばい」

謙朴《けんぼく》はそういって虫封《ふう》じをしてくれたが、礼三の夜泣きはなおらない。

ワカの得意の呪禁《まじない》がはじまった。「木橋の木で一本箸《はし》を削《けず》って、それに火をとぼして見せたらなおる」というのである。人に見られてはいけないというので、深夜、一人で七町ほど離《はな》れた川の木橋を削《けず》りに行った。風の強く吹く秋の夜で、淋《さび》しい道をすたすたと草履《り》を鳴らしていった。子供を思う一心で、恐さを忘《わす》れた。橋のところに来ると、まっ暗なかに、川の音が聞えた。崖《がけ》の下である。虫が鳴いている。胸をどきどきさせながら、ふるえる手に小刀を持って、橋の木を削《けず》った。夢《む》中であった。なかなかうまく削《けず》れない。どれくらい時間が経ったか、人の足音を聞いたと思って、うろたえた途端に、ワカは足場を失って、あっと暗い川のなかに落ちた。

泣きさけぶ礼三を抱いて、友彦《ひこ》は表に出てみた。あたりは寝静まって、森閑《かん》としたなかに、星ばかり冴《さ》えている。風が強い。暗いところに出たので、恐くなったのか、いっそう礼三は泣いた。ワカは黙《だま》って出ていったので、どこに行ったのかわからない。

「高木さんやなかかな?」

暗闇《やみ》のなかから、謙朴《けんぼく》の声がした。寝巻のうえに、紋《もん》附羽織をひっかけている。礼三のけたたましい泣き声を聞いて、出て来たものらしい。

「どげんしなしたな」

「ワカがどこに行ったとか、帰って来んとです。馬鹿なやつで、こげな夜中に、泣く礼三をほったらかして、出ていってしもうた。仕様がない」友彦《ひこ》はほんとうに怒っていた。

「礼ちゃん、礼ちゃん、そげん、男ん子が泣くもんじゃなか」

謙朴《けんぼく》は機嫌《げん》をとろうとしたが、礼三は謙朴《けんぼく》の髭《ひげ》面をみて、いっそうはげしく泣いた。

すると、暗い前方で、だれかが呼んでいるような低い声が聞えた。耳をすますと、また、かすかに同じ声が聞えた。たしかにワカの声である。二人はその声の方に走った。二十間ほどさきの道路のうえに、ワカがたおれていた。星あかりのなかのワカを見て、友彦《ひこ》も謙朴《けんぼく》もぞっとした。亡霊《れい》のごとく見えたのである。髪《かみ》をふりみだした蒼《そう》白のワカの着物は濡《ぬ》れて破れ、黒帯は蛇のように長く道のうえを引きずっている。顔にも手にも血がにじんでいる。ワカはそこまで渾《こん》身の勇をふるって這って来たものであろう。力尽《つ》きんとするのを、遠くに聞く礼三の泣き声にはげまされて、やっと、ここまで辿りついたのだ。

「ワカ、どうした？」

息もつまるほどおどろいた友彦《ひこ》は、礼三をそこに降して、ワカを抱きおこした。全身濡《ぬ》れ鼠《ねずみ》である。礼三は泣きやんでいた。

「御寮《ごりよう》、しっかりしなさい」謙朴《けんぼく》は脈を見るように、ワカの手をとった。

「お父はん、これ」

友彦《ひこ》の腕のなかで、うっすらと弱々しく眼をひらいたワカは、やっとの思いで、右手をさしだした。血だらけの右手に、強く一本の細い棒が握《にぎ》られている。箸《はし》は拳《こぶし》のなかで折《お》れていた。

「これ、これを」と、切れ切れに、「お父はん、火を、とぼして、礼三に、……礼三に、見せて、…」

「なにをいうちょるか。そげなことどころか。礼三は、もう、ようなった」

友彦《ひこ》はワカをひっかついだ。謙朴《けん》が礼三を負った。礼三はまた泣きだした。その声を聞いて、ワカは、友彦《ひこ》の背《せ》なかで、「お父はん、礼三に、これを、……火をとぼして」と囈言《うわ》のように呟《つぶや》いた。友彦《ひこ》は相手にならずに、深夜の道を走った。

後年、礼三は、「お前は夜泣きして、よっぽどお母はんを殺《ころ》すところじゃった」と、たびたびいわれた。のちに、礼三は幼年学校を経て、士官学校に入学したが、同期生《き》の間で、「いまどきの若い者が呪禁《まじない》をするなんて、あきれた奴《やつ》じゃ」と笑われた。俊秀《しゅんしゅう》な青年将校となった礼三が呪禁を信じていたわけではない。また、戯れてやる彼の呪禁がきいたためしもない。しかし、彼は大東亜《あ》戦争勃《ぼつ》発と同時に、香港攻略《りゃく》戦に参加し、さらに比島作戦に従軍したが、バタアンの戦場のなかでも、奇《き》妙な呪禁をやめなかった。そうして、生母への消えがたい追慕《ぼ》を、大切にしたのである。高木家のきょうだい達は、いわば、このような無鉄砲な慈《じ》愛によって成長した。しかし、ひとたび、男の子たちが軍服を着る年ごろになると、ワカは、「天子さまにお返しすることができた」といって、惜しげもないように、顔色を変えなかったのである。

ある夜、友彦《ひこ》は、国子、伸《しん》太郎、友二の三人をつれて、東中洲《ひがしなかす》の映画館に活動写真《しゃ》を見に行った。尾上松之助の「楠木《くすのき》正成」がかかっていたからである。中ごろの椅子《い》に腰かけた。暑い夜である。観客には子供が多かった。国子や伸《しん》太郎の友だちもいるらしく、「やあ、あんたも来とんしゃったな」「目玉の松ちゃんはよかばい」などと、子供たちは話しあった。燕尾服の弁《べん》士が出て来て、気どった口調で芸題《げだい》を説明してひっこむと、ぴりぴりと笛を鳴って、電気が消えた。楽隊が鳴りだして、映りはじめた。舞台《だい》の両側に出て来た四五名の弁《べん》士が声色で説明する。「楠木正成」は進行した。いよいよ兵を挙《あ》げた正成が千早城に立て籠《こも》るところになった。画面には道にも山にも野にも鎧兜の軍勢がひしめきあい、数十本の長い旗指物がひらひらとひるがえった。楽屋裏で法螺《ら》貝や陣太鼓《こ》が鳴った。すると、友彦《ひこ》のまわりにいた子供たちが、いっせいに拍《はく》手をはじめた。友彦《ひこ》はおどろいた。それは千早城を攻めに来た足利勢であったからだ。旗には足利の紋《もん》がちゃんと見えるのである。友彦《ひこ》は思わず立ちあがった。

「こらこら、どうして手を打つか。あれは賊軍じゃが」

子供たちはおどろいてやめた。腰を下した友彦《ひこ》は、（いったい、小学校ではなにを教えているのか）とぶつぶつと腹を立てた。歴史《れきし》というものについての奇《き》妙な反省が心に湧いた。場面はかわって、千早城になった。軍勢が松林の間に群れ、菊水の旗印が風にひらめいた。ところが今度は拍手《はく》がおこらない。手をたたいたのは伸太郎《しん》だけである。また、おこられるかと、子供たちはおずおずと、暗闇《やみ》をすかして友彦《ひこ》の方をうかがっている様子である。友彦《ひこ》は苦笑して、自分がさきに手をたたいた。やっと子供たちもそれにつけて拍手《はく》した。終って出た。

博多の盛り場である東中洲は、活動写真《しゃ》のはねる頃になっても、まだ人通りが多かった。蒸し暑い晩なので、涼み客も多いのであろう。人ごみの間を縫って、友彦《ひこ》も子供たちと、那珂《か》川の西大橋の畔《ほとり》に出た。両岸の家並の灯《ひ》が水にうつってゆらぎ、線香花火の青い光がちらついているところもあった。川をわたって来る風はいくらか冷たい。友彦《ひこ》は橋の欄《らん》干にもたれて、いつになく、故郷小倉《くら》のことを思いだしていた。川苔《ごけ》や魚をとって遊んだ紫川の水の色が、頭のなかを流れた。すると、ふと、自分の立っている前を通り過ぎた人影に、友彦《ひこ》は注意を奪《うば》われた。眼の前を、浴衣姿のひどく背《せ》のひくい男が通ったのであるが、見ると、左手に伸《しん》太郎の年ごろくらいの男の子の手をひき、右手で大きな渋《しぶ》団扇を動かしているのである。しかし、それは自分をあおいでいるのではなく、前をゆく杖をついた白髪の老婆《ば》に、うしろから風を送っているのである。老婆《ば》は母であろう。相当の年配らしく腰をかがめて、よちよちと歩くうしろから、その男は休みなく風を送る。友彦《ひこ》は暗いなかに向かって、眼を皿にした。その渋《しぶ》団扇を持った男が、たしかに、いつか工場で会った桜木常三郎に相違なかったからである。間もなく、桜木親子の姿は人ごみに見えなくなった。

「お父っちゃん、桜木君な、僕と同級《きゅう》ばい」

桜木の消えた方角を、いつまでも見つめて、ぼんやり立っている父を、ふしぎそうに見て、
仲《しん》太郎がいった。

「そうか」

友彦《ひこ》は、なぜか、ふうっとため息が出た。

大正十年十一月の中ごろ、米国で、ワシントン会議の行われている最中に、末子《ばっし》綾《あや》子が生れた。

城

「兄さん、日本は妙な風になりましたな」

久彦《ひこ》はぽつんといった。

「うん、すこし妙じゃな」

友彦《ひこ》もそう答えた。

ここへ登って来るまでの話のつづきであったが、そういったきりで、とつぜん眼前に展けた風景にしばらく眼を奪《うば》われた。大阪城は高い。兄弟は肩をならべて、はるかの下にひろがる大阪市街《がい》を見下ろした。底ぬけの青空にむくむくと盛りあがった入道雲の峯がつらなり、中天をやや西へ下った強烈な太陽の下に、密《みつ》集した家々も、樹々も、山も、橋も燃《も》える陽炎のなかにある。大都市の周辺をかこむかのように立ちならんだ多くの工場の煙突から、間断《だん》なく吐きだされる黒煙は、街衢《がいく》のうえに墨色の幕《まく》を張り、さまざまの騒《そう》音と蟬《せみ》の声とがごっちゃになって屋根をわたり、濠《ほり》を超《こ》え、石垣をつたって、城の天辺まで這いのぼって来る。熱気のある風が友彦《ひこ》の絽《ろ》羽織の裾《すそ》をひるがえす。どこかのデパートの屋上からであろう、黄色いアドバルーンが一個、空にぽかりと浮いている。実際はかなりに巨《きょ》大なものなのであろうが、遠いせいか、小さい風船玉のようにしか見えない。この風景をながめて、友彦《ひこ》は奇《き》妙な幻覚《げんかく》におちいっていた。アドバルーンを見ているうちに、三十年以上も昔、小さかった自分たち兄弟が櫟木《いちき》につれられて、小倉《くら》練兵場に軍旗祭を見に行ったときの遠い記憶《おく》が、まざまざと蘇《よみがえ》って来たのである。あのとき、久彦《ひこ》はまだ五つで、手に赤い風船玉を持っていた。そして、だれかが逃がした風船玉が青空たかくのぼるのを見て、あれはどこまで行くのかなどと聞いて、櫟木を困らせた。

アドバルーンが友彦《ひこ》にその風船玉を思いおこさせたのであろうか。すると、友彦《ひこ》は、いま自分たち兄弟が上っている大阪城の城壁が、たくましい櫟木の肩のような気がして来た。あのとき、自分たち兄弟は櫟木の頑《がん》丈な両肩に支えられて分列行進を見た。櫟木は西南役で右腕に負傷していたので小さい久彦《ひこ》の方を右肩に乗せた。自分は左肩に乗った。そして、今も、久彦《ひこ》が右に、自分が左にならんで、肩車のごとき城壁の上に立っている。(おかしなことを考えるものだ)と、友彦《ひこ》はわれ知らず苦笑した。

友彦《ひこ》は自分の右にいる弟久彦《ひこ》を、なぜか虚《きょ》心に見ることができない。眩《まぶ》しいような思いがするのだ。軍服姿の久彦《ひこ》のいかつい両肩には、中佐の肩章《しょう》が光り、板のように張った胸には、金色の豪華《ごうか》な参謀肩章《ぼうしょう》がつるされている。太い眉のうえには、横一線に、日に焼けた部分とそうでない部分とがくっきりと区別されている、ひろい額《ひたい》である。いつから生やしたのか知らないが、鼻下に蓄えた髭《ひげ》がすこし気に食わないが、その髭《ひげ》は本人はなかなか自慢《まん》らしいから、兄貴《き》がきらいだといったところで、剃るものではあるまい。友彦《ひこ》は、ふと、からかってみたくなって、笑いをふくんで「久彦《ひこ》」と声をかけた。

「は?」

何か考えごとをしていたらしい久彦《ひこ》は、はっとしたように兄の方をむいた。

「あそこにアドバルーンがあるな。あれの紐《ひも》が切れたら、どこまで行くと思うかん?」

奇《き》妙な突然《ぜん》の質問に、久彦《ひこ》は腑《ふ》におちぬ顔をしたが、そんなつまらないことはどうでもよいというように、「兄さん、兄さんは、日本はこのままでええと思いますか」と詰《きつ》問する口調で、兄を見つめた。

せっかくの質問をはぐらかされたので、友彦《ひこ》はやや心外であったが、おだやかに、

「ええとは思うちょらん」と答えた。

「いまに、この大阪城も、もういっぺん役に立つ時代が来るかも知れませんよ」

「そんなことはあるまい」

「昔はずいぶんのんきな戦争をしたもんですな。どこからでも目標《ひょう》になるような、こんなでかい城を築いて、それで難攻不落なんてやっとんじゃから。いまなら、七年式三十サンチ榴《りゅう》弾砲一門があったら、城一つ落すくらい、なんでもないでしょう。飛行機一台《だい》でもええ。僕が青島で乗ったのは、モーリスファルマン、ニュウポール式というのじゃったが、このごろはずっと

進んどるし、上から、爆裂弾《ばくれつ》を落したら、いくら天下の大阪城だって、たまらんでしょう。外濠を埋めるの、内濠を埋めるのと、あの時代は大騒《さわ》ぎしたんじゃが、……しかし、また、そんなことになるかな」

久彦《ひこ》は軍縮《しゅく》のことを怒っているのである。それは友彦《ひこ》も同じである。しかし、友彦《ひこ》は弟の皮肉などは通じないから軍縮《しゅく》になっても、すでに骨董品になった大阪城が、ふたたび役立つようになるなどとは思っていない。

「いったい、国民がなにを考えとるのか、僕にはさっぱりわからん」歯《は》を噛《か》みならすようないいかたである。「人類《るい》平和なんちゅう言葉を、どうして信用するのか。そりゃ、イギリスや、アメリカがどんな出たらめをいうたって勝手じゃが、それをどうして日本国民までがいっしょになって、かつぎまわるのか。だいたい、政党《とう》なんちゅうもんが、気に食わん。いまに国を亡ぼすにちがわん。国のことなんてどうでもええ、自党《とう》の私利私慾《よく》ばかりで動いとる。なっちょらん」

眼を光らしてぶりぶりと怒る弟を、友彦《ひこ》はすこし呆気にとられて見た。弟は自分にくらべてはるかに落ちついていると思っていたのに、こういうときの弟は、自分よりずっと父の面影をとどめている。あるいは気のおけぬ兄の前なので、気を許しているせいでもあろうか。

「兄さんも、政党なんかに関係しとりゃ、せんでしょうな?」

鋭鋒《えいほう》が自分に向いて来たので、友彦《ひこ》はおどろいて、「政党《とう》なんかに関係するもんか」

「それでも、いつか、川崎閣《かっ》下に会うたら、兄さんは、このごろ、ときどき、なんか政治の集まりに顔を出しとるらしいと聞きましたよ」

「あれは玄洋社だよ」

「そんなら、ええですが」とまだ、怒ったように、「兄さん、僕らは世界人類《るい》の平和などという言葉に欺されてはいかんです。欧《おう》洲大戦の経験《けん》に懲りたんで、戦禍を永遠に避《さ》けるために、国際《さい》連盟《めい》をつくるという。それは陰謀《いんぼう》です。英米が次の世界制覇《は》を狙《ねら》う魂胆《たん》です。血は水より濃《こ》しなんて、ちゃんと、白状《じょう》しとる。日本がだんだん強力になって来たんで、奴《やつ》らは日本が邪《じゃ》魔《ま》になりだした。恐ろしゅうなった。そうでしょう」

「そうじゃ」と答えねば仕方がない。弟の見幕《まく》のすさまじさにたじたじである。

「ワシントン会議は日本への挑《ちょう》戦ですよ。海軍の比率《りつ》が五・五・三なんて、そんな馬鹿なことがあるもんか。おまけに、九箇国条約で、支那での日本の立場はめちゃになってしもうた。せっかくの青島戦争の成果である山東省も還《かん》附せにゃならん。外交も外交、軟弱でなっとらん。シベリヤ出兵も、なにをしたかわからん。支那は日本を馬鹿にするし、いよいよ欧《おう》米依《い》存になる。それなのに、日本人のなかに、平和の、正義のと、まるで自分たちが英米人みたいに、ありがたがる奴《やつ》が居るんじゃからお話にならん。国際《さい》連盟《めい》はウィルソンがいいだしたくせに、アメリカは参加せん。奴《やつ》らの腹は見えすいちょる。……兄さんは、明治初年に、横浜外人居留《りゅう》地の公園に立っとったという立札のことを知っとりますか」

「知らん」

「それには、『日本人入るべからず』と書いてあったんです」

「なに、そりゃ、ほんとか」

「ほんとです。日本が世界三大国の一になったとかなんとかいって、ええ気になっとったら、とんでもないことです。アメリカはなにをしとりますか。どんどん海軍を拡《かく》張する。パナマ運河を掘る。グァム、サモアなどの島に軍港をつくる。フィリピンのオロンガッポも要塞《さい》にするし、ハワイの真珠湾《じゅわん》も堅《かた》める。みんな日本が目標《ひょう》です。おまけにアメリカにいる同胞《ほう》は虐《ぎゃく》待するる。まるで人間あつかいをせん。正義人道がきいてあきれます。それなのに、日本じゃ軍縮《しゅく》するという。そんな馬鹿なことがあるか」

と思わず大きな声を出したが、気づいて、「兄さんを怒っても仕様がないが」と苦笑した。附近には誰もいない。

「しかし、兄さん」と、われにもなく興奮《ふん》したことにすこし照れて、久彦《ひこ》はおだやかな口調になった。

「兄さんは軍人を信じるでしょう。軍人精神について、兵隊じゃった兄さんは、よく理解していると思います。困苦欠乏《けつぼう》の時機になって、はじめてほんとうの力を発揮《き》するのが、兵隊です。いまが、その時なんです。真の勇気の必要なときが来ました」久彦《ひこ》はさっきとは打ってかわって、静かになった。

「時代と歴史《れきし》のながれのなかでは、どんなにしても、さからうことのできない時機があるもんです。いまの世の風潮がそれです。いまの国民の軽佻浮薄《はく》さは、お話になりません。悪質な思想《そう》が跋扈《ばっこ》する。政党《とう》がのさばる。根も葉もない平和の夢《ゆめ》がはびこる。もう、軍隊などはいらんなんちゅう極《きょく》端なことをいう奴《やつ》もある。こういう時代ですから、軍としても止むを得ません。いまはこの受難の時を、どのようにして切り抜《ぬ》けるかです。軍としては歯《は》を食いしばって、黙々《もくもく》と信ずる道にすすむほかはありません。朝鮮《せん》に二個師団を増設する問題《だい》が、何度か、内閣《かく》の瓦解の原因となったりして、やっと五年もかかって解決したかと思うと、今度は軍縮《しゅく》です。しかし、軍としては最善の努《ど》力をしてみて、ここにいたったのですから、いまはもう別の方途を考究する以外に方法がないのです」

久彦《ひこ》の声は沈痛なひびきを帯びてはいたが、どこか、腹の底からひびいて来るような自信に満ちていた。不敵な表情である。

「僕はさっきたいそう腹を立てましたが、兄さんに甘《あま》えて居ったんですな。堪忍《かんにん》して下さい。だれにも、あんな風にはいわんのですよ。いや、いまさら怒ってみたところで仕方がないし、腹は立てんことにしとることです」久彦《ひこ》はいよいよ静まりかえる語調で、「国民とて、盲目《めくら》ばかりではありますまい。一時の迷いということもあります。いつかはきっとわかります。兄さんは軍人であったんじゃし、よくわかって下さると思うんで、いうんですが、僕はいまこそ軍人魂が発揮《き》せられる時だと信じているんです。軍人魂は戦場だけにあらわれるもんじゃない。

こんな、誰も知らんところに、歯《は》を食いしばって生き抜《ぬ》いてゆく力を出すのが、ほんとうの軍人精神だと、僕は信じています。誰も知らんどころか、まるでそっぽを向いておる。ある者は白い眼で睨んどる。そのなかに屈せず生きてゆくのがほんとうの軍人魂《だましい》と思っているのです。……兄さんは、わかって下さるでしょう?」

「わかる」と、友彦《ひこ》は胸のあつくなる思いで、うなずいた。

「陸軍は国防の完璧を期《き》すために、二十五個師団整備《び》を眼目として居ったのに、その目的が達せられるどころか、去年の整理で、ほとんど五個師団分に相当する兵力を縮小《しゆく》されました。将校二千二百六十八名、准《じゆん》士官以下五万二百九十六名、馬匹一万三千頭というのですから、陸軍の打撃もわかるでしょう。兵隊たちはみんな泣きました。兵隊たちが命をささげ、その下で尊い血をながした幾旒《りゆう》かの軍旗も、返納されました。今年の初めには、さらに、鉄道材料廠《しよう》、独立守備《び》隊二大隊、仙台《だい》の幼年学校の廃《はい》止などがありました。いまのような風潮では、まだまだ、来年あたり、もっと大規模《きぼ》な整理があるものと思わねばなりません」

「そげん、兵隊を減らして」と、友彦《ひこ》もいささかおどろいた。

「しかし、もう僕らは悔《く》やまんのですよ。こういうひどい状態《じようたい》のなかにあっても、いかに力を失わず、どんなにして力を蓄えてゆくかに、心魂をささげて没《ぼつ》頭するんです。表面では、つまり、量《りよう》的には減った。しかし、質的にはいよいよ強力となるような軍隊を作るには、どうしたらええか。そこにあらゆる工夫を集中します。新兵器の充《じゆう》実、装備《び》の改善、軍の機械化、足らないところを補う猛訓練《もうくん》。訓練《くん》には制限なしです。……そのほか、いろいろありましょう。それをここで、すっかり話す自由を持ちませんが、……今度、兄さんに、わざわざ見学に来て貰《もろ》うた戦車演習も、この一つでした。……このような地味な労苦《ろう》は、忘《わす》れられ勝のもんです。戦争の表面に、また、戦場であらわれることは、だれもすぐ認めますが、こういう蔭《かげ》の忍苦《にん》は知られずに終るものです。というて、べつにそれを誇示するわけでなく、ただ、兄さんじゃから、話しとるだけですが、……いずれにしろ、いまはもう、なにもいうときではないでしょう。きっと、いつかはこのような軍の努《ど》力が、国民にもわかるときが来るにちがいありません」

太い眉のあわいに不屈の決意のいろをただよわせて、ぽつりぽつりと語る弟を、友彦《ひこ》はふり仰ぐ思いで見た。これが自分の弟かと、ふとそんな錯覚《かく》がおこる。

「いまのことは、兄さんの胸のなかだけに置いといて下さい」

久彦《ひこ》はハンカチで眼をぬぐった。

「うん」と友彦《ひこ》も懐から紙をだして、鼻をかんだ。

「大阪はええ街《まち》じゃが、気に食わんところもあるんです」と久彦《ひこ》は話題《だい》をかえるように、絢爛たるとりどりの色彩《さい》に映える眼下の都市を眺めまわした。

「どうしてや」

「成金《なりきん》が、いっぱい、うようよしとるからですよ」そういってから、ふっと思いだしたように、

「兄さんの出とるという工場の社長も、成金とちがいますか」

「桜木さんかい」

「桜木、といいましたかな」

「あの人はちがうよ。成金、……かも知れんが、世間に居る成金とはちょっとちがう」

「戦争で儲《もう》けたんでしょう。そんならやっぱり成金で、成金に碌《ろく》なのは居りませんよ」

久彦《ひこ》はよっぽど成金が嫌《きら》いらしい。兄が桜木工場に出ているということが気に食わないのである。いったんは喧嘩《けんか》別れをしたが、のちには望んで行った桜木の人柄《がら》については、友彦《ひこ》は適《てき》当にいいあらわす術《すべ》を知らないし、面倒なので黙《だま》った。

「兄さんは、伸《しん》太郎を商業学校に入れたというのは、ほんとですか」

「うん」

「商売人にするつもりなんですな。これも成金の影響《きよう》ですか」

友彦《ひこ》はむっとしたが、「あの子はどうも活溌《ぱつ》でないんでな。それに、どうしたものか、身体も弱い。兵隊にしたいと考えとったが、無理に兵隊にして、また俺《おれ》と同じ目に会わせることになってもと思うてな。……それに、ワカが、長男は家を継《つ》がせねばならんというし、伸《しん》太郎も母親思いで、苦労《ろう》しとるワカを見て、早うお母はんの手助けがしたいと、本人の希《き》望でもあるし」

「そうですか」

久彦《ひこ》はいつか、しんみりした面持になって、

「兄さん、運命というものはおかしなもんですな。兄さんの方が兵隊になる筈《はず》じゃったのに、あべこべになった。僕は序《ついで》の便みたいに兵隊になって、兄さんに、なにか、すまん気がして」

「すまんことなんて、ありゃせんよ」

「兄さんが中尉《い》の軍服を着てかえったときには、とても羨《うらや》ましかった。あの時は櫟《いち》木さんも居ったが、……櫟木さんが亡くなってから、もう何年ですかね」

「大正七年だから、六年じゃよ」

「櫟木さんの建碑《ひ》式にも、去年の丙《へい》寅会の会合にも行きそこねて。あの時は、山懸閣《かっ》下の供養《よう》の意味もあったのに、……忙《いそが》しくて御無沙汰《さた》ばかりして、いつもすまんと思うとります」

「丙《へい》寅会の集まりは面白かったで。古い人ばっかりでな、室井の武作さんもきたし、いろんな人が来た。みんな、七十から上の人ばっかりじゃ。是石平右衛《え》門さんがちょん髷《まげ》を結うて来たにはびっくりした。まあだ、とても元気で、死ぬまで切らんつもりじゃなんて、いわれとったよ。そのときのこと、伸《しん》太郎の速記したのがあるから、いつか見せよう」

「姉さんは、相かわらず、呪禁をやっとられますか」

「得意でな」

「いまの国民の軽薄《はく》な風潮を、呪禁でなおるように、頼《たの》んでくれませんか」

「頼《たの》んでもええな」

兄弟は声を立てて笑った。

獅子頭

大正十二年九月一日、関東地方は未曾有《みぞ》の震災に見舞われた。東京は全滅《めつ》したという知らせに、九州地方のひとびとも動揺《よう》した。親戚《せき》や知人のある者は不安の心をいだいて、急遽《きよ》上京する者が相ついだが、鉄道は不通になっていて、情況は知られなかった。通信もだめである。弟が東京にいるという「筑《ちく》前屋」の八木重平や、娘を二人も横浜に縁《えん》づけているという花房（「高木屋」の筋向いの小間物屋）、伯父が東京で宿屋をしているという三谷なども、顔色を変えて上京した組であったが、がっかりした顔でいずれも途中から引きかえして来た。八木だけはどこかに踏《ふ》みとどまっているらしかった。それらの親戚《せき》の生死のほどはまったくわからないのである。

友彦《ひこ》とワカとは筥崎宮に日参して、ひたすら皇室の御安泰《たい》を祈った。また、弟夫婦のことも少なからず気遣われた。

「お父はん、参謀《ぼう》本部というのはどこにあるとですか」

「ようは知らんが、東京は全滅《めっ》ちゅうから、参謀《ぼう》本部も、久彦《ひこ》も、運命をいっしょにしたかも知れんな」

「自宅のある牛込ちゅうのは?」

「牛込もやっぱり駄目《だ》じゃろう。あきらめにゃ仕様がないかも知れん」

容易にあきらめられることではないのである。大阪で会ってから一箇月と経っていないのに、このような不慮《りょ》の災のために弟が死ぬるなどという天の摂《せっ》理に、俄《にわか》に同意することはできない。友彦《ひこ》は大阪で会った弟の立派《ぱ》な姿を思いえがくと、不覚《かく》の涙があふれて来て止まらないのである。

配達されて来る毎日の新聞や、号外が待ちきれなかった。震災の惨状《さんじょう》は眼を掩《おお》いたいほどであったが、それでも最初伝えられたのに比較《かく》すると、実際《さい》はまだいくらか望みをつなぐことのできる状態《じょうたい》であることがわかって来た。なにより、皇室の御無事を知って、友彦《ひこ》もワカも涙をながして喜んだ。関東地方からの避《ひ》難民が、ほとんど着のみ着のままで、九州の方にも多くなだれて来た。停車場では、湯茶を沸かし、炊きだしをして弁《べん》当を給与した。

「とっけむなかことに、なったもんじゃな」謙朴《けんぼく》は眉をひそめて、毎日のようにやって来た。

気づかっていた久彦《ひこ》から、十月のはじめになって、はじめて手紙が来た。ワカと子供たちが手紙のまわりに集まった。

「兄さんたちが心配して下さって居られるだろうと思いますが、幸いに、僕たち夫婦とも、無事でいますから安心して下さい。山の手の方は災禍《か》を免れました。東京の状態《じょうたい》などは、また、いつか会ったときにお話ししましょう。僕は震災がはじまったときに、すぐに、兄さんと大阪城で話しあったことを思いだしました。あのとき、国民の浮華《か》な風潮を僕たちは大いに慨《がい》歎し たのでしたが、これは正に天譴《けん》でもあろうかと思いました。それとも、姉さんがなにか呪禁でもしたのではありませんか」

友彦《ひこ》が読むのをきいて、ワカはおどろいて、

「なんごとですか」

「いや」と友彦《ひこ》は苦笑でごまかして、「今度の震災で僕が兄さんに告げたいのは、賞讃《しょうさん》すべき軍隊の活躍《やく》であります。混乱《こんらん》におちいった帝都附近の治安は軍隊の力なくしては、まったく維《い》持することができなかったでしょう。国民の風潮がいかにあろうとも、黙々《もくもく》として平素《そ》の訓《くん》練に努《つと》めた軍隊の力が、この非常の際《さい》に、その神髄《ずい》を発揮《き》したのであります。九月一日、災害が起こると同時に、東京衛《えい》戍司令官代理石光第一師団長は、ただちに、近衛《え》および第一師団を、全部の警備《けいび》に当らせました。地方の諸部隊も、時を移さず、災害地の警備《けいび》にあたったので、混《こん》乱《らん》の極《きょく》に達していた治安と秩序《ちつじょ》とがはじめて回復されたのです。二日には、戒厳《かいげん》令が布かれ、三日には福田陸軍大将が関東戒厳《かいげん》司令官に任ぜられ、海軍の方は、横須《す》賀鎮《ちん》守府司令官野間口海軍大将に命が降りました。そうして、軍隊は食糧《りょう》の配給、救済《きゅうさい》、交通、通信の整備《び》などまでも担《たん》当して、敏《びん》活に活動したのであります」

読んでゆく友彦《ひこ》の頭のなかに、弟久彦《ひこ》の姿がまざまざと浮かんで来た。久彦《ひこ》がいかなる部署《しょ》について、どういう仕事をしたかは明瞭《りょう》でないが、参謀《ぼう》肩章《しょう》をつけた肩幅のがっちりした弟が、そういう非常の状態《じょうたい》のまっただなかで、落ちつきはらって、てきぱきと事を処理してゆく颯爽《さっそう》とした姿が眼に見えるようである。

友彦《ひこ》は、ある日、ワカをかえりみて、「仁《に》科はどげしたじゃろうかな」といった。

「さあ、どげんしなさったでしょうか」と、ワカもわからないのである。

二人が仁《に》科弥《や》助のことを話しあうのは、今にはじまったことではない。仁《に》科が全く消息を絶《た》ってから長い年月が経つ。南洋方面に行ったという人があったり、また支那や満洲をうろついているといわれたり、あるときは、もうだいぶん前に死んだと聞かされたこともある。どの説も確実でないが、あまり消息がないと、あるいは死んだかと不吉な考えも湧《わ》くのである。福岡の実家でも、まったく消息を知らず、母親などは、「あげん親不孝な者はござっせん。もう、親とも子とも思って居りまっせん」などという始末である。

福岡は祭どころで、櫛田神社の祇《ぎ》園山笠《がさ》、筥崎宮の玉取祭《たませせり》、放生会《ほうじょうえ》、などは毎年の年中行事として、華《か》美をつくして行われ、子供たちの楽しみであった。ワカは子供たちに、威勢のよい祭の衣裳《しょう》を着せて出すのが好きで、祭のときには子供たちといっしょになって騒《さわ》いだ。

正月になると、三河万歳や獅《し》子舞がやって来る。すると、ワカはかならず獅《し》子に子供たちの頭を噛んで貰《もら》った。振りみだした褐色の棕梠《しゅろ》の髪《かみ》、緑の顔、黄色い二本の角、巨大《きょ》な眼、そして金の歯《は》の大きな口がぱくぱくと動くのは、子供にはあまり気持がよくはない。しかし、ワカは子供がいくら泣いてもかまわない。口を大きく開けて、金歯《ば》で、頭をぱくりと噛ませる。そうして、「これで、今年は息災じゃ」といって、紙にひねりこんだ祝儀を獅子《し》頭にやる。

伸《しん》太郎が福岡商業を卒業した年には、鈴子《すず》が女学校に、友二、礼三、秋人の三人は小学校に通っていた。伸《しん》太郎が卒業する四月までは、毎朝、五人が学校に出てゆくわけで、学校に送りだすまでの騒《さわ》ぎはひととおりでない。もう女学校を出ていた国子はよく母の手助《てだすけ》をしたが、子供たちがそれぞれ鞄《かばん》を下げ、弁《べん》当箱を持って、「行って参ります」と出て行ってしまうと、大風の過ぎ去ったあとのようである。それから、友彦《ひこ》が軍服姿で、腰弁《べん》を下げ、桜木製作所へ出て行く。家には、ワカと国子と綾《あや》子とが残る。「国子ももう、じきじゃな」と、十九になった長女を見て、ワカは笑う。

伸《しん》太郎は学校を出ると、鳥打帽をかぶり、高木屋の半纏を着て、自転車で飛びまわるようになった。友彦《ひこ》はその姿が、なにかいじらしくてならない。伸《しん》太郎は在学中からも、母を助けて店の手つだいをしていたが、いよいよ半纏を着て飛びまわるようになると、品物の仕入から、整理、配達、大福帳《ちょう》の書き入れなどまですっかり自分でやる。無口であるが、必要なことはてきぱきというので、商売の方も思いのほかに好都合である。

「へい、毎度ありがとうさんで」

学校でそういう挨拶《あいさつ》まで教えるわけではあるまいが、もともとおとなしい子供であったので、そのいいかたが、いかにも腰ひくく聞える。「士族の商法」で店を潰《つぶ》してしまった友彦《ひこ》は伸《しん》太郎が一人前の商人として「高木屋」を支えてゆくのを見て、いささか眼をみはらざるを得ないが、心の底のどこかには、なにかもの足りぬものがないではなかった。しかし、「家」というものを大切に考えて、なにか自分でもやりたいことがあろうに、長男であるからといって、なにもいわず、黙々《もくもく》として家の商売にいそしむ伸《しん》太郎を褒《ほ》めてやりたいとも思うのである。姉の国子も朝から襷《たすき》をはずしたこともないようにして、家の手伝いをする。一番下の綾《あや》子が六つになったときには、もう後も生れそうになく、ワカも、ようやく、長い間手から離《はな》したこともなかったお襁褓から解放された。そのときには、ワカも四十三になり、友彦《ひこ》も来年が五十という年になり、黒く濃《こ》かった頭髪《はつ》も白いものが目立つようになると同時に、中天がすこし薄《うす》くなって、大正の時代も昭和に変っていた。

父に似て、きょうだい達はいずれも鼻筋が通っていたが、なかでも秋人の鼻は鋭《するど》く見えるくらいに秀でている。友二は頭の緻密《ちみつ》な少年で、修猷館中学校に入ったときには首席で、それから三番と下ったことがない。

「お前が三つくらいのとき、夜泣きをしてのう、お母さんがそれをなおしてやろうと思うたばっかりに、川に落ちこんで、よっぽどのことで、お前はお母はんを殺《ころ》すところじゃった」

父や謙朴《けんぼく》からときどきそう聞かされることが、礼三の性格《かく》の一部をつくったように思われる。

そういう母を大切にすると同時に、いかなることがあっても泣くまいというような意地ができて来たようである。近所の子供たちと喧嘩《けんか》して、頭に大きな瘤をつくっても、眼にいっぱい涙をためながら歯《は》をくいしばって痛さを堪えている。あるとき、天井に燕が巣《す》をかけたのを珍《めずら》しがって、脚榻《きゃたつ》にのぼって覗《のぞ》こうとして引っくりかえった。そして、板の間から庭にまで落ちて、立つこともできないほど腰を打《う》ったのに、声もたてずにじっとしていたことがある。八つくらいの時だ。

近所からなにか苦情を持ちこまれるのは秋人である。乱暴《らんぼう》というわけではないが、癇癪《しゃく》持ちで、腹が立つことがあると、まるで夢《む》中のようになって、手あたり次第のもので子供を殴《なぐ》ったり、石を投げつけたり、嚙《か》みついたりする。相手が自分より大きな子供で、負けることがわかっていても、遮《しゃ》二無二しがみついてゆく。勇気は壮とすべきであるが、力の差《さ》は如何ともすることができず、引っくりかえされる。すると、石を拾って投げつける。その子供の家まで出かけて行って、硝子を割ったり、障《しょう》子に穴をあけたりするのである。「この子はどうして、こんなに」と、ふと、ワカも涙ぐむことがある。

伸《しん》太郎は弟や妹たちにもやさしい兄であったが、ある日、怒りに燃《も》えて、秋人を海岸につれだした。秋人が「筑《ちく》前屋」の重造の額《ひたい》に、三針も縫うような怪《け》我をさせたのである。

「兄ちゃんについて来い」

そういって先に立つ伸《しん》太郎の後に、秋人はだまってしたがった。筥崎宮の横を抜《ぬ》けて、松原に出た。博多湾《わん》が青く霞《かす》み、渚《なぎさ》にゆるやかな波が寄《よ》せてはかえす。砂浜に出ると、くるりとふりむいた伸《しん》太郎は、いきなり秋人をひっかかえると、そこへ投げたおした。十八の兄に九つの秋人がかなうわけがない。伸《しん》太郎は馬乗りになって、砂のなかへ頭をぎゅっぎゅっと押えつけた。嘗《かつ》てない粗暴《ぼう》な兄の振舞である。秋人は若干の抵抗《ていこう》をこころみたが、及ばずして、頭も頬も鼻も砂にまみれた。しかし、秋人は泣かなかった。

「秋人、お前はどうして乱暴《らんぼう》ばっかりするか」

「重しゃんが悪いじゃもん」

「馬鹿、そげんこんとはどうでもええ。どうして、石を投げたりなんか、卑怯《ひきょう》な真似するか。お父さんが、いつも、喧嘩《けんか》するなら正々堂々とやれて、いいよるじゃろうが」秋人はだまった。

「お前には、お母さんがどげん心配しなさっとるか、わからんとか。お前のために、お母さんは、あちこち、ことわりばかりいうて歩かにゃならん。今度も昨日から、『筑《ちく》前屋』に行ききりじゃないか、お母さんの気持を、ちいたあ考えてみい」

馬乗りになって怒鳴る伸《しん》太郎の方が涙が出て来た。秋人はなにもいわない。

「これから、お母はんに心配かけんか」

秋人は答えない。頑《がん》固にだまっている。

「返事せえ」

伸《しん》太郎は弟の頭をまた砂のなかに押しつけた。口にも砂が入ったが、秋人はなお黙っていた。

「なにしちょるか」

伸太郎は肩をつかまれた。父が立っていた。

「こいつ、あんまり強情ですから」

「馬鹿たれ、なんぼ強情ちゅうたち、こげな小さい子供を抑えつけるなんて、そげな乱暴なこと」

はがゆいほどおとなしいと思っている長男が、このようなはげしい行動をすることに、友彦はややおどろいているのである。「鈴子が、伸兄ちゃんが秋ちゃんをつれて海の方に行ったちゅうけ、来てみりゃ、こげなことしよる。もう八木さんとこは話がすんだ。でけた過ちは仕様がない。これから、気をつけりゃええ。……な、秋人、もう、こげなことはせんじゃろ」

ようやく兄の下から解放された秋人は、頭の砂をはらいおとしながら、「はい、もう、せん」と、はっきりした口調でいった。

こういうことがあった当座は、いくらか秋人の癇癖はおさまったようにみえたが、持ち前の性分というものは、なかなかなおらないとみえて、やはりときどきは事件をおこした。ただ、石だけは投げなくなったのである。しかし、「この子はいまに飛んでもないしくじりをしでかすぞ」と友彦がいっても、「いいえ、お父はん、そのうちにはなおりましょう。呪禁がしてありますけ」とワカは、さびしそうな笑みをふくんで答えた。

長女国子は二十歳になった年の暮、突然のごとく縁づくことになって高木家から居なくなった。

降りつづいた雪が積んだので、子供たちはいくつも雪だるまを作った。毎日のように、大勢で雪合戦をした。近所の子供たちが二つに分れる。そんな時には修猷館中学の二年生である謙《けん》朴《ぼく》の息子が一方の大将である。頭のよい友二は、「僕は参謀《ぼう》じゃ」といって、叔父久彦《ひこ》の写真《しゃ》を見ているので、縄《なわ》を胸につるした。藤田部隊のなかで、秋人は勇敢《かん》無比で、飛んで来る雪の弾丸のなかを無二無三に突撃をする。こういう風に、松原で、子供たちがさかんに雪合戦をしていると、ある日、突然《ぜん》近くで銃声が起こった。機関銃の音もする。子供たちは合戦を中止した。松原のなかに、武装した兵隊の姿があらわれた。はじめはぽつんぽつんと雪のなかに見えたのが、やがて、大勢の部隊になった。兵隊は散開して来ては雪のなかに伏《ふ》せた。軽機関銃を射つ。ぱっぱっと銃口から火が出る。演習が終ると、松原に叉《さ》銃して休憩《けい》した。

「ほう、参謀《ぼう》殿が居るど」

珍《めずら》しげに取りまいている子供たちの中に、友二を見つけて、一人の兵隊がいった。

「敬礼」

もう一人の兵隊がおどけて号令した。五六人の兵隊が不動の姿勢になって、友二に敬礼をしたので、みんなどっと笑った。友二はびっくりして、謙《けん》一のかげに隠《かく》れた。

「兵隊さんだちゃ、どこから来らっしゃったとですか」と謙《けん》一がきいた。

「久留米《る》から攻めて来たとたい。もう箱崎は占領してしもうたから、お前たち、みんな捕虜《ほりよ》じゃ」

いかにもおいしそうに煙草を吸いながら、一人の兵隊が笑っていった。

「兵隊さん、ほんとの鉄砲《ぽう》、ちょっと扱わせてな」

「危いど」

「ばって、安全装置がしてあろうもん」

「あんなこと知っちょる」

兵隊たちは笑った。

子供たちは叉《さ》銃してある小銃をおずおずと眺めて、さすった。友二も鉄砲を見るのははじめてなので、珍《めずら》しそうに、銃身をさすっていたが、はっと手をひっこめた。遊底のうえに、菊の御紋章《もんしょう》があったからである。こんなところに御紋章《もんしょう》があろうとは思わなかった。父母の言葉が耳の底にきこえて来て、姿勢を正すと、御紋章《もんしょう》にお辞儀《じ》をした。鉄砲に最敬礼をした子供を、兵隊たちは不思議そうに見た。

夕方ちかくになると、兵隊は附近の家に、それぞれ何人かずつ分宿をした。雪中行軍や演習に疲れた兵隊たちは、民家に割りあてられて、巻脚絆《きやはん》を解き、軍服をぬぎ、風呂《ろ》にはいってくつろいだ。

友彦《ひこ》が桜木工場から帰って来た。暖簾《のれん》をわけて、表をはいるなり、元気のよい声で、「ワカ、家《うち》は何人かん?」と、どなった。

「はあ?」と、ワカはわからないので、「なんのことですか」

「なんのことって、兵隊たい。演習に来た兵隊がここらに泊っとるようじゃが、家には何人来た?」

「参って居りません」

「なに、来とらん? 何故《なし》や? 森さんとこにも、『蛇の目屋』にも、『筑《ちく》前屋』にも、みんな泊っとるじゃないか」

「それが、藤田先生が世話役で割りあてなさったとじゃそうですが、家にも来なさったけど、あんたのところはよかろ、ちゅうて、出て行かれました」

「そげな馬鹿なことがあるか、承知でけん」友彦《ひこ》は腰弁《べん》をつけたまま、駈けだして行った。

「藤田さん、居るな?」

友彦《ひこ》は謙朴邸《けんぼくてい》の表からどなった。家のなかがざわついているのは、兵隊が何人か泊って居るからであろう。玄《げん》関に軍靴が五足と小銃が三挺《ちよう》置いてある。長靴が二足あるところをみると、将校がいるらしい。中で賑やかに笑う声が聞えた。

「おごめん、おごめん」

その声で、謙朴《けんぼく》夫人が出て来た。主人にすぐに会いたいというと、そのはげしい勢にびっくりした顔で夫人は引っこんだ。謙朴《けんぼく》が出て来た。もう飲んでいるのか、赤い顔をしている。顎

髭《ひげ》をひねりながら、

「なんごとなもあるまい。馬鹿にしなさんな」

友彦《ひこ》の見幕《まく》に謙朴《けんぼく》もおどろいて、「どげんしなさったな」

「どうして僕の家にも兵隊を割りあててくれんとです。工場の帰りに気がついたら、近所にみんな兵隊が泊っとるんで、家にも居るもんと喜んで帰りゃ、居りゃせん。馬鹿にするにもほどがある。それに、僕は在郷軍人の分会長じゃが、こういうことを、どうして、僕をさしおいてしなさる？」

「いや、実は突然《ぜん》のことでしてな、三時ごろになって、急にいうてござらっしゃった。あんたは留守じゃし、分会の加藤さんに手伝うて貰《もろ》うて、ようやく割当てをすましたとです」

「それにしても、どうして僕の家に割当てをせんとです」

「それが、あたしも考えてみたばってん、あんたんとこは狭《せま》かろうと思うたもんじゃけん。子供衆《しゅう》が仰山居んなさるし、部屋もなかし、気の毒じゃと思うたとです」

「狭《せま》いことなんかないですよ。すぐに、僕の方に何人か廻して下さい。五人でも十人でもええです」

「もう、しかし、……」

「待っとります」

友彦《ひこ》は玄《げん》関を蹴《け》るようにして出た。

家に帰って来て、「人を馬鹿にしちょる」と、またぶりぶり腹を立てていると、三十分ほど経って「おごめん」と謙朴《けんぼく》がやって来た。

「これは藤田先生」とワカが出た。

「高木さんは居らっしゃるな」

「はい、居ります。呼びましょうか」

「高木さんから、たいそう怒られてな」と謙朴《けんぼく》は酒くさい息を吐いて笑いながら、「それで、御迷惑《わく》ばって、今夜、兵隊さんを三人ほど、お願いしようと思うたもんじゃけん」

「よろしゅうございますとも」

表から一人の将校と、二人の兵隊がはいって来た。兵隊が来たので、子供たちもぞろぞろ出て来た。

「ほう、ここが参謀《ぼう》殿の家じゃな」伍《ご》長の兵隊が友二を見つけていった。

「さあどうぞ、お上り下さって」と、国子が兵隊の持っている剣や雑嚢《ざつのう》や水筒をとった。伸《しん》太郎が盥《たらい》に湯を汲んで来た。

「お邪魔《じゃま》になります」

足を洗いながら、若い中尉《い》がいった。

「やあ、これは、これは」と、にこにこと友彦《ひこ》が奥から出て来た。「さあ、狭《せま》いところですが」と上機嫌《げん》である。

「藤田さん、御苦労《ろう》さん。あんたも、ちょっと上らんですな」

「いや、あたしの方も客人が居るけん。それじゃ頼《たの》みます」

謙朴《けんぼく》は帰った。表では、また雪が降りだした。二階に通った伍長《ご》は、どの部屋にも、軍人勅諭《ちょくゆ》があるので、「ほう、まるで営所のごとある」と感にたえたように呟《つぶや》いた。

風呂《ふろ》から上って、食事になった。心ばかりではあるが、ワカと国子とが丹《たん》精こめてつくった料理が出た。客は友彦《ひこ》の丹《たん》前や着物を着た。友彦《ひこ》が背《せ》が高いので、着物は中尉《い》のほかいずれも長い。一等卒の兵隊は中尉《い》の当番兵である。大きな火鉢に木炭の火がかっと赤い。

「ありあわせのもんで、御粗末ですが」

「いや、どうも、突然《ぜん》まいって、たいへん御厄介《やっかい》になります」

友枝という中尉《い》は細面であるが、眼鏡の下に思慮《りよ》深そうな眼があって、語尾のあがる明快な口調である。友彦《ひこ》が艶《つや》のよい赤瓢簞《ひょうたん》を下げて上って来ると、

「宮本も、村上も、遠慮《りょ》せんでよばれえ」といった。

「はい、ここには、さっき『清《せい》力』の菰《こも》被りが二樽《たる》あるのを見とどけましたから、存分によばれる決心を致しました」と宮本伍《ご》長がいった。

「相かわらず、その方の偵察《ていさつ》は機敏《びん》じゃな」と、友枝中尉《い》はならびのよい歯《は》を見せて笑った。

「ええ瓢簞《ひょうたん》ですな」

「これですか」と、その言葉を待ちかねたように、「これは私の死んだ親父が乃木将軍から頂いたものです。乃木さんが、まだ、小倉《くら》の第十四連隊長をして居られたときに貰《もら》うたのですから、古い話です。……さあ、どうぞ」と、友彦《ひこ》はふりかえって、「国子、おすすめしなさい」

「はい」

「僕はあんまりやりませんから、……そこに二人ほど鱶《ふか》が居りますから」

「鱶《ふか》じゃないでしょう。蛇《じゃ》とおんなじで、のむことしか知らんちゅうのじゃありませんか」と、気さくな性質とみえて、宮本伍《ご》長は笑いながら盃をさしだした。国子が瓢箪《ひょうたん》からついだ。酌《しゃく》は上手というわけにはいかない。

「あんたもどうぞ」

友彦《ひこ》にいわれて、友枝中尉《い》も、「それでは、一杯《ぱい》だけ」と盃をとった。国子はぎこちない手つきで酌《しゃく》をした。

「お子さんがたくさん居られるようですが」

「はあ、七人居ります。もう一人、男の子が居ったんですが、惜しいことに、肺炎《はいえん》で失《な》くしました」

「小学校六年生くらいの坊《ぼっ》ちゃんが居られましたね。ここに来たとき玄《げん》関に居られたが」

「友二でしょうかな。今年修猷館中学にはいりました」

「昼間、浜の松原で演習が終って休憩《けい》して居りましたら、坊《ぼっ》ちゃんが銃に敬礼をなさいました。

どうしたのかと初めはわかりませんでしたが、すぐに銃の御紋章《もんしょう》に頭を下げたのだと知って、感心いたしました」

「そうですか」子供を褒められて、友彦《ひこ》はうれしさが隠《かく》しきれず、にやにやした。

瓢簞《ひょうたん》では間に合わず、燗のついた徳利《とく》を、子供達が交代で運んで来る。空になったのを持ってゆく。宮本伍《ご》長はよほどの酒好きとみえ、ほとんど盃を下におかぬくらいにして飲み、まっ赤になって、すっかり呂律《ろれつ》も怪《あや》しくなる。「弁慶《べんけい》の火事見舞のごとなったな」と宮本は自分で頰《ほほ》をぺたぺた叩《たた》きながら、「あのですな、あちこちと演習に行くですな。面白いことがときどきありますよ。この間、大分県に山岳《がく》行軍に行きましたら、誰も行かんような山奥に小さな部落があるんです。風体やら言葉やらがおかしいので、聞いてみたら、平家の残党《とう》なんですな。五箇庄《しょう》は有名ですが、全国には、あちこちに平家の落武者が逃げているんでしょうが、これが、また、人跡未踏《せきみとう》のところでしてな、私らが行くと、もう源氏は亡びたかと聞くんですよ」そういって宮本伍《ご》長は身体中をゆすって笑った。

「宮本班《はん》長の話は半分ぐらい割引して聞かんといかんですな」

村山一等卒ももうだいぶいい色になっている。

話はつぎからつぎに花が咲いて尽《つ》きそうもない。友彦《ひこ》もほろ酔い機嫌《げん》になって、北清《しん》事変や日露戦役のころのことなどを話す。士官学校の先輩《ぱい》であるので、友枝中尉《い》も学校の話をする。

それから、話が弟のことになると、急に、友枝中尉《い》は眼をみはった。

「ほう、高木久彦《ひこ》大佐殿が御主人の弟さんになられるのですか」

「そうです」

「そうですか」と、友枝の顔におさえがたい感慨《がい》があらわれた。「実は私も直接《せつ》ゆっくりお話を伺ったことはないのですが、二度ほどお目にかかったことはあります。私は陸軍大学の試験《けん》を受けたいと思いまして、いま勉強しとりますが、それも、実は高木久彦《ひこ》大佐殿が戦術《じゅつ》を陸大で教えて居られるからです。極端《きょく》にいいますと、高木大佐殿の戦術《じゅつ》の講《こう》義が聞きたいばかりなのです。現在でもそうですが、将来の国軍を背《せ》負って立つ人は、高木大佐殿ではないかと、私たちは思っているのですが」

「ほう、どんなことか、私は知りませんが。……さあ、どうぞ、遠慮《りょ》なくお過ごし下さい。……国子、どんどん、つぎなさい」

子供を褒められ、弟を賞讃《しょうさん》されては、上機嫌《げん》にならざるを得ない。友彦《ひこ》はついに羽目をはずして、

「ひとつ、歌いましょうかな」などと、柄《がら》にないことをいいだした。

「結構《こう》ですな」

友彦《ひこ》は坐《すわ》りなおして歌いだした。あまりよい声という方ではない。

　　すめらみくにのもののふは
　　いかなることをかつとむべき

ただ身にもてるまごころを
君と親とにつくすまで

「これは、福岡藩《はん》の家老であった加藤司書の作った筑《ちく》前今様です」

「黒田節ですな」と、今度は宮本が、私もひとつ知っとりますと、「酒はのめのめ飲むならば、日の本一のこの槍を」と銅鑼声をはりあげて歌いだした。外は雪であるが、その静けさのなかに、ほかの家からも、なにか歌う声が聞えて来た。かすかに詩吟《しぎん》の聞えるのは謙朴《けんぼく》かも知れない。

「今度の演習は、妙なことから思い立ったのですよ」と、友枝は蜜柑《みかん》の皮をむきながら、「私たちは、帰りにはみんな人夫になるんです。燃料搬送《ねんはん》演習とでもいうんですか。藤田さんとかいうお医《い》者さんのところに、連隊長殿が泊っとられますが、兵隊思いのよい方でしてね、今度来た兵力は、まあ、連隊長の率いる一個大隊というところです。それは一箇月ほど前にこんなことがあったんです。ある日、久留米のある金持の人が連隊長殿に面会にきました。雪は降ってはいませんでしたが、非常に寒い日でした。そうすると、その人は連隊長室に通された。寒さにふるえる思いで、部屋に通ると、がらんとした部屋に粗《そ》末な机が一つあるきりで、ストーヴも火鉢もありません。客はびっくりしてそのわけを聞くと、実は今年はいろんな関係で、燃《ねん》料が少い、焚《た》くのがないわけではないが、いま焚《た》いてしまうと、近いうちに初年兵が入って来る頃に不足する、そこで初年兵のために残しといてやろう、二年兵というのは、もう身体が鍛えられているから、少しぐらい燃料《ねん》なしでもすまされるが、地方生活からいきなり兵営に来る初年兵は、そういうわけにいくまい、そこで兵営では燃料《ねん》を焚《た》かないことにしたが、兵隊たちが火の気がないのに、自分だけ暖かくしているわけにいかんから、ということだったのです」

「ほう」

そういう連隊長もあるかと、友彦《ひこ》は感にうたれた。宮本も村上も静かになっていた。

「それを聞いた客はおどろきまして、それは、いくら二年兵が身体ができているといって、この寒い毎日を、火の気なしというのではたまったものではない、幸い、自分が山を持っているので、そこの立木を燃料《ねん》に提供《てい》したい、福岡市外なので、すこし離《はな》れてはいるが、もしなにかの序《ついで》があれば、伐って使って頂ければ幸甚《じん》です、という申し入れをしたのです。実はその場に私も居ったのですが、連隊長殿も喜ばれまして、御好意をありがたくお受けしますと返事をされました。そこで、前から計画をしていました冬期《き》演習を、これとくっつけまして、山岳《がく》演習、ならびに、山林伐採《さい》演習というようなことにしたんです。昨日、木はすっかり伐りまして、帰りに持って帰ることになっているんです」

「そうですか」

そんな話をしていると、がやがやと表から声がして、丹《たん》前を着た兵隊が三人やって来た。和服なので、階級《きゅう》はわからない。一人の髭《ひげ》の濃《こ》い兵隊が、

「宮本、お前がここに居ると聞いたんで、やって来たんじゃ。どうも、俺《おれ》の泊っとるところは

かなわんでなあ」

「待遇《ぐう》が悪いのか」

「なんの、あんまりよすぎて、窮屈《きゆう》でたまらん。鯛《たい》の尾頭つきで、山海の珍味《ちん》でな、なんか知らんが、豪《ごう》勢な構《かま》えの家でな、金ぴかの牀の間の前で、厚い絹《きぬ》蒲団に坐《すわ》らせられてな、きれいな振袖《そで》の女中が五六人もつききりで、小笠《がさ》原流というのかも知れんが、肩が張って、居りゃされん。せっかくの酒の味もせん。逃げだして来たわい」

「贅《ぜい》沢な奴《やつ》じゃな」

「さあ、遠慮《りよ》なく。ここは、小笠原流はありませんよ」と、友彦《ひこ》も笑って、酒をすすめた。いっそう賑《にぎ》やかになって、話は尽《つ》きなかったが、夜も更けたので、あとから来た兵隊もかえり、ワカと国子が床をのべた。友枝も兵隊たちも寝た。子供たちは下の座敷に、びっしりと寿司詰《づめ》になって寝た。

何時ごろであったか、友彦《ひこ》はゆり起された。伸《しん》太郎である。

「どうしたかん?」

「お父さん、伍《ご》長の兵隊さんが、なんか、お父はんに用事があるけん、呼んでくれて、いうていなさる」

友彦《ひこ》が羽織を引っかけて立ちあがると、襖《ふすま》のところに、赤ら顔の宮本伍《ご》長が膝《ひざ》をついていて、

「おやすみのところ、すまんですが、急に話したいことができましたから、ちょっと、どこか

人の居らんところで」といった。まだ、酔いがのこっているようであるが、語調はしっかりしている。人の居らんところといわれて、妙なこととは思いながら、仕方がないので雨戸を開けて、庭に出た。雪は止んで、明るい月が出ている。雪を踏《ふ》み、月光に照らされて、梅の木のところに行った。風は冷たい。

「なにごとですか」

「突然《ぜん》ですが、まじめに聞いて下さい」

「実は、お願いがあるとです。あなたの長女の方ですな、国子さんといいましたかな、あの方を嫁に下さいませんか。もうお年ごろのようですし、どうせ、どこかにお出しになるとでしょうから、そうして下さいませんか」

ぶっきらぼうないいかたである。友彦《ひこ》もあまり唐突《とう》なので、黙《だま》っていると、宮本伍《ご》長は熱心に、

「私が貰《もら》うとじゃないです。友枝中尉《い》殿です。頼《たの》まれたわけじゃありませんが、今日、ひょっくりお宅にお世話になって、娘さんにお会いして、私の頭にぴいんと来たとです。縁《えん》は異《い》なものといいますが、これも縁《えん》ですたい。似合のええ夫婦じゃなと思うて、それを考えとったら、なんか嬉しゅうなって、いったん床にもぐりこんだとに、どうしても寝られんとです。朝は出発が早いし、それで夜中ですが、息子さんに起こして貰《もろ》うたとです。……高木さん、どんなもんでしょうか」

友彦《ひこ》は月光のなかで、腕を組んだ。ちょっと考えるようにしたが、すぐに、「よろしい、差《さ》しあげましょう」と、はっきりといった。

「そうですか。ありがとござした」

宮本伍《ご》長は友彦《ひこ》の手をとって、押しいただくように、おどけた恰好をした。

箱崎近傍《ぼう》に宿泊した部隊は、早朝、喇叭《ラッパ》の音とともに、松原に整列を終り、出発していった。

年末に、国子は久留《る》米へ嫁いで行った。


どこに行っても長続きしない友彦《ひこ》が桜木工場に通うようになって、五年になる。珍《めずら》しいことである。はじめは桜木常三郎を妙な男と思ったが、つきあってみて、よい点もわかった。久彦《ひこ》が不機嫌《げん》に桜木を成金呼ばわりすることには賛《さん》成していない。戦術《じゅつ》の天才《さい》かも知れないが、人を見る目はまだ出来ていないのではないかと、そんな自慢《まん》をひとり合点でしてみたりもする。桜木が「古い大将」といわれるのは、弟が工場で働いていて、「若い大将」といわれているからである。桜木の三男の常吉は伸《しん》太郎とは、小学校のときから同窓で、福岡商業を出ると、東京の早稲田大学の商科に入学した。伸《しん》太郎との仲もよいらしい。

子供たちは夏になると、海岸で泳ぐので、水泳はみなうまい。山遊びにもよく行き、栗、茱萸《ぐみ》、山桃、づくぼ、などを取りに行った。裏庭の杉垣に実が生《な》るときには、杉鉄砲《ぼう》をつくって合戦をした。蛍《ほたる》狩や、魚釣りも好きである。稲田に蝗をとりに行って、串ざしにし、砂糖醤油《じようゆ》でつけ焼にして食べることも、ワカに教わって覚《おぼ》えた。友彦《ひこ》は藤田東湖の「鬼の子の如き少年、むれむれ出でくるぞ心地よき」という言葉が好きなので、子供たちを頑健《がんけん》に育てることを心がけた。庭の一隅に土俵をつくり、近所の子供たちを集めて角力をとらせた。撃剣を教えたりした。仲《しん》太郎ももともと弱い子であったが、大きくなるにしたがって、しだいに頑《がん》丈になって来たようである。そうして、徴兵《ちよう》検査《けんさ》のときには、甲種で合格《かく》をしたのである。

ワカも、また、子供たちが足袋をはくことを禁《きん》じ、冬でもなるべく薄《うす》着をさせた。風邪《かぜ》をひいた子には足袋をはくことを許したが、「足袋をはいたまま寝てはいけん。牛の爪になる」といって、寝るときはかならず脱がせた。

疱瘡《ほうそう》がはやりはじめると、友彦《ひこ》は笑いながらワカにきく。「お母はん、どげしたらええかん？」

「鎮《ちん》西八郎為《ため》朝在宅、と書いた貼り札をしとくと疱瘡《ほうそう》神が来ません」と、ワカは躊躇《ちゆうちよ》なく答える。

ときどき、寝こむ子もあったが、仲《しん》太郎が入営するころまで、だれも大病をした者はなかった。

正月には獅《し》子舞いがやって来ると、ワカは忘《わす》れずに、獅《し》子頭の金歯《ば》に大きくなった子供たちの頭を嚙んでもらう。順々に頭をさしだす子供たちは、すこし擽ったそうな顔である。もう泣く者はいない。

「おかげで、みんな元気に大きうなりました」

「それは、結構《こう》なことで」

獅子頭は茶色の棕梠の髪《かみ》をふりたてながら、また、来年きましょう、と帰ってゆく。

軍服

昭和六年二月一日、仲太郎入営。

青い濠《ほり》の水を左右に見てゆくと、城壁につきあたって、大手門にはいるが、大勢の人たちがぞろぞろと行く列のなかに交って歩きながら、友彦《ひこ》はなぜともなく、何年か昔に、弟久彦《ひこ》と大阪城で会ったときのことを思いだしていた。友彦《ひこ》の前を紋《もん》附羽織に鳥打帽をかぶった仲《しん》太郎が行く。仲《しん》太郎は背《せ》は父にちかくのびているが、達者になったとはいうものの、小さい時からあまり丈夫ではなかったうえに、色が白いのがときには青くみえるので、これからの二年間の軍隊生活に、はたして堪《た》えられるかと、ふとそんな不安も湧《わ》く。

空は晴れているが、二月の風は冷たい。黒田公の居城のままで残った石垣や白壁の塀には、時代の苔《こけ》がつき、ひょろ高く延《の》びた松が鳴る。鉄鋲も赤く錆《さ》びはてた大手門を、ひとびとはくぐる。そこから城内である。門を抜《ぬ》けて右に曲ると、営門の前に出る。銃を擬して、歩哨《しょう》が立っている。入営する壮丁と、見送りの家族の者とが、営門前の広場に群をなして、定刻を待っている。なお、続々と大手門から入って来る。女も多い。紋服《もん》や軍服や背広《せ》や服装はまちまちであるが、どの顔もなんとなく興奮《ふん》の面持で、また、どことなく、不安の色も見うけられる。町方の者と田舎の者とはすぐに、服装や顔形で区別がつく。田舎から汽車に乗って来たらしい頑丈《がん》な赤ら顔の若者が、片隅《すみ》にひとりぽかんと煙草《たばこ》を吸《す》っているかと思うと、瀟洒《しょうしゃ》な背広《せ》の青年を五人も七人もの着かざった家族でとりまいて、なにか、がやがやと笑いざめいているところもある。ひとり息子かなにかで、母親と祖母《そ》かと思われる老婆《ば》とが、両方から、めそめそ泣いて、「たいがいにしちょくれ。みっともないけ」と、おこられているのもある。日の丸を持った者も多く「祝入営」の幟《のぼり》も五六本見え、赤い顔で酒くさい息をはきながら、「お父っちゃんに負けん兵隊にならなにゃ、いけんで」と、同じことを、何度も何度もくりかえしている節くれだった手の老人もある。

城内練兵場の見下される土堤のうえにあがって、べつにもういうこともないので、友彦《ひこ》は伸《しん》太郎とならんで立っていた。伸《しん》太郎は感慨《がい》にあふれる眼で、営所の方を見ていた。門のなかには、質素《そ》な二階建の兵舎と、きれいに草の刈りとられた営庭と、ときどき往来する兵隊とが見えるが、いわば、この一角はまったく未知《み》の別世界である。そうして、いまはなにもわからないが、その世界こそは、自分がこれから二年間、生活をする場所である。好奇心と不安と希望《き》とのごっちゃになった気持で、なんとなく胸がどきどきする。顔が火照《ほて》る思いである。「やあ、あんたのところもですか」と、群衆《しゅう》のなかから、友彦《ひこ》を見つけて、声をかける者が何人もあった。また仲太郎《しん》も、人ごみのなかに、遠く友人の顔を見つけたり、思いがけぬ旧友《きゆう》から声をかけられ、肩を叩《たた》かれたりした。まったく未知《み》の生活のなかへ入るには、知った顔のあることは心づよいので、仲太郎《しん》も同じく入営する友人の手をとって、やや興奮《ふん》した口調で、「しっかり、やろうな」などといった。

「お先でしたなあ」といいながら、人ごみをわけて、菜っ葉服姿の短軀《く》の桜木常三郎が近づいて来た。相かわらず、口に好きな煙草をはなさず、細い眼でにこにこしている。父のあとから、学生服の息子の常吉がしたがっていた。仲太郎《しん》と顔を見あわせ、両方から、笑顔でうなずきあった。

「どうも、遅《おそ》うなってしもうて」と、息を切らしながら藤田謙朴《けんぼく》もあらわれた。

「桜木さんとこの坊ちゃんな、学校に行っとりなさったとじゃなかですな?」と、紋附《もん》羽織の謙朴《けんぼく》が腑《ふ》に落ちぬように訊く。酒くさい。寒がりなので着こんだ綿入のためにぶくぶくにふくれあがって、猫背《せ》を、亀《かめ》の子のように、鬚の顎を襟巻《えり》にうずめている。うしろに、日の丸の小旗を持った謙一《けん》が立っている。

「はい、在学中です」

「そんならくさ、入営延期《えんき》ができるとでしょうもん。ばって、せっかくの学校が遅《おく》れてしまうじゃなかですな。それに、幹部候補生志願ばしなさりゃ、将校になれますばい」

「知っとりますが、わざと止めました。まあ、慾《よく》を出さんで、平の兵隊で結構《こう》と思いましてな。

本人も、それでよいといいますし、学校の方も休学して、入営することにしたのです。二年間鍛えられてから、また学校をやりゃ、学問にも骨がはいろうと思いまして」

「それもそうですな」

謙朴《けんぼく》はわかったような、わからないような顔である。友彦《ひこ》は、そういう桜木を、やはり自分が見なおした男だけあると思いながら聞いたが、ただ、伸太郎《しん》が、気の弱いおとなしい子であることが気になるように、学生服の桜木の息子も、どうやら、あまりはきはきせず、神経質らしい青い顔をしているので、やや、ひとごとならぬ不安がなくもなかった。

営門前に吹きさらされて、群衆《しゅう》は思い思いの姿勢で時間を待った。その間に、営内では、何度か喇叭《ラッパ》が鳴った。また、営門を何人かの将校が出入した。すると、寒風をうちふるわせるような大きな声で、「敬礼」と衛《えい》兵が叫び、兵隊が、発条《ばね》仕掛のように、いっせいに起立した。それは、大きい声というよりは、身体中が声になって、咽喉《のど》をやぶって出たようなはげしい語調である。将校は、しずかに答礼をして、衛《えい》兵所の前を過ぎた。営門の歩哨《しょう》が、折《おり》目のついたように、きびきびした動作で、捧《ささげ》銃をする。また、演習にでも行くのであろう、背嚢《はいのう》を背負《せ》い、銃を肩にした部隊が、軍靴の音を規《き》則正しくひびかせて、何組も、営門を出て行った。時間を待つあいだ、そういう兵営の様子を、どの壮丁たちも、ただの一つも見落すまいとするように、眼をみはる思いで、見つめていた。友彦は昔を思いだして、眼がちかちかした。

やがて、営門のなかから、右手に帳簿《ちょうぼ》を持った二人の兵隊が出て来た。軍曹《そう》の方の兵隊が群衆《しゅう》の前に来て、どなった。

「お待たせいたしました。ただ今から、入隊の受付を開始いたします。附添《そい》の方々は、ここに残って、入隊者だけ、すぐに、営門のなかにおはいり下さい」

群衆《しゅう》のなかから、壮丁だけが抜《ぬ》け出て来た。なんとなしにかたまって、行儀のわるい列をつくり、もう一人の上等兵のあとにつづいて門にはいった。いままで、傍《そば》ぢかくいっしょにいた者が、無造作な一言で、たちまち引きはなされ、兵営のなかにぞろぞろ入って行くので、入る者と送る者との間に、一瞬《しゅん》、戸まどったような、奇《き》妙な別れの感情がながれた。妙に深刻な顔つきをし、眼と眼とでうなずきあうのである。もう、このまま、しばらくの別れになるかと、おろおろしている者もある。

「しっかり、やるんだぞ」

友彦《ひこ》は伸太郎にいった。いいたいことが胸にあふれているのに、こんな平凡《ぼん》な言葉しか出ない。伸太郎は無言でうなずいて、父へ微《び》笑をかえした。桜木常吉と肩をならべて行った。列のなかに目だつほど、背《せ》だけ高い。父に似て、常吉はちんちくりんだ。壮丁達はみんな営門にはいった。とり残されたような、また、ほっとしたような、不安のような、また、うれしいような、そんな、ちぐはぐな感情を隠《かく》しもせずに表にあらわして、見送りの人たちは、親近な心で、顔を見あわせあった。

受付の机に、みんな、現役証《しょう》書をさしだした。いくつも机が出してあり、上等兵が名を聞いて、帳簿《ちょうぼ》を繰り、赤鉛筆《えん》で丸印をつけた。

営門をはいると、外からは一部しか見えなかった兵営が、自分の周囲にひらけて来たが、一度に視野《し》にはいる営内のさまざまの様子を、こまかに整理することなどはできず、妙に、宙《ちゅう》に足の浮くような気持で、きょろきょろと見まわすばかりである。仲太郎は、営門を入った右側の二階建（あとで、連隊本部とわかった）の前にある梧桐の幹のあざやかな蒼さばかりがふしぎに強く眼にこびりついた。一人の将校が、その葉のない青桐の建物から出て来て、腰に手をあて、ゆっくりした歩調で、数百人の壮丁たちの群れているところに来た。中尉《い》の肩章《しょう》をつけた小ぶとりの男であったが、父の軍服姿を見なれている仲《しん》太郎も、営所のなかであるせいか、新鮮《せん》な感じを受けた。七、八人いた兵隊たちが敬礼をし、雲つくばかりの一人の曹《そう》長が、不動の姿勢になって、「これから、郡市町村別に、指名点検《けん》をいたします」と、割れ鐘《がね》のような声でいった。中尉《い》は黙《だま》ってうなずいた。

壮丁たちは、指示されたとおりに、出身地別に、わかれて並んだ。仲《しん》太郎と常吉とは福岡市のところに行き、うしろの方に、肩をならべた。どこに行ったらよいかわからずにうろうろしていて、「自分の生れたところが、わからんとかい」と、係りの兵隊から笑われる者もある。まちまちの服装で、動作が緩慢《かんまん》なので、「もっとしゃんしゃんせにゃ。そげんことじゃ、一人前の兵隊になれんど」と、どなられる。帳《ちょう》面をひろげて、各地区毎に、指名点検《けん》がはじまる。呼声と返事とが錯綜《さくそう》し、いろいろな声の返事があって、「もっと活潑に返事をせにゃ」とか、

「だれじゃ、そんな女のくさったごたる黄色い声ば出すのは」とか、いちいち注意をされ、名前を呼ばれて、「へい」と答えて、みんなから笑われる者もあった。伸《しん》太郎ははっと胸が鳴った。自分も、うっかり、「へい」と答える組ではなかったかと思ったからである。店では「へい」が口癖《ぐせ》になっていたからだ。前に失敗《ぱい》者があってくれたので、よかったと思っていると、

「高木伸《しん》太郎」と呼ばれた。どきんとしたが、「はい」と答えた。

「高木伸《しん》太郎」と、また呼ばれた。

「はい」

「居るのか、居らんのか」

「居ります」と、伸《しん》太郎は、返事をしたのにどういうわけかと、不思議に思って答えた。

「居るんなら、もっと大きな声で返事をせんかい。風呂《ろ》んなかで、屁《へ》をひるごたる声じゃわからん」

みんな、どっと笑った。伸《しん》太郎は顔が赤くなった。自分ではかなりの声を出したつもりであるのに、あれで聞えなかったのかと訝りながらも、なにか、むっとした。軍隊について、父からも聞かされていて、なにも知らないわけではなかったが、はじめて会うまったく未知《み》の兵隊が、ぞんざいな無作法さで侮辱《ぶじょく》を加えることが伸《しん》太郎の胸に閊《つか》えたのである。いわば、長男として、人から頭をおさえられることもなく育って来た伸《しん》太郎は、いままで、こういう風に扱われた経験《けん》がなかったし、気の弱いおとなしい子供だと思われながら、内心にはひそかな自尊心

を抱いていたせいかも知れない。

「高木伸《しん》太郎」と、また呼ばれたので、

「はあい」と、むかつく気持を吐きだして、思わずどなるような声で答えた。また、どっと笑い声がおこった。


医務《いむ》室で身体検査《けんさ》を受けた。窓硝子をがたがたいわせるほど、寒風が吹くが、真裸《はだか》にならぬわけにはいかない。部屋にはストーブがあるが、暖気は豊かであるとはいえず、唇を紫にしてふるえている者もある。「これくらいの寒さがなんか」と、係りの上等兵からいわれる。伸《しん》太郎は、みながいかにも寒そうにしているのを見て、やや不思議な感じがした。自分はそんなに寒いとは思わないからだ。そして、はじめて、自分が小さい時から薄《うす》着に馴《な》れて来ていたことが、なにか、ありがたいことに思いあたった。母の顔が頭にうかんだ。ところが裸《はだか》になってみると伸《しん》太郎は気おくれを感じた。背《せ》は誰よりも高いが、他の壮丁たちの、頑《がん》丈そうな身体つきに比較《かく》すると、自分の体格《かく》がいかにも貧弱だからである。裸《ら》体は、壮丁たちの地方での生活を、雄弁《べん》に語っているようである。赤銅色に光り、ぐりぐりと筋肉の盛りあがった肩幅のひろい身体のまんなかに、色の白いすらりとした伸《しん》太郎の身体は、よく目だつ。節くれだった壮丁たちの手を見て、そっと、自分の瀟洒《しょうしゃ》な手を撫《な》でてみた。伸《しん》太郎は相棒を求めるように、貧弱な身体を探してみたが、わずかしか見あたらない。なかに、裸《はだか》になると青黒く、骨ばったのがいたので、仲《しん》太郎は、(あんなのもいる)と、やや気が大きくなっていると、診察《しんさつ》をした軍医《い》から、「即日帰郷、来年まわし」と、無造作にいわれた。おどろいた壮丁は、ぜひ、入隊させて下さい、家を出るときに、盛大な見送りを受け、たくさん餞《せん》別など貰《もら》って来たので、とても帰ることはできません、と必死の表情で懇《こん》願した。しかし、軍医《い》は相手にならなかった。打ちしおれた壮丁は、涙をためて、しおしおと、晴れ着の紋《もん》附を着た。つまらない病気をしていて「不心得者が」と、おこられ、来年廻しにされる者もあった。痔《じ》の検査《けんさ》をするため、裸《はだか》で四つ這いになって、軍医《い》中尉《い》に、「よし」と尻《しり》をべたべた叩《たた》かれた。

「身体の工合を、いまんうちに隠《かく》さんごと、はなしとかにゃ、いかんばい。なんちゅうても、身体が一番じゃけん」

軍医《い》の傍《そば》で、帳簿《ちょうぼ》をつけている見かけはいかつそうな上等兵が、そういう注意をする。裸《はだか》で這いつくばった仲《しん》太郎は、軍医《い》から、「よし」と、尻《しり》を強くたたかれて、こんなことは、これまで、だれからもされたことがないと、苦笑が湧《わ》いた。

ふたたび、壮丁たちは営庭に集まった。即日帰郷を命ぜられた五六人が、うなだれた姿で、足も重そうに、営門の外へ出て行った。

「これから、中隊編《へん》入を行います。名を呼ばれた人は、自分の指定された中隊のところへ、整列して下さい」

若い曹《そう》長がそういって、もう一人の割れ鐘《がね》のような声を出す曹《そう》長と、二人で名を呼びはじめた。入隊者たちは、両方の呼び名に、耳を傾けていなければならない。営庭には、第一中隊から、第十二中隊までの札が立てられ、いずれも、二三名の兵隊が札のところに立っている。名を呼ばれた壮丁たちは、それぞれ、自分の中隊のところへ集まった。桜木常吉は呼ばれて、第三中隊のところに行った。常吉は伸《しん》太郎に手を上げて合図をした。伸《しん》太郎もそれに答えた。しばらくして伸《しん》太郎も呼ばれた。前のことがあるので、大声で返事をしておいてから、第七中隊の札を見て歩いて行くと、「駈け足」と、どこからか、どなられた。びっくりして走った。

中隊編《へん》入も終った。すると、残っているのが三人ほどいて、「私は何中隊ですか。呼ばれませんでしたが」と、心細そうに訊く。名を聞いて、帳簿《ちようぼ》をめくっていた曹《そう》長から、「ちゃんと呼んだじゃないか。耳はどこについとるかい」とおこられて、あわてて、教えられた自分の中隊のところへ、駈《かけ》だして行った。

上等兵に引率《そつ》されて、それぞれ、中隊の兵舎に行った。舎前に並んだ。舎前には、大きな松の三本生えた堆土があって、銃剣術《じゆつ》用の藁《わら》人形や、凸《とつ》印の射《しや》撃標《ひよう》的がさしてある。ここが今日からの自分の住むところかと、壮丁たちは一様に感慨《がい》にあふれた眼で、二階建の質素《そ》な兵舎をふりあおいだ。入口の石廊《ろう》下を、営内靴をつっかけた五六人の兵隊が出て来た。いずれも、上等兵である。兵隊たちを引率《そつ》して来た上等兵に、口々に、「やあ、御苦労《ろう》さん」といった。ひとりが、「川井上等兵、御世話じゃったのう」といった。川井といわれた上等兵は、顔のまん丸い、眼尻《じり》の下った柔和そうな兵隊で、にこにこと顔で答えてからくるりと、壮丁たちの方をむいた。

「これから、皆さんを、各班《はん》に割りあてます。呼ばれた順序《じょ》に、第一班から、第六班まで並んで下さい。それから班《はん》毎に一人ずつ上等兵をつけますから、すべてはその上等兵の指示にしたがって下さい」

堆土のうえに、六人の上等兵が適《てき》当な間隔《かく》を置いて並んだ。「右から第一班です」といってから、川井上等兵は名簿《ぼ》をひらいて、名を読みはじめた。呼ばれた者は、示された上等兵の前に側面縦隊で整列した。伸《しん》太郎は第二班であった。

各班《はん》ごとに引率《そつ》して、兵舎のなかに入った。石廊《ろう》下のある舎内は、にわかに明るいところからはいったため、ひどく暗い感じがしたのと、どこか、おどおどした興奮《ふん》の気持があったのとで、廊《ろう》下の両壁に、いろいろな額《がく》や、貼紙や、塗板が、いくつもあって、なにか書かれてあったのであるが、ごちゃごちゃと眼にはいったきりで、なにやら、さっぱりわからない。その廊《ろう》下は通り抜《ぬ》けができるのであるが、右寄《よ》りに、二階へ上る階段がある。下駄《た》や、靴や、草履《り》や、まちまちの履物で石廊《ろう》下を鳴らしながら、壮丁たちはうろうろした。靴ばきで上ってよいのか、跣足にならねばならないのか、わからないのである。

「スリッパが揃えてありますから、自分の名をさがして、はいて下さい」と川井上等兵がいった。第一、第二、第三の三班は階上、五、六、七は階下らしい。階上の班《はん》は階段のうえに、階下の班《はん》は廊《ろう》下に、という風に、スリッパがきれいに、班《はん》ごとに揃えてあった。第一班から、順次にあがった。

伸《しん》太郎は下駄《た》をぬいで、階段を三段あがってから、スリッパをさがした。どのスリッパにも、白い布がつっかけに縫いつけてあって、それに大きく墨で名が書いてある。「高木」と、几帳《ちよう》面な書体で、はっきり書かれた字を見つけて、なにか胸がどきんとした。おそるおそる、それをつっかけた。十五段ほどの階段をあがったところに、真赤な消火栓《せん》がある。そこから、折《お》りかえしになって、また同じ数の階段を登る。ひどく暗い隧道のような廊《ろう》下を抜《ぬ》けると、急に、明るい部屋がひらけた。内務班《むはん》である。油のにおいの交った一種独特なにおいが、鼻をつく。班《はん》のなかを貫通している廊《ろう》下の両側は銃架《か》である。よく手入れされた鉄砲が、ずらりと並べてある。

「ここが、第二班、諸君の今日からの家庭です」

引率《そつ》して来たずんぐり肥った上等兵が、むっつりした顔つきでいう。

ならんでいる寝台《だい》、棚、手箱、棚の下の釘にかけられた、軍帽、帯剣、雑嚢《ざつのう》、靴《くつ》、机、腰掛、そんなものが、いちどに眼に入った。おどろくほど、なにもかもが、きちんと整頓《とん》されている。伸《しん》太郎の眼には、天井に近い壁に、黒漆《うるし》板に白い墨で、丹《たん》念に書かれている軍人勅諭《ちよくゆ》が、まっさきに眼についた。これは、父によって、自分の家では、どの部屋にも貼りつけてある。ものの心つくころから、毎日見、誦《しよう》して、大きくなった。なにか微《び》笑のこみあげて来る気持でいると、耳の底に、「ヒトツ、グンジンハ」「ヒトツ、グンジンハ」という父の声が、はっきりと響《ひび》いて来る思いがした。

ストーヴを囲んで、七八人の兵隊がいた。なかの一人が、「やあ、とうとう来たのう」とたのしそうに、いった。

「これから、いよいよ、諸君は地方人をやめて、兵隊になるとです。手箱の蓋《ふた》に、名前が書いてあります。そこが今夜から諸君の塒《ねぐら》であります。自分の位置について下さい」

ずんぐり肥ったさっきの上等兵にいわれて、壮丁たちは手箱の名を探しはじめた。ひとつひとつ見てゆくと、仲《しん》太郎は、営庭に面した窓側から四つ目の手箱に、自分の名を見いだした。

気がつくと、寝台の足にも、小さな名札に、「高木仲《しん》太郎」と書いてある。寝台の上には、軍衣袴、その他のものが、きれいに揃えて置いてある。こんなにまで、ちゃんと準備《じゅんび》をととのえて待って居られたのだと、なにか、胸にしみて来るものがあった。

「みんな、自分の場所がわかりましたか。わかったら、寝台の前に整頓《とん》して下さい」

まごまごする者もあったが、まもなく、自分の名のあるところに壮丁たちは立った。

「気をつけ」

いきなり、号令をかけられて、あわてて、姿勢を正しくした。

「右より、番号」

あまり、はきはきしない番号がかけられる。仲《しん》太郎は六番目で、全部で十四名である。

「ははあ、一人帰ったな」と、上等兵（あとで、後藤という名であることがわかった）が、帳《ちよう》面を見ていった。気がつくと、仲《しん》太郎の左隣りには、手箱や寝台に名が書いてあるのに、誰もいない。即日帰郷を命ぜられたのであろう。あの男だったかな、と、仲《しん》太郎は医務《いむ》室で見た痩《やせ》男を思いだした。指名点検《けん》がもう一度終ってから、後藤上等兵は、「それでは、地方服を脱いで、軍服に着かえて貰《もら》います」と、いった。

壮丁たちは、着物を脱ぎはじめた。仲《しん》太郎も、袴《はかま》の紐《ひも》を解いた。「軍隊では、私物は一切許されません。上から下まで、全部、官給品をつけて頂きます」

「褌もですか？」と、誰かが訊く。

「褌も、猿《さる》又もです。寝台のうえに、なにもかも揃えてあります。褌、襦袢《じゆばん》、袴下《こした》、靴下、軍衣、袴、帽子、すぐに着て下さい」

壮丁たちは、着て来たものを脱ぎ、おのおの寝台のうえのものをとって、戸まどいした顔つきでつけはじめた。

「間ちがいじゃなかでしょうか。あたしんとにゃ、二着ずつ、ござすが……」と、だれかがいった。

「全部一人に二着ずつ、わたるとです。軍服の方はよい方を着て下さい」

はきかたや着かたがわからず、紐《ひも》をあべこべに通したりなどして、まごまごしているので、班《はん》内の二年兵たちが、「世話が焼けるなあ」と、笑いながら、手をとって着せてくれる。仲《しん》太郎も、両側についている軍袴の腰紐《ひも》をどうやってよいかわからずにいると、一人の一等卒が来て、二本の紐《ひも》をいったん後にまわしてから、前の方で結んでくれた。子供になったようだ、と思いながら、伸《しん》太郎は眼がちかちかした。

いままで着ていた柔い着物にくらべると、軍服はごわごわと厚ぼったい。袖《そで》に手をとおしてみて、伸《しん》太郎は、（いよいよこれで新しい生活の第一歩を踏《ふ》みだしたのだ）と、覚悟《かくご》にきまりをつけるように、心のなかでいってみた。ボタンをとめて、自分の軍服姿をなでたり、叩《たた》いたり、と見こう見してみた。ふとこれが自分かと思われたり、どこか、妙にそぐわない感じで、しっくりしないのである。赤い肩章《しょう》には黄色い星が一つある。襦袢《じゅばん》、袴下などは新品ではなく、継《つ》ぎのあててあるのもあり、前に着た兵隊の名が、いくつも書いては消し、消しては書きしてある。しかし、いずれもさっぱりと洗濯《たく》がしてある。

「どげんしても合いまっせんが」

軍服の合わない者が苦情をうったえる。着るには着たが、小さくて、身動きもできずに案山子《かかし》のように両手をつっぱっている者があるかと思うと、だぶだぶで、袋のなかに入ったみたいになっている者もある。さいわい、伸《しん》太郎の服はきっちりとではないが、ほぼ適《てき》合していた。

「合わん人は戦友と取りかえてみて下さい。寸法をはかって注《ちゅう》文したようなわけにゃいかんとですから、すこしくらいは我慢《まん》して下さい。そのうちに、身体の方が服に合うようになります」

衣服のとりかえが始まる。帽子もかぶってみて、交換《かん》する。靴もそうする。伸《しん》太郎はその必要がなかったが、後藤上等兵が、なに気なしにいった「戦友」という言葉を、なにか聞きなれぬ不思議なもののように考えていた。

「どうしても合わん者は、あとで取りかえてあげます。終ったら、寝台の前に、もう一度、並んで下さい」

やっと着つけ終った新兵たちは、寝台の前に立った。

「気をつけ」

不動の姿勢になる。だれも、まだ軍服が板につかず、借《か》りものの感をまぬかれない。擽《くすぐ》ったそうに、もじもじする兵隊もある。たよりない恰好である。

「諸君は軍服を着たのですから、いま、兵隊になりました。さすれば、さっそく、兵営の規律《きりつ》に従うて貰《もら》わねばならん。軍服を着るまでは、諸君を地方人として扱いましたが、今より、正式に初年兵として扱います。したがって、言葉づかいを改めます」

後藤上等兵はずんぐりと背《せ》を曲げた恰好で、新兵たちの前を、ゆっくりと一往復した。それから班《はん》の中央の廊《ろう》下につっ立ち、睨《にら》むようにして、「君たちは、みんな二等卒である。自分は諸君の上官である。軍隊は地方生活とは、まったく関係のない厳然《げんぜん》たる別世界である。このなかには、地方で相当の地位の人も居るかも知れん。また、学問のある人もあるかも知れん。しかし、いったん、軍服を着たら、もう、そんなことは一切消えてしもうて、諸君は、ただ、いちように、星一つの二等卒の資格《かく》しかないのである。……わかったな？」

　初年兵たちは急に、後藤上等兵の態《たい》度がかわったので、しゃちこばってしまった。

「わかったな？」

　と、後藤はまた、いった。

「わかりました」と、二三人、答える者があった。

「わかったら、返事をせんかい。ここは男ばかりの世界じゃ。男らしゅう、てきぱき、せんにゃいかん。誰に恥かしがることがあるか。わかったことは、わかった、わからんことは、わからん、と、はっきりせにゃ。……返事せん者はわからんとか？」

「わかりました」と、みんな、あわてて答えた。

「よろしい。それでは、今から直ちに、地方から着て来た着物、その他一切の私物類《るい》をとりまとめて、営門を出て、附添の人に渡して来るように。附添の来て居らん者は、あとで梱包して送るから、荷作りだけしとけ」

　新兵たちが、脱いだ着物類《るい》をまとめて、どやどやと班《はん》を出ようとすると、後藤上等兵が、

「ちょっと、待て」と呼びとめた。

　また、もとの位置にもどして、「注意《い》して置く。軍隊では、敬礼ちゅうもんが、もっとも大切である。もう、お前たちは軍服を着た以上は、敬礼を厳格《げんかく》にやらなくちゃいかん。絶《ぜっ》対に欠《けっ》

礼してはいかん。ここから営門をでるまでには、かならず上官に会う。お前たちは二等卒なんじゃから、いまはお前たちより、下の者は居らん。会った者にはみんな敬礼しときゃまちがいはない」

それから、ひととおり、敬礼をさせてみて、なおしてやった。時計を見ながら、

「もうひとつ、いうとく。一期の検閲《けんえつ》が終るまで、お前たちは、外出もできにゃ、面会も許されん。その間、家族の人にも会えんわけじゃから、そのつもりで、お別れをして来い。……よし、今より二十分間、駈足《かけ》」

新兵たちは、着物類《るい》を小脇《わき》にかかえ、営内靴をはいて中隊の兵舎を出た。他の班《はん》でも、同じことがくりかえされていて、先に出て行く新兵たちもあった。

軍服で、表に出ると、自分の周囲が、まったく別の世界になったように、伸《しん》太郎は眩しくて、胸がどきどきした。不恰好で、おどおどしている他の新兵たちを見て、おかしいよりも、自分もよそから見ると、あんなのじゃないかと、何度も、服の裾《すそ》をひっぱったり、帽子をかぶりなおしたりした。営門を大勢の新兵たちが出て行く。外のところでも同じことをいわれたとみえ、新兵たちは、やたらに敬礼をして行く、右手をあげきりにした者もあれば、いちいち立ちどまって、敬礼する者もある。みな下手糞《くそ》であるが、軍服はぶくぶくで身体に合っていないのに、敬礼だけひどく上手なのは、やはり、なにか妙である。

「そこの新兵、なんちゅう敬礼するか」

通りがかりの下士官から、笑いながらどなられる者もある。右の方から来た将校に、右手をあげて敬礼したあとですぐに、左の方にいる下士官に気づき、あわてて、荷物を持ちかえて、左手で敬礼したのである。

脱《ぬ》げそうになる大きな営内靴をがばがばいわせて駈け足をしながら、伸《しん》太郎は営門を出た。どこから、なにをいわれるかわからないので、びくびくものであったが、敬礼の方は、日ごろから父から教えられていたので、無事通過した。

「やあ、ええ兵隊さんになって来んしゃったどう」

人ごみから、団栗眼をむきながら謙朴《けんぼく》が伸《しん》太郎を見つけて、にこにこと出て来た。小旗を持った謙《けん》一が羨《うらや》ましげに見た。附添いの家族たちは、寒風に吹かれながら、何時間ものあいだ、みんな待っていたとみえる。あちらでもこちらでも、「やあ、見ちがえてしもうたばい」とか、「ほう、もう今日から星があるとばいな」とか、「死んだお父つぁんが見たら、どう喜ぼうかな」とか、笑ったり、しめったりして、群衆《しゅう》はざわめいた。伸《しん》太郎は、謙朴《けんぼく》にも、父にも敬礼をした。友彦《ひこ》は息子の不似合な軍服姿を見て、不覚《かく》の涙が出た。黙《だま》って、さしだす荷物を受けとった。常吉も来て、おたがいの軍服姿を笑いあった、桜木常三郎はむやみに煙草をふかしながら、「こりゃ、記念写真を撮っとくとええな」と、しきりにおかしがった。知った顔同志が、肩を叩《たた》きあったり、服を引っぱったりして、笑う。

「それでは、これで」

なにか切ないものが、胸に溢《あふ》れて来た伸《しん》太郎は、逃げるように営門のなかに駈けこんだ。伸《しん》太郎は兵舎にかえって来た。いよいよ、しばらくは誰にも会えないと、なにか心細さを胸にいだいて、石廊《ろう》下で営内靴を脱ぎ、それを下げて階段をのぼった。内務班《はん》にかえって、自分の寝台のところに行こうとすると、「こらあ、どうして、敬礼せんか」と、うしろから怒鳴《どな》られた。伸《しん》太郎はびっくりして飛びあがった。うろたえて、きょろきょろし、あわてて、そこらに見える二年兵たちに、ひとりひとり敬礼をした。舎外での敬礼は心にかけていたが、室内ではうっかりしていたのである。ストーヴのまわりにいた兵隊たちが、伸《しん》太郎の珍《ちん》妙な敬礼に、腹をかかえて笑いだした。

「お前たちより下の者は居らんと、あれだけいうて聞かしたじゃないか」後藤上等兵である。「後藤、まあ、そげん喧《やかま》しゅういうな」と、一人の一等卒が、つかつかと伸《しん》太郎のところに来た。「あいつ、有名な口喧しやじゃけん、心配すんな。あれで腹はなかなかええとじゃ。あいつ、怒りよるとじゃのうて、面白がって、からかいよるとたい。ええかい、俺《おれ》が教えてやる。部屋に入るときはな、なんぼ下の者は居らんちゅうたって、一人一人、敬礼するこたいらん。見とれや」

気さくな一等卒は、伸《しん》太郎の帽子をとって、ちょこんとかぶり、わざわざ班《はん》のそとへ、スリッパを鳴らして出て行った。それから、入口のところへ引っかえして来て、帽子をとって不動の姿勢になり、十五度に身体を曲げて、室内の敬礼をした。

「高木二等卒は営門でお母《かあ》ちゃんの乳をのんで帰りました」と、どなった。みんな笑った。

「わかったかい。みんな一緒《しょ》に、一ぺん敬礼すりゃよか。そのかわり、ちゃんと、自分、どこに行ったかを報告せにゃいかん。出る時にも、どこに行きますと、はっきりゆうて出るんじゃ。便所に行くんでも、高木二等卒は便所に行って参ります、便所から帰りました、と報告せにゃいかん。ええな？」

「はい」

伸《しん》太郎は寝台の前に立ったが、身体をどこに置いたらよいかわからず、手の持ってゆきどころがなくて、弱った。何度も見て、わかっているのに、壁間の「忠節ノ第一ハ命令ノ実行ナリ」という中隊長方針の額《がく》に、眼をやった。後から帰って来た新兵も、もじもじしながら、仕方なしに、営庭の方をぽかんと見たり、貧乏《ぼう》ゆるぎをしたりしている。なにをどうしたらよいのか、わからない。

「みんな、こっちに来んかい、寒かろうが。こっちに来て、ストーヴにあたれ」

二年兵がそういっても、堅《かた》くなるばかりで、すぐには動けない。ストーヴに一番近い新兵がやっと動くと、あとの者も、おずおずとストーヴの傍《そば》に集まった。肩を接《せっ》しあって、小さくなった。二年兵の一人が、石炭をくべた。ごうと音がして、かっと煖《ぬく》もりが頬《ほほ》に来た。

「煙草のんでも、ええんじゃが」と驚《おどろ》くほど色の黒い一等兵がいった。新兵たちのなかには、さっきから煙草をのみたくてたまらないのに、吸う勇気のない者も何人かいたのである。そういわれて、安心したように煙草をとりだして、火をつけた。

とつぜん、班《はん》の入口で喚きたてる声がした。新兵たちはびっくりして、顔を見あわせた。なにをいったのか、まったくわからないのである。ところが、二年兵たちによく通じるとみえて、「よし来た」と答えて、四五人が元気よく飛びだしていった。

やがて、班《はん》内は異様《い》な賑《にぎわ》いを呈《てい》した。二年兵たちによって、わっさわっさと、矩《く》形の大きな鉄の飯器や、副食物《おかず》を入れたバケツが運ばれて来た。昼食の時間になっていたのである。さっきの怒鳴り声は、「食事当番に出ろ」と、いったのであったらしい。新兵たちには、ただ意《い》味のない言葉を喚き散《ち》らしたとしか聞えなかった。ニュームの食器が並べられる。掛け声をかけるようにして、後藤上等兵が、さしだす食器に白い湯気の立つ飯《めし》を山盛りにする。他の一人が扁平なニュームの皿《さら》に副食物を入れる。また、一人が小皿《ざら》に漬《つけ》物を長い竹箸《はし》ではさみこむ。すべて、二年兵たちがやるのを見て、新兵たちは、手伝わなくてよいのかと、また、もじもじする。それに気づいたのか、副食物をついでいた一人の古兵が、「今日はな、俺《おれ》たちがお前たちに、お給仕をしてやるからな」

「結構《こう》です。私たちでやりますから」と、新兵の一人がいった。

「遠慮《りよ》するな。毎日、してやるわけじゃなか。……それとも、俺《おれ》たちの給仕じゃ、まずいか」

「いいえ、そんな、あなた」

新兵はびっくりして尻《しり》込みした。みんな笑った。

つぎ終った食器は、卓《たく》の上に並べられた。二年兵の手で、箸《はし》も配られ、お茶もつがれた。二年兵たちがまず席についた。新兵たちも、自分の寝台のある位置の腰かけに坐《すわ》った。

「食べてよろしい」と、後藤上等兵がいった。

伸《しん》太郎は箸《はし》をとり、ニュームの食器をとりあげた。支えることのできぬほど、飯の熱さが手にこたえる。ふっくらとした麦飯である。なにか、鼻のつんとなるような感傷があった。食べようとして、口に持っていったが、なぜか、すらすらと食べることができない。咽喉《のど》にひっかかる思いである。はじめて食べる兵営の食事である。これから、二年間、毎日食べなくてはならないと思って、無理にかきこもうとしても、どうしても胸に閊《つか》えて通らない。新兵たちの入営を祝う心ばかりの印であろう、赤飯である。副食物には、野菜の煮込みに、尾頭《おかしら》つきの鯛《たい》が添えてある。食事に好き嫌《きら》いをいわず、また、与えられたものはなんでも食べる習慣《かん》は、家の躾けとしてできていたのに、どうしても駄目《だ》なのである。唇を噛《か》み、お茶を何度も飲んでは、かきこもうと努《ど》力したが、無理にそうすると、むかむかと、嘔き気を催《もよお》して来る。いったい、どうしたというのであろうか。

「どうじゃい、兵隊の飯の味は?」

「天下一品じゃろうが」

やはり同じように食べあぐんでいる新兵たちを見て、古兵たちはからかうのである。二年兵たちは、たちまちぺろりと平らげてしまって、もう食後の煙草をふかしながら、「おかわりやろか」などという。しかしながら、そういう二年兵たちの顔には、意地の悪さはなく、自分たちも最初はやはりこうであったという、掩《おお》いがたい感慨《がい》の面持がみえた。

仲《しん》太郎は必死の努《ど》力をしたにもかかわらず、ついに半分も食べきれなかった。こんなことでは駄《だ》目だと、いたく恥じた。新兵たちは大部分、食べ残していた。

廊《ろう》下でまたなにか早口で喚く者があった。わんわんと響《ひび》くばかりで、いくら耳をすましても、なにをいっているのかわからないのである。新兵たちが当惑《わく》しているのを見て後藤上等兵が、

「いまのはな『一、二、三班、午後一時、舎前に整列、服装は徒手、帯剣』というたんじゃ」

と、解説してくれた。自分の食器は自分で始末しろといわれて、新兵たちは、すまなさそうに残飯をうつし、食器を洗いに、舎後に出た。二年兵たちは、炊《すい》事場に食器を収めにいった。

また、身体の置き場のない時間がやって来た。二年兵たちといっしょに顔をあわせていると、なにか気づまりなので、便所にばかり行く者もある。一度出ると、便所で長逗留《とうりゅう》をして来るのである。しかし、軍服を着ると、いつか親しみもできて、気軽に二年兵と話している新兵もある。

仲《しん》太郎が窓にちかいところの腰かけに坐《すわ》って、ぼんやりと営庭を見ていると、声をかける者があった。新兵は新兵同士というわけで、三人ほど集まって話をしていたうちの一人が、仲《しん》太郎に話しかけたのであった。

「高木さん、といわれましたかな?」

色の黒い顔に細い眼のついている図体の大きな男である。軍服の合うのがないのか、一号の軍衣が窮屈《きゅうくつ》そうにみえる。いかにも鈍重そうなところがある。

「はあ、高木です」

「わたしは島田といいます。なにとぞ、よろしく」

「こっちこそ」

島田は緩慢《かんまん》な動作で、煙草に火をつけた。その、八角金盤《やつで》のように大きく節くれだった部厚な手を、仲《しん》太郎は感歎《たん》して見た。

「福岡というところは、おかしなところですな。わたしは田舎の百姓《しょう》ですが、今日、入営に間に合うように来ようと思いましてな、停車場で、お袋の買うてくれた切符《ぷ》を貰《もら》いまして、ひとつひとつ停車場の名を見て来たんですがな、いつまで行っても福岡ちゅう停車場がないとです。もう着かんならんと思って、おかしゅう思うて、前の人に聞きましたらな、そりゃもう二つ前に通りすぎとるいうんです。それでも、福岡という停車場はなかったといいますと、博多というのが福岡という。切符《ぷ》を見たら、博多と書いてある。びっくりしましてな、その次の駅で飛び降りて、反対側の汽車を待って乗って、今度は博多で降りて、大急ぎで駈けつけましてな、やっと間に合うたんですよ。あら、どういうわけですかな」

新兵たちばかりで話していると、仲《しん》太郎に班《はん》内の敬礼動作を教えてくれた一等卒が、つかつかとやって来て、新兵たちの間にわりこんだ。

「吸わんかい、ほまれじゃが」

そういって、口を切ったばかりのほまれの箱をさしだした。桜と軍旗の模様を眼にしむ思いで見たが、伸《しん》太郎は、「ありがとう存じます。私は吸いませんから」といった。

「高木、木村、島田、井本、じゃったな」と、もう新兵たちの顔と名とを覚《おぼ》えていて、「俺《おれ》は、竹下ちゅう、連隊一の暴《あば》れ者じゃ、覚《おぼ》えちょいてくれ」と、ぶっきらぼうにいった。ほまれの煙を巧妙に輪に吐きながら、竹下一等卒は、

「島田、お前じゃなかとかい？」

「は？」

「医《い》務室で、軍医《い》殿から、尻《しり》をたたかれたとき、一発放ったとは？」

「いいえ、そんなこと、わたしじゃありませんです」

島田はおどろいて、あわてて弁《べん》解した。

「お前にちがわん。なにも、恥かしがるごたない。女子みたいに、赤い顔すんな。勇気を褒めよるとじゃ」

みんな笑いだした。島田はにやにやと中途半端な笑いかたをする。伸《しん》太郎は、竹下の肩章《しょう》の二つの星ばかり眼について仕方がない。

話をしていると、また廊《ろう》下で、喚き声がおこった。今度は、「整列準備《じゅんび》」と、どうにか聞きとれた。整頓《とん》棚の下の釘にかかっている帯剣をとって、各自つけた。学校や青年訓練所でひと

とおりはやって来ている者もあるので、新兵たちも、そうなにもかも不手際《ふてぎわ》というわけではない。それでも、剣止《けんどめ》の上からやってすましこんでいたり、剣を右に吊《つ》るしたりする者もなかにある。

「まるで巾着《きん》をくったごたるな。そげん服を皺《しわ》だらけにしたらいかん」

二年兵たちが笑いながら、それぞれ新兵の服を、ぐっと両腰の脇《わき》に引っぱり、大きく二つの折《お》りたたみにしてくれる。皺《しわ》がなくなって、ぴんと服が張り、たったそれだけのことで、見ちがえるほどしゃんとなる。

仲《しん》太郎は急に腰に錘《おも》りのついたような落ちつきを感じた。下腹も剣帯で緊まり、剣に手をやってみると、鞘《さや》が氷のような冷たさで、なにか、じいんと、全身にひびきわたるような、きびしい痺《しび》れのようなものを覚《おぼ》えた。

「整列」

靴を下げて、班《はん》を出た。階段を降りて、石廊《ろう》下で靴をはいた。ごつい軍靴のなかに足がはいり、靴紐《ひも》をしめると、足がくわえられているようである。各班からいっせいにみんな出て来たので、石廊《ろう》下はごったがえした。後藤上等兵の号令で、第二班は舎前に整列した。ひととおり、初年兵だけ、整列が終ったころ、舎内から、腕に赤白の筋のはいった腕章《しょう》をつけた一人の軍曹《そう》が出て来た。週番下士である。四角にみえるほど肩が張り、眼鏡をかけている。

「もう、不動の姿勢と、敬礼の予《よ》行はやったかい？」と訊く。

まだ集まったばかりであったので、予行演習《よ》がはじまる。新兵たちは「気をつけ」の号令で、またしゃちこばった。堆土の藁人形とならんで立った週番下士は後に手を組んで、ずらりと新兵たちを見まわして、いきなり、「気をつけえ」と、号令を発した。柔和な顔つきに似合わぬ喚くような声である。「気をつけ」をしているのに、また「気をつけ」の号令をかけられては、新兵たちはどうしたらよいかわからない。きょとんとして、いよいよ鯱《しゃち》こばるばかりである。

「お前たちは、それで、気をつけをしちょるつもりか。気をつけちゅうのは、ぽかんと棒立ちになることじゃない。不動の姿勢は軍人基本《き》の姿勢じゃ。それができにゃ、なにをやっても、つまらん。ぽかんと立っちょるだけなら」と、彼は右側に立っている藁人形をぽこぽこたたきながら、「こいつの方が、よっぽど、不動の姿勢の名人じゃ。大切なもんは外見じゃない。内に軍人精神が充溢《じゅういつ》しとらにゃいかん。お前たちを見とると、この藁人形とちっとも変らん」週番下士は移動して堆土の端《はし》に来た。

「だれじゃ、俺《おれ》の方を見るのは？　気をつけは、いつでも真正面を向いとらにゃいかん。火が降って来ても、動くことはならん。横目を使うな。頤《あご》を引け。尻《しり》が出ちょる者《もん》がある。だいたい、お前たちの眼が死んじょる。うたせの魚のごとある。精神をこめて、ぐっと前方を直視《し》するんじゃ。そげん恐ろしい眼をすんな。睨《にら》まんでもええ」

上等兵たちが、姿勢をなおすために、列の間を廻って来た。伸《しん》太郎は胸がどきどきした。睨《にら》むようにして突立っていると、前に来た後藤上等兵が、だまって腹を押した。腹をひっこめると、今度は尻《しり》を押された。それから、後藤は帽子の廂《ひさし》をつかんで、ぐっと前に引きおろした。仲《しん》太郎は帽子をかぶりなおそうと思って、右手をあげようとすると、ぱちんと手を叩かれた。仲太郎は唇を嚙んだ。

ゆらゆらすんな、とか、中指を袴の縫目に正しくあてよ、とか、足を揃えるときには、靴の踵がかちっと鳴るくらいにきまりをつけろ、とか、また、軍帽を横っちょや阿弥陀《あみだ》にかぶっている者はなおされたりして、不動の姿勢の予《よ》行がすむと、敬礼の演習が行われた。それが終ると、週番下士は、同じ腕章《しょう》の週番上等兵に、中隊長殿に、整列が終った旨、伝えて来るようにと命じた。週番上等兵は舎内に消えた。全部出て来ていた二年兵たちが、初年兵を前列にして後列に並んだ。各班ごとに集ったのであるが、長身の仲太郎は第二班の先頭である。

石廊《ろう》下に靴と剣の鳴る音が聞えた。

「気をつけ。……右へ準《なら》え。……直《なお》れ。……番号」

週番下士ははちきれるような号令で、整頓《とん》させてから、列の右翼《よく》に駈け足でついた。舎内から、将校、下士官などが十名ほど出て来た。大尉《い》が先頭に堆土にあがった。丸顔に不精髭《ひげ》をいっぱい生やした大柄《がら》な中隊長は、無造作な姿勢で、堆土の中央に立った。胸に勲章《くんしょう》が光っている。

「中隊長殿に敬礼。頭《かしら》、右」

中隊長は白の手袋をぬいで、手をあげ、右翼《よく》から左翼《よく》へ顔をまわして答礼した。仲太郎は中隊長のいかめしい眼が自分にとまったような気がして、どきんとした。

「直れ」

週番下士は人員報告をした。うなずいた中隊長は、不精髭《ひげ》をぼりぼりとかいてから、なにか、ちょっと考えるようにしたが、まっすぐに胸を反らせた。

「自分が中隊長大塚大尉《つかい》である」

それだけぽつんといって、黙った。しばらくしてから、一語一語、区切るように、

「今日から、自分はお前たちの親父《おやじ》である。お前たちは、子供である。……自分は、今日、お前たちを迎えたのが、うれしくてたまらんのである。……だいたい、今日は、なにか、訓辞《くんじ》をせにゃならんことなっとるが、どうせ、これから、毎日、いっしょに暮すのであるから、ぽつぽつ、折《おり》にふれて話す。……それに、俺《おれ》は話がきわめて下手である。きらいで、ある。細かいことは各班長から聞いてくれ。自分が親父とすれば、班長はお前たちのお袋《ふくろ》である。なんでも、遠慮《りよ》せんで、班長に相談するがよい。……いま、いうのは、これだけで、ある。……休め」

吶々とした不愛想《そう》な言葉のなかに、しみて来る温かなものがあった。

「これから、お前たちに、中隊の幹部を、紹介《しようかい》して置く」

中隊長に眼で招かれて、三人の将校と、十人ばかりの下士官とが、堆土の上に並んだ。金筋がまぶしい。敬礼が終ったあとで、中隊長が、「右より」と、一人一人その名と階級《きゆう》とを呼んだが、新兵たちには、一心に気を張って、見つめていたのに、誰が誰やらわからずじまいで、

誰がえらいのかも見当がつかないのである。ただ、仲太郎の頭に、初年兵教育係という永見中尉《い》と、第二班長、金子軍曹《そう》との名と顔とが残った。

どの隊でも同じことが行われているらしく、各中隊の舎前に兵隊の整列したのが見られた。終るとそれぞれ、各班に帰った。金子軍曹《そう》はストーブのまわりに、兵隊たちを集めた。眼の大きな、顴骨のとび出た魁偉《かいい》な班長殿である。

「中隊長殿は、お前たちが見たとおり、飾《かざ》り気のない人じゃ。あんまり口数を利かれん。しかし、中隊長殿のお気持はあれに、要約されて居る」

金子軍曹《そう》は、壁間の「忠節ノ第一ハ命令ノ実行ナリ」の額《がく》を指さした。

金子軍曹《そう》は、細い眼を間断なく瞬きする癖《くせ》がある。見ている方が切ないほど、ぱちぱちさせるのである。

「中隊長殿は、自分は親父《おやじ》であるといわれた。班長はお袋《ふくろ》じゃといわれた。お前たちは、故郷の家に帰れば、みんな、ほんとの親父やお袋があろうが、……ない者もあるかも知れんが」と、なぜか、金子軍曹《そう》はふと眼を伏《ふ》せるようにしたが、「ここでは、中隊が今日からお前たちの家で、内務班《はん》は家庭じゃ。俺《おれ》をお前たちの母親のつもりで、なんでも、俺《おれ》に相談してくれ。すべて、あっさりせにゃいかん。一身上のことでも、身体のことでも、思いあまったことがあったら、隠《かく》さんで、俺《おれ》に話してくれ。悪いようにはせん。また、二年兵はお前たちの兄貴《き》じゃからな、よくいうことを聞いて、仲よくしてくれ。……わかったな？」

「はい」と、みんな答えた。

「いずれ、細かいことは、都度話《つ》すが、いまは、お前たちに、自分のことは自分でせよということだけをいうちょく。このなかには、今日まで、なにもかも人まかせでやっとった若旦那《だんな》も居るかも知れんがな、今日からは一切、自分のことは自分でせにゃならん。飯たきから、拭き掃除《そう》、床のあげ下《おろ》し、洗濯《たく》、裁縫《さい》、なんでも、自分でやらにゃ、誰もやってくれる者はない。……このなかで、自分の褌を自分で洗ったことのある者は、手をあげてみれ」

二人手をあげた。

「たった二人か？　そんなら、自分の着物の綻びを、自分で針を持って縫うたことのある者は？」あげた手を眼で数えて、「これも二人かい。ま、今までは仕方がないわい。これからは、自分でやるんじゃ。俺《おれ》はお袋の役目というたが、なんぼ、お袋ちゅうても、お前たちの褌の洗濯や、綻《ほころ》びのつくろいまでして、やるわけにゃいかん。そんな世話までは焼けん。ええな？」

「はい」

「ここには、畳も、蒲《ふ》団もない。今夜から、お前たちは、状袋《じょうぶくろ》のなかに寝にゃならん。馴れんうちは、便秘をしたり、風邪をひいたりするが、じきに馴《な》れるから心配はいらん。それからな、朝から晩まで靴下をはいとるから、いつでも靴下を清潔《せいけつ》しといてな。水虫のでけんようにしとかにゃいかん」

恐ろしい顔の班長が、投げやりな口調ではあるが、このようなこまかな注意をするのを聞いて、仲太郎はその言葉のなかに、いい知れぬ愛情を感じた。父からも、母からも、聞いたことのない言葉だと思った。

「後藤上等兵」と、班長《はん》は呼んだ。

「は？」

「これから、初年兵を引率《そつ》して、営内を一巡《じゅん》して来てくれ」

「は、初年兵を引率《そつ》して、営内を一巡《じゅん》して参ります」

「みんな」と、また、新兵たちの方をむいて、「いろいろ話したいこともあるがな、いっぺんにはいわれん。これから、後藤上等兵に案内して貰《もろ》うて、営内を見学して来い」

後藤上等兵のあとにつづいて、新兵たちは営内を廻った。連隊本部、炊事場、浴場、医務室、洗濯場、倉庫《こ》、厩舎《きゅうしゃ》、弾薬庫、兵器庫、酒保、下士集会所、面会所、縫《ほう》工場、銃工場、衛兵所、そういう風に説明して貰《もら》いながら、暗い営倉《そう》に来て、「お前たちも、ここに入れられんごとせにゃ」といわれたとき、仲太郎は水を浴びせられたような気がした。廻っているうちに、柵《さく》越しにちらちらと営外の町が見えた。今朝までは住んでいたところなのに、もう、いまは手もとどかなくなった遠い世界を見るように、眼が離《はな》れない。

班《はん》に帰って来ると、自分の持ち物をすっかり検べることを命ぜられた。それから、整頓の順序や方法を二年兵たちが手をとって教えてくれた。二年兵たちの手箱の上には、まるで厚い四角な板片《いたぎれ》でも積み重ねたように、外套《とう》、軍衣袴《いこ》、襦袢《じゅばん》、袴下《こした》、背嚢《はいのう》などがきちんと整頓《とん》されている。たたみかたを習ってやってみるが、ぶくぶくに膨れた不恰好な形になって、なかなか揃わないのである。

「後藤さん、さっき、班長《はん》さんが」と、一人の新兵がいいかけると、後藤上等兵が、

「なんちゅう、いいかたをするか。後藤さん、班長さんた、なんじゃい。軍隊では、さんなんちゅ、呼びかたはない。班長殿、後藤上等兵殿、というんじゃ。……だいたい、お前たちの話すのを聞いとると、はがゆうてたまらん。でれでれと、なっちょらん。軍服を着たら、もっと、男らしく話をせえ。お前たち同志でも、さんも、君も、つけることはいらん。呼びすてでええ」

「はあ」と、新兵はおずおずと、「それでは、後藤上等兵殿」

「それでは、が、いらんことたい、……なんじゃい？」

「さっき、班長殿が、状袋《じょうぶくろ》のなかに寝るといわれましたが、状袋というのは」

「寝台のことじゃよ」

伸《しん》太郎は、整頓《とん》するために、袴下をたたんでいたが、紐《ひも》を持っていきどころがわからなかったので、自分の前にいる島田二等卒に、訊《き》いてみるつもりで、「島田さん」と、声をかけた。

「なんですか」と島田が答えてふりむいたのと、後藤上等兵が怒鳴ったのと、いっしょであった。

「また、島田さんなんて、いいよる。たった今、いうたことがわからんとか。貴様、そげん、

ぼんくらじゃ、上等兵にゃなれんど」

仲太郎は黙ったが、かっと、顔に血が赤くのぼって来た。腹の底からつきあげて来る怒りの感情に、身体がぶるぶると顫え、唇を嚙《か》んで、その心をおさえた。後藤に背《せ》なかを向け、一度たたんだ袴下をひろげて、また、たたみ変えた。自分の気持を静めるように、しずかに折《お》り目をおさえ、二三度なでるようにした。おさえきれず、涙がにじみ出て来た。(こういう狭《せま》い心ではいけない)自分でそう思いつつ、礼儀と親しさというものについて、あらわれる唐突《とうとつ》なものについて、仲太郎は感情の騒《さわ》ぐのを、おさえることができない。後藤上等兵のような無礼な兵隊を、兄貴《あにき》として尊敬することはできないなどとも、頑固に考えるのである。

時間の経つのが、いかにも長い。二年兵の班にいるのが気づまりで、仲太郎は仕方なしに、「高木二等卒は便所に行って参ります」とどなって何度も、便所に出かけた。そうして、便所のなかで、解放されたように、ほっとしながら、桜木常吉や、その他の友人たちはどうしているであろうかと思いやられた。あまりたびたび便所に行くので、竹下から腹でも壊したかと笑われた。

週番上等兵に引率《そつ》されて、入浴に行った。手拭をぶらさげて、風呂にゆくというのが、なにか楽しいのである。濛々と白い湯気がたちこめ、広い浴槽《よくそう》に、芋《いも》を洗うように裸《はだか》の兵隊たちが群れている。わんわんと賑《にぎ》やかである。浴槽《そう》内で手拭を使うことは禁《きん》じられているので、みんな捻じ鉢巻をしている。仲太郎が熱い湯にうだって、石の上で身体を洗っていると、「背《せ》を流してやろ」という者があった。ふりかえると、後藤上等兵である。
「結構《こう》です」といったが、「遠慮《りょ》すんな」と、笑って、もうごしごしと擦りはじめた。左手で左肩をおさえて、右手で、ゆっくりと背《せ》を洗ってくれる。伸太郎は石鹸《けん》が眼にしむように、ひとりでに頭をたれた。

寒い風が吹いていたが、やがて雪になる模様《も》である。午後になると、いつか青空がなくなって、一面の曇天と変り、新兵たちが入浴から帰るころには、ちらちらと白いものが落ちはじめていた。

二年兵たちが、また夕食の準備《じゅんび》をしてくれた。今度も、伸《しん》太郎は、渾《こん》身の努《ど》力をしたにもかかわらず、ニュームの食器一杯の麦飯を食べることができなかった。恥じる思いで、残飯をあけた。

日が暮れて、電灯が点《とも》った。窓から見ると、どの兵舎にも火であかあかと暖かそうにみえる。雪は積むというほどではなく、さらさらと霰《あられ》まじりである。ときどきラッパが寒気をふるわせて鳴るが、どういう意《い》味の吹《すい》号かよくわからない。二年兵が教えてくれるが、すぐには覚《おぼ》えられない。

「酒保にゆかんか」

二年兵が新兵を誘《さそ》ってつれて行った。伸《しん》太郎は、食慾《よく》はすすまなかったが、班《はん》にいると気がつまるのと、酒保に行くと、ひょっとしたら、誰か友人に会えるかも知れないと思ったので、竹下について出た。営内靴をがばがばいわせ、雪のなかの営庭を横切って、酒保に行った。酒保は満員である。煙草の煙がたちこめ、それぞれの卓《たく》をとりまいた兵隊たちが、思い思いのものを食べ、にぎやかな笑い声が部屋に満ちている。入口で、敬礼をして入りかけると、どこからか、「おうい、高木二等卒」と呼ばれた。隅《すみ》の方に、桜木常吉がいた。伸《しん》太郎は笑顔でこたえて、走るように、常吉の卓《たく》に行った。

「やあ」と、思わず、うれしさのあまり、伸太郎は頓《とん》狂な声を出した。

「君の来るのを、さっきから待って、ここで見張りしていたんだよ。きっと、来るにちがいないと思ったんでな」

「僕も、君に会えるかも知れんと思ったけん、来た」

卓《たく》をはさんだ二人の新兵は、奇妙な感慨《がい》のあふれた顔を見あわせた。どちらも、長い間会わずにいたような、久しぶりだったなあといいたそうな表情である。

「うどんにするか、ぜんざいにするか」と、常吉がいう。

「あんまり、食べとうはないが」と、伸太郎は答えたが、腹の方では、どうしたはずみか、これまで感じなかった食欲をおこしていた。

「団子も羊羹もあるんだよ」

「ぜんざい食おうか」

二人は立って、窓口から、ぜんざいの茶碗を受けとって、卓にかえった。熱いのをふきながら、食べた。頤《あご》にこたえるほど、おいしかった。おかわりをした。

「大丈夫かね」と、ぜんざいをすすりながら、常吉がいった。

「なにが？」

「軍隊生活だよ。僕は大学でも、軍事教練を受けたんだが、……大正十四年から、学校に配属《はいぞく》将校が置かれるようになったのは、君も知ってるだろうが……しかし、僕らの考えていた軍隊の性格《せいかく》への認識《しき》が、いかに甘《あま》いものであったかが、今日、やっとわかったよ。これから肉体と精神との格闘《かくとう》をせねばならん。たたきなおしだ。……高木君、頑《がん》張ろう」

常吉は妙に深刻な表情をした。伸太郎は、大学に行ったものはむずかしいことをいうもんじゃと思いながら、見すぼらしい常吉の新兵姿を見たが、すなおに、「うんやろう」といった。

つめたい雪を頬《ほほ》に受けながら、伸太郎と常吉は、暗い営庭をならんで歩いたが、第一大隊の兵舎のところで別れた。一人になって、自分の中隊の灯《ひ》を見ながら歩いて来ると、いきなり、

「こらあ」と闇《やみ》のなかから怒鳴られた。びっくりして立ちどまった。

「どうして、欠《けつ》礼するか」後藤上等兵の声であった。

「気がつきませんでしたので」

「嘘《うそ》つけ。こんな大きな足音を立てて、来よるとが、聞えん筈があるか」

「それでも、暗くてどなたかわかりませんでしたから」

「つべこべ、弁解《べん》すんな。暗いも明るいもない。今はお前たちより下の者は居らんのじゃから、誰でも会うた者にゃ、みんな敬礼しときゃ、まちがいないと、あんなにいうて聞かしたじゃないか」

「すみません」と伸《しん》太郎は唇を噛《か》んで答えた。

後藤上等兵は暗闇《やみ》のなかを、連隊本部の方に歩き去った。

重い気持で班《はん》に帰って来ると、島田が、「高木さん、班長があなたを探しとられましたよ」といった。なにごとであろうかと思って、班長室に行った。表からおずおずと扉《とびら》を押してはいると、その気配に気づいて、机にむかって書き物をしていた金子軍曹《そう》がふりむいた。

「誰じゃったかな?」

「高木伸太郎です」

「うん、高木か。どこに行っとったのか」

「酒保に行って居りました」

もう怒られるのではないかと、びくびくものである。

「そうか」と、うなずいたが、「部屋にはいるときにはな、扉《とびら》の外に立ってな、『入ってもよくありますか』というんじゃ。だまって入って来てはいかん。それから、入ったらな、『高木二等卒参りました』というんじゃ。それから、軍隊ではな、です、という言葉はやめて、ありま す、ということに、なっちょる。……わかったな?」

「はい」

「やりなおし」

表に出た伸太郎《しんたろう》は、いったん扉《とびら》をしめて、廊《ろう》下から、「入ってよくありますか」と大きな声でいった。

「よし」と中で声がした。入った。

「高木二等卒、参りました」

「うん、よし、そこの椅子《いす》に掛けれ」

伸太郎《しんたろう》は示された椅子《い》に腰を下した。班長《はんちょう》は赤罫紙綴《けいしつづ》じの帳面をめくっていたが、「お前は博多っ子じゃな。それで色が白いと思うた」と笑いながらいった。

「いいえ、私は博多生れではありません」

「そうかね？」と、班長《はんちょう》は帳面を顔に近づけて、電灯の方へ傾け、「なるほど、原籍《せき》は、小倉《くら》から、福岡に移ったんじゃな。……そんなら、小倉《くら》で生れたのかい？」

「そうであります」そうですといいかけて、いいなおした。

「家は雑貨《ざっか》商、……商売をやっとったんじゃな。お前は、ほかの者にくらべると、背《せ》は高いが、身体が足らんごとある。病気はないようじゃから、鍛えりゃ、ようなろう。頑《がん》張るんじゃな」

「はい」

「大勢の兄弟のようにあるな。八人の、お前が長男じゃな、御両親も健《けん》在じゃな。親を大切にせにゃ、いかんな。居らんようになってから、孝行しようと思っても、追っつかんからな」

「班長殿の御両親は？」

「二人とも、早う、死んでな、俺《おれ》ゃ、孤児《こ》も同じでな」

電灯の光りを斜《ななめ》に受けて、魁偉《かいい》な金子軍曹《そう》の横顔に、さびしげな微笑《ほほえ》みがうかんだ。

新兵たちは、みんな、順々に、班《はん》長に呼ばれて、身上調査を受けたのである。

点呼の喇叭《ラッパ》が鳴った。班《はん》内は俄《にわか》に騒々《そうぞう》しくなった。腰かけを卓《たく》にくっつけ、吸殻《がら》入れを片づけ、おのおの寝台の前に立った。点々と、歯《は》の抜《ぬ》けたように、いない寝台があった。

班《はん》長が出て来た。班《はん》の中央の廊《ろう》下に立った。

「気をつけ。……右へ準《なら》え。……直れ。番号」

端から番号をかける。二年兵の力づよい声にくらべて、新兵は、どこかたよりがない。

「ええか、声というものはな、口で出すもんじゃない。身体全体を声にしてな、それを、いっぺん腹の底に入れてな、そこから押しだすんじゃ。番号、もとい」

今度はすこし元気がよくなる。ただ、二年兵の番号は間髪《はつ》を容れず続くが、新兵のところにゆくと、間がとぎれる。

階段に靴の音が聞えた。班《はん》長は、「気をつけ」をかけた。廊《ろう》下の入口に、赤白の肩章《しょう》を斜《ななめ》にかけた週番士官が、姿をあらわした。若い少尉《い》である。班《はん》長は敬礼をして、

「第二内務班《はん》、総《そう》員二十六名、事故者四名、現在員二十二名、……番号」

番号が「二十二」で終ると、「事故者は、衛兵《えい》二名、炊事《すい》一名、入院一名、異状《いじょう》ありません」と、いった。

週番士官は隣の班《はん》に行った。「勅諭《ちょくゆ》奉唱。……二年兵が先に奉唱せい。新兵は、それにつける」

二年兵は、声を揃えて、

「一 軍人ハ忠節ヲ尽スヲ本分トスヘシ」と、いった。

「一 軍人ハ忠節ヲ尽スヲ本分トスヘシ」と、初年兵がつけた。

伸太郎《しん》は、大声で唱しながら、父の声が耳に聞え、勅諭《ちょくゆ》の貼ってある家の壁が眼に見えた。

手紙を書くことが許された。酒保で、便箋《せん》や封筒《ふう》、インキ、切手などを買った用意のよい者もあったが、持たない者は二年兵が貸してくれた。初年兵たちは一心に心をこめる顔つきで、便りを書きはじめた。井本二等卒は印刷《さつ》した礼状《じょう》の葉書を持って来ていて、宛名《あて》ばかりを書いている。

「班長殿《はん》が検閲《けんえつ》されるとじゃけん、あんまり変なことを書くと、笑われるぞ」と、竹下一等卒が笑っていった。

伸太郎はなにも用意していないので困っていると、竹下が葉書を三枚くれた。小さいときから旅に出たことのない伸太郎は、家への便りなど、生れてはじめて書くのである。「拝啓」と書きだして、なにか、おかしな感じがして消し、「父上様、母上様」と一行目に書いた。それも、どうも、他人行儀の気がして、また消し、お父さん、お母さん、と書きなおした。「入営の第一日も無事に終りました。一生懸《けん》命でやるつもりです」

そう書くと、もう、あとに書くことがなくなった。たくさん、いろんなことを書いている新兵たちを見て、いったい、なにを書いているんだろうかと、不思議な気がした。

「それだけかい。あっさりしちょるのう」と、竹下が笑った。

三枚あったので、藤田謙朴《けんぼく》と森博士あてに、似たような簡単《かんたん》な文面を書いた。

二年兵たちが、寝台の毛布をひろげて、床のとりかたを教えてくれた。もう、いくらか打ちとけて話をしていると、消灯喇叭《ラッパ》が鳴りだした。嫋々《じょうじょう》とものかなしげな余韻《いん》をひく音色である。

みんな、寝台に入った。

「後藤、お前、たいそう、演説が上手になったのう。『君たちはみんな二等卒である。自分は諸君の上官である』はよかったぞ」

「である、である、なんて、あんまり、中隊長殿の真似すんな」

「そげん、ひやかすな」

そんな話し声がする。

電灯が消えた。

軍服をぬぎ、毛布のうえにかけて、伸太郎は「状袋《じょう》」のなかに潜りこんだ。寝台のバネがぎぎと鳴った。身体をしめつけられたように窮屈《きゅう》である。昨夜までの蒲団《ふ》の寝心地とはまるで違う。冷たく、肩がすく。仲太郎は静かに眼をとじてみた。ほっとした思いである。張りつめていた気がゆるんで、急に非常な疲労《ろう》を覚《おぼ》えた。いい知れぬ感慨《がい》が湧《わ》く。長い一日であったと思う。朝からのことが、一つずつ思いだされた。こうへまばかりやり、また、こんなに気ばかり使っていて、こんなことで、二年間、勤まるだろうか。一日ですっかり草臥れた思いである。一日のうちに、言葉が、「あなた」から「あんた」になり、「君」「お前」「貴《き》様」となり、しまいには、「こらあ」となったのにも、度胆《どぎも》をぬかれた。しかし、どんなことがあっても、やりぬかなくてはならぬのだと、唇を嚙《か》んだ。耳の傍に、朝、父が低い声でいった「しっかり、やるんだぞ」という言葉が聞えた。

（みんな、どうしているだろうか？）

そう思うと、頭のなかに、両親や、弟妹たちが、いっしょに膳《ぜん》をかこんで、賑《にぎ》やかに食事をしているところが、まざまざと眼にうかぶ。そのなかには、自分の姿だけがない。また、蒲団《ふ》をならべて、寝ているところが浮かぶ。自分の蒲団《ふ》は敷いてないが、ひょっとしたら、友二が自分の昨夜まで寝ていたところに、場所を変えているかも知れない。出発のとき、母ワカは、紋《もん》附姿の仲太郎を呼んで、大黒柱を背《せ》に立たせた。それには、多くのきょうだい達の成長の目盛が混《こん》線していて、母以外の誰の眼にも、ほとんど見わけはつかないのである。背《せ》のびをして、仲太郎の頭に、物尺をあてた母は、「あら、仲太郎の高いこと、五尺五寸九分もあるが、お父はんよりも、一分高い」といったが、笑いながら、ぽとりと涙を落した。玄《げん》関を出ようとしたら、母は頓狂《とん》な声をだして、「ほう、蝦蟇《わくど》が仲太郎の入営を知っとって、見送りをしよる」といった。気がつくと、長い間、庭に棲《す》んでいた蝦蟇が、這いだして来て、玄関《げん》の土間の床下から顔をのぞかせているのであった。前肢をまっすぐにつっぱって、ぐっと顔をあげ顎をつきだして、硝子玉のような眼を引っぱりあげて、じっとしていた。「そんなら、蝦蟇にも、いっぱい祝酒をのませてやろたい」といって、謙朴《けんぼく》が盃で酒を顔に浴せた。眼をぱっちりさせたが、蝦蟇は動かなかった。「もう、いっぱい、要るとじゃなかな。飲まん飲まんちゅて、なんぼでも飲むとじゃろう」と、「蛇の目屋」の徳右衛門《とくえ》が笑った。そんなことが、まるで活動写真《しゃ》でも見るように、つぎつぎに浮んで来て、仲太郎は眠ることができない。そうして、もう、家族の人々ともしばらく会うことができない、家にも帰ることができないのだと思うと、いいようもない寂寥《せき》に襲《おそ》われた。

ことことと、巡回《じゅん》する不寝番の足音が、森閑《かん》と静まりかえった空気のなかに、妙にかん高く響《ひび》く。外を見ると、まっ暗である。夜のなかに、兵営全体は静まりかえって、雪だけが音もなくそのうえに降りそそいでいるのであろう。すると、仲太郎は、ふと、奇《き》妙な声を耳にした。くっ、と、押えつけるような声である。嗚咽《おえつ》を嚙みこらえているのだとわかった。一箇所でなく、ほかのところからも聞える。すると、仲太郎の胸にも、切ないものがぐっと漲《みなぎ》って来て、堰《せき》を切ったように、涙があふれて来た。毛布のなかに頭をつっこんで、唇を嚙んで泣いた。(なにくそ、負けるもんか)と、同じことを心のなかで怒りつけるようにくりかえした。

なかなか寝つかれなかったが、やがて、疲れが出て眠った。何時ごろであったか、誰かが触っている気配にふと眼をさますと、二年兵の不寝番が、めくれている毛布を引っぱって、肩をつつんでくれていた。不寝番は落ちている軍服をひろって、寝台のうえにかけてから、黙って、ことこと歩き去った。

星

……自転車に乗って走っているのであるが、足がペダルのうえにすこしもこたえない。大勢の人たちが流れのように行きすぎる。伸《しん》太郎はその人波と逆に、一散に走っている。雪があまりはげしく降っているので、人々の顔はまっ白で、眼も鼻も見わけがつかない。鉛《なまり》のように軍服が重い。なにか悪いことをしているように、胸がどきどきしている。班《はん》を出るときに、「高木二等卒はちょっと家に帰って参ります」とはいって来なかったからである。自分がいきなり玄関からはいると、父も、母も、弟妹たちも驚くだろうなと思う。降りしきる雪のなかに、「高木屋」の暖簾が見えて来た。力をこめて、ペダルを踏《ふ》んだ刹《せつ》那、伸太郎はなにものかにはげしく突きたおされて、自転車とも雪のなかに転落した。顔をあげると、電柱が自分の上にたおれかかって来るような姿勢で、叔父《おじ》の久彦《ひこ》大佐が突っ立っている。口の端が黒く見えるほど髭《ひげ》が密《みつ》集し、右肩にあざやかに黄色い参謀《ぼう》肩章《しょう》が太々とたれ、武装をして、剣を抜《ぬ》いている。だまって大きな眼で睨《にら》みつけられて、伸太郎は自転車といっしょに雪のなかにめりこんでゆくような気持がした。敬礼をしなくてはならないと思うのに身体が動かないのだ。すると人波が、とつぜん、みんな両手をあげて、耳を聾《ろう》する声で、がやがやとなにか叫びはじめた。……

その騒《そう》音につつまれて耳を掩っていると、誰かからはげしくゆり動かされた。伸太郎ははっと眼がさめた。夢《ゆめ》を見ていたと気づいた。まっ暗なので夜中かと思っていると、あたりはひどくざわめいている。ふと眼のあいた瞬《しゅん》間は、とぼけていて自宅かと錯覚《さっかく》し、あたりの人かげに、両親や弟妹たちの顔を探すこころでいると、

「いつまで寝とるかい」と、闇《やみ》のなかからどなり声がおこった。

兵営だったと気づきびっくりして跳ね起きた。あわてて軍服を着た。電灯が点いた。夜中かと思っていたのに、もう朝になっていたのである。二年兵たちは素《す》早く服を着て、寝台の前に立っているのに、新兵連《れん》は愚《ぐ》図ついて、やっと軍袴をはいたばかりの者もある。島田は服のボタンを一つずらしてかけていて、井本に注意されて、あわててなおした。

暗いなかから、冷たい朝の空気をゆるがせて、点呼喇叭《ラッパ》の音が響《ひび》いて来た。窓から、営庭越しの兵舎に、一つずつ電燈の点ってゆくのが見られた。喇叭は二度目の吹号であろう。最初は衛《えい》兵所の位置で吹き、二度目は営庭の中央に来て鳴らすらしい。はじめの起床喇叭《ラッパ》はまったく聞えなかった。後藤上等兵が一応点呼をした。第一内務班《はん》の班《はん》長が服のボタンをとめながら、スリッパを鳴らして、廊《ろう》下を通り抜《ぬ》けていった。そのあとから、金子軍曹《そう》が眼をぱちぱちさせて出て来た。後藤上等兵が号令をかけて、兵隊たちを気をつけさせ、「異状《いじょう》ありません」と報

告した。

班《はん》長は、「休め」といってから、「どうじゃ、昨夜はよう眠れたかな?」と、にこにこ顔で、新兵たちを見まわした。

「よう、眠れました」と、元気な声で答える者があった。眠れなかった者はもじもじした。眠れたというのも、痩《やせ》我慢《まん》かも知れないのである。

「そうか、そりゃええ。状《じょう》袋は馴《な》れると、こんな暖い寝床はないが、馴《な》れんうちは、ちょっと、勝手がちがうでな。風邪《かぜ》ひかんごとしてくれな」

廊《ろう》下に靴音がして、週番下士がやって来た。昨日の眼鏡をかけた軍曹《そう》である。班《はん》長が「異《い》状《じょう》なし」と報告すると、第一班の方に行った。隣で同じような号令が聞えた。

軍人勅諭《ちょくゆ》を奉唱したあとで、「今日、十時から入隊式がある。九時までに整列を終る」と班《はん》長は伝えて去った。

どやどやと舎後の洗面所に出た。東の方はうっすらと白んでいる。風が冷たい。肩を揉《も》みあうようにして、顔を洗った。洗面所は洗濯《たく》場を兼《か》ねている。水が歯《は》にしみる。昨夜の雪が一面に兵営を白く掩《おお》っていて、古風な石垣のうえに立っている「二の丸跡《あと》」の木札が、白い真綿の帽子をかぶったようである。切れるような冷い水で、顔をぶるぶるとなでながら、伸太郎は、昨日一日のことを思いうかべて、今日のこれからのことが、つくづく思いやられた。覚悟《かくご》をするように、唇を嚙《か》みしめた。

四五人置いたあたりで、「そのうちに、どげん、ぐっすり寝とっても、喇叭《ラッパ》の音だけは聞えるごとなる」という声がする。竹下一等卒らしい。

「なりましょうかな」と、新兵の声は心細そうである。

「なるくさ。心配せんでもええ。そらそうと、お前たちゃ、起床喇叭《ラッパ》がどげんいうて鳴っとるのか、知っとるかい?」

「知りません」

「あれはな、『今年の新兵さんは朝寝する、はやあく起きぬと、遅《おそ》くなるう』ちゅうて鳴りよるとじゃ」竹下一等卒は、喇叭《ラッパ》の調子に合せて、節をつけて、その文句《く》を歌うようにいいながら笑った。

「そのあとで点呼喇叭《ラッパ》が、『点呼じゃ、点呼じゃ、点呼じゃ、点呼じゃ、週番士官に報告したかあ、まだかあ』ちゅうて鳴る」

「なるほど」

「消灯喇叭《ラッパ》はな、……昨夜聞いたろう、……あれはな、『新兵さんは可愛いやねえ、また寝て、泣くのかよう』ちゅうんじゃ」

顔を洗いながら兵隊たちは笑ったが、その笑い声のなかには、なにかしんみりしたものがあった。

後藤上等兵に指揮《き》されて、初年兵たちは、舎前と舎後の二組に別れて、掃除《そう》をした。外の班《はん》の新兵たちもいっしょであった。二年兵も交っている。すっかり夜が明けた。伸太郎《しん》は竹箒《ほうき》を持って、舎前の雪をかきよせながら、また、家ではいまごろは襷《たすき》がけした母が、表を掃《は》いている時分であろうと、その姿が眼に浮んだ。ここが、これから二年間の自分の家なのだと心をこめてそこらを掃《は》いた。

伸《しん》太郎の前を、ときどき、二年兵が同じく箒《ほうき》を動かして過ぎる。他の班《はん》の兵隊で顔も初めだし、もとより名も知らない。しかし、伸《しん》太郎はさっきから、新兵たちの間にいる二年兵たちを、眼を瞠《みは》る思いで眺めずには居られない。それはいまに始ったことではなく、昨日から感じていたことではあるが、昨日は一日中、妙にどきまぎすることばかりで、そんなことをゆっくり考えている暇《ひま》もなかった。今朝とて、まだ心の余裕《ゆう》はできているわけではないが、一晩寝て起きると、はじめてのように、そのことに気がついた。それは、二年兵と初年兵との差《さ》で、あまりにも両者の間に懸隔《けんかく》がありすぎるのがおかしいほどだからである。肩章《しよう》などを見るまでもなく、顔を見ただけですぐに区別がつくし、うしろ姿を見ても一目瞭然《りようぜん》である。(たよりない初年兵たちも一年経てば、あんなになるのであろうか?)なかなか納得がゆかないのである。それは自分の自信のなさでもあった。伸《しん》太郎は自分の肩章《しよう》に眼をやってみる。星一つである。二年兵の肩をみる。二つであり、或る者は三つである。そのわずか星一つのちがいがこんなにも人間をも違える。仲太郎は、その星一つのなかに含《ふく》まれている内容の豊富さと、深さと、したがってその尊さを、つくづくと考えてみずには居られない。

朝食。昨日よりはいくらか楽に咽喉《のど》を通ったが、やはり全部は食えなかった。巻脚絆《きやはん》を貰《もら》った。巻いてみたが、なかなか思うように巻けない。巻き終ったときに、終りが軍袴の縫い目ときちんと合うようにというのであるが、何回巻いてみても、届かなかったり行き過ぎたりする。両方とも同じ方から巻いたり、反対に巻いてすましている者もある。新兵のなかでもうまく巻けるのは、前に巻いたことのある者だけだ。

「島田、俺《おれ》といっちょ競争ばやってみようか。お前がいっぺん巻く間に、俺《おれ》が五へん巻いてみせる。ええか、その代り、巻きじまいが、きちんと縫目に来んにゃ、落第ど。お前が勝ったら、今夜、酒保のぜんざいを奢《おご》ってやる」

竹下がそういったが、島田はいくら何でも一ぺんと五へんなら負けはすまいと思ったらしく、「やりまっしょう」と、挑戦《ちよう》に応じた。「一、二、三」で、二人とも巻きだした。竹下の手つきはすばしこく、見る間に両足とも巻いて、島田がまだ片足の半分も巻き終らないうちに、解きはじめた。しかし、鈍《どん》重な島田は、竹下がどんなに手際《ぎわ》よく迅《じん》速に巻いても一向動ずる気色もなく、ゆっくりゆっくり巻いた。右足から巻いて、左足は一度巻き変えたが、竹下の五度目のときには、島田は両方とも巻き終っていた。竹下は、「負けたか」と頓《とん》狂な声をだしたが、島田の両足をひねくりまわして点検《けん》した。いくらかだぶだぶではあったが、正しく巻かれていて、巻き終りも袴の縫目に揃っていた。「ふうん、ぜんざいを食われたか」と、竹下は頭をかいて笑った。こうして勝利は辛《かろ》うじて新兵島田のものとなったが、しかし、まるで機械のように迅《じん》速で正確な竹下の巻きかたを、初年兵たちは感歎《たん》してみた。いくら勝っても、五回と一回とではお話にならないという顔である。

整列がかかってからでは巻脚絆《はん》だけにでも時間を取るので、まだ一時間の上も余裕《ゆう》があるのに、初年兵たちはもう靴をはき、巻脚絆《はん》をつけて舎前に出た。

「高木さん、あんた、昨夜眠れましたかな？」と煙草を吸いながら、島田が訊く。さんをつけるなと何度もいわれたのだが、なかなか、すぐには取れない。

「よう眠れました」と仲《しん》太郎は答えた。

「私はさっぱり眠れませんでな、田舎にひとり残っとるお袋のことばっかりが、頭に浮かびましてな、お袋は寒がりで、雪が降るとじき風邪《かぜ》を引く癖《くせ》がありますんでな、昨夜、あんなに雪が降っちょりましたけ、ひょっと風邪《かぜ》引いて寝こんどりゃすまいかと思いましたらな、ひと晩中、お袋の、ごっほん、ちゅう咳《せき》が聞えるような気がするとです」

島田の頑《がん》丈な拳のなかで、ほまれはまるでマッチの軸《じく》のように細く見えた。昨夜、島田も泣いていた組にちがいないと、仲《しん》太郎は思った。

「敬礼」と、はげしくどなる声が背《はい》後で起こった。初年兵たちは、びっくりして振りむいた。一人の特務曹長《むそう》が、営庭を横ぎって近づいて来た。みんな敬礼をした。特務曹《そう》長は胸に二つ勲《くん》章《しょう》を吊《つる》していたが、静かに答礼して、

「ここは、第七中隊じゃな？」

「はい、そうであります」と、島田が不動の姿勢で、大声を出した。みんな笑った。

「そんなら、高木伸《しん》太郎ちゅう兵隊は居らんかい?」

伸《しん》太郎はどきんとして、「はい、私で、ありますが」と、前に出た。

「君か? ほう、ええ兵隊になったのう。わしは、河村じゃが、……憶《おぼ》えんかのう。もう、十年の上になるけん、わからんかも知れんな」

伸《しん》太郎はどうしても思い出せない。ちょび髯《ひげ》があるので、ちょっと見ると年をとっているようであるが、よく見ると二重瞼《まぶた》の眼のくりくりした童《どう》顔である。背《せ》も低い。そういわれれば、見たようだと思うばかりで、十年以上も前の記憶《おく》が蘇って来ない。

「ははあ、思い出さんとみえるな。わしは、今朝、すこし検《しら》べることがあったもんじゃけん、何気なしに入営兵名簿《ほ》を見とったんじゃ。高木伸太郎ちゅう名を見て、懐《なつか》しゅう思うて来て見たとたい。早かもんなあ、あん時の子供が、もう、こげんなるとじゃもん。あん時や、兵隊の卵じゃったが」

記憶《おく》とは妙なものである。「兵隊の卵」という言葉が、突然、伸《しん》太郎の記憶《おく》を呼び醒《さ》ました。十歳くらいの時、正月に父の作ってくれた大凧《だこ》が逃げたことがあるが、それを持って来てくれたのが、この河村特務曹《そう》長《む》であったのだ。当時、伍《ご》長であった河村が、子供がたくさんいるのを見て、「兵隊の卵が四人もおらっしゃる」といった不思議な言葉が、しばらく耳についていた。小さかった伸《しん》太郎には、「兵隊の卵」などという奇《き》妙な言葉の意味はまったく理解できなかったのである。あの時、落胆《たん》していた際《さい》に、凧《たこ》のかえった歓びはいまだに忘《わす》れられない思い出のひとつなので、思わず、はずんだ声で、

「いつかは、凧《たこ》をありがとうございました」といった。

「うん、わかったな。あれから、あんたのお父さんには、ときどき会うた。ま、しっかり、やんなさい。わしは連隊本部に居るけん」

そういって、腕時計を見た河村特務《むそう》曹長は、これはいかんというように急ぎ足で衛《えい》兵所の方に去った。

整列が行われた。中隊長に引率《そつ》されて、営庭を横切り、営門を出た。衛《えい》兵ははげしく「敬礼」と叫んで起立した。まっすぐに、将校集会所の土堤《どて》の下を抜《ぬ》けて、城内練兵場に行った。久しぶりで、営外に出るような気がしていた。実際《さい》は、この土堤《どて》に附添《そい》の人たちがいて、別れたのは昨日のことに過ぎない。

松林に取りかこまれた練兵場には、もう集合している中隊もあった。続々と集まって来た。点々として残雪があるが、空は青く晴れわたり、風だけがはげしく冷たい。初年兵だけが並ぶと、長身の伸《しん》太郎はいつも先頭である。二年兵は後列である。中隊が揃うと大隊長に敬礼した。遠いので、よく顔はわからなかった。何度も、不動の姿勢と敬礼の予《よ》行演習をやるので、唇を紫にして、ふるえ出す者も出て来る。練兵場を埋めつくした兵隊の列を見て、伸《しん》太郎はなにか胸にこみあげて来るものを感じていた。見わたすと、整然《ぜん》たる列の美しさは、なんともいいよ

うがない。ちょっと見ると、昨日入った初年兵とは思えないのだ。自分もその列のなかにいる。もはや、一人一人切り離《はな》して考えることのできない崇厳《すうごん》な繋《つな》がりのなかに、自分は居る。規律《きりつ》の美しさは眺めるものでなく、自分たちが作るものだと、はっきりと自覚《かく》された。その自覚《かく》はたのしかった。

遠くから、「気をつけ」がかかって来た。馬蹄《てい》の音がひびいて来た。連隊長を先頭に何人かの騎馬将校が正面に止った。敬礼が行われた。二年兵は捧《ささ》げ銃をした。力強くひびく軍靴の音とともに、着剣した旗護《ご》兵に附き添《そ》われて、軍旗が進んで来た。軍旗はほとんど緑の総《ふさ》だけである。金色の御紋章《もんしょう》がきらきらと光る。瀏喨《りゅうりょう》たる喇叭《ラッパ》が澄み切った音をたてて鳴りひびき、軍旗に対して敬礼が行われた。初年兵たちはまだ鉄砲を持たないが、二年兵の着剣した銃がいっせいに高く上って列をつくり、青くきらきらと冬の陽にかがやく。仲太郎《しん》は剣の林のあいだに遠く見える軍旗を、異様《い》な感慨《がい》をもって眺めた。自分の想《そう》像していた旗という観念がくずれてしまったので、はじめは面くらったような拍子抜《ひようしぬ》けを感じた。何故といえば、まっ赤な旭日《きよく》の鮮《あざ》やかな旗を想《そう》像していたのに、いま見る連隊旗は、その旭日《きよく》の模《も》様どころか、ただ周囲の黒ずんだ紫色の総《ふさ》があるだけに過ぎない。そうして、輪になって垂《た》れたその総《ふさ》のなかには、青空が透《す》いて見えるのである。しかし、その意味はすぐに解けた。日清《しん》、日露をはじめ、諸戦役に出動した連隊の奮《ふん》戦の歴史《れきし》を、この総《ふさ》だけのぼろぼろの軍旗がはっきりと物語っているのである。そう知ると、仲《しん》太郎は厳《おごそ》かな気持になった。そして、伝えられて来たものを穢さずに受け継《つ》がねばならぬ責任が、いまや自分たちにあるのだと、急に肩が重くなる思いがした。父がよく櫟木軍曹《そう》のことを話していたことを思いだした。軍旗を失って切腹しようとした乃木将軍、それを諫《かん》止した櫟木軍曹《そう》、父は子供の時分、その櫟木の肩に乗って、軍旗祭を見たという。軍旗とともに死ぬという気持がいま波のような感動になって、新兵仲太郎《しん》の胸をふさいだ。連隊長の高らかに捧読する勅諭《ちよくゆ》が兵隊たちの頭上をながれ、練兵場の隅《すみ》々にまでひびきわたった。

入隊式が終って、中隊に帰った。

「さあ、もう外出着は昨日と今日で当分用無しじゃ。作業衣袴に着かえれ」と、後藤上等兵がいう。初年兵たちは、代用衣袴に着換《か》えた。二年兵に教えられて、胸に大きな布を縫いつけて、自分で名を書いた。仲太郎ははじめて針を持つので、まごまごと愚図《ぐず》ついていると、竹下が、「不器用な奴《やっ》じゃなあ。貸してみい」と、見る間に縫いつけてくれた。丁寧《ねい》に、註《ちゅう》記に、「陸軍歩兵二等卒」と肩書を書いて、「名前だけでええ。いつまでも二等卒で居る気か」といわれ、井本が頭をかいている。

「物入れに手を入れんな。物入れは手を入れるところじゃない」

そういわれても、ぽかんとしている初年兵もある。仲太郎も、誰がなにをしたので怒っているのだろうと、きょろきょろした。なにか怒鳴り声がすると、自分がおこられているのではないかと、びくびくものである。「ポケット」を「物入れ」と呼ぶことがわからないので、ポケットに両手をさしこんだ初年兵は平気ですましこんでいる。自分のことだとやっとわかって、飛びあがるようにあわてて手を引き抜《ぬ》いた。

「不景気な恰好すんな。お前たちの恰好を見とると情けない」

なにかといえば初年兵を叱る二年兵が、仲太郎には、時にあんまりだと肚に据えかねる心が湧《わ》く。まだ、兵営の独特な愛情のあらわしかたが、のみこめていないからであろう。しかし、なんといわれても、初年兵とはまるで人間のちがうような二年兵を感歎《たん》して眺めずには居られない。仲太郎はときどき思わずぼんやりと二年兵たちの行動を見つめることがあった。「なんごと、じろじろ、俺《おれ》の顔ば見とるかい。俺《おれ》の顔のなかをお祭でも通るか」そういわれておどろいて視《し》線を反らした。

酒保で、また桜木二等卒に会った。常吉は深刻がる癖《くせ》があるとみえて、餡《あん》パンを頬《ほお》ばりながら、鹿爪らしい顔つきになって、今日の入隊式の感想《そう》を語る。すこし風邪《かぜ》をひいているらしく、鼻声である。

「高木二等卒、君は、今日、入隊式で連隊長の、いや、連隊長殿の顔が見えたかい」

「遠うて、はっきりわからんじゃったが」

「僕もそうなんだよ。連隊長だけでなくて、大隊長だって、どんな人だったか、よくわからなかった。これは、大変だよ。僕らには班《はん》長があるだろう。中隊長がある。そこまでは近いが、それからは、うんと遠くなる。大隊長だって、めったに会えないだろうし、まして、連隊長なんて」

「君、君」と、伸太郎は聞きかねて、「君はいかんぞ。君がなんぼ大学教育を受けたからちゅうて、連隊長、大隊長、なんて、殿をつけんのは、それゃ、いかんばい」

「うん」と、桜木も気づいて、恥じるように、「ああ、ほんとに僕はいけない。心の虫を退治せねば駄目《だ》だ。しかし、僕はね、学校で軍事教練をやったんだ。その時の教官は大佐だった。しかし、まるで友達のようにしてたんだ。教練のたびに会って、肩をならべて坐《すわ》って、いっしょに笑ったり、つまらない冗談《じょう》をいったり、いっしょに酒をのんだりした。ところが、軍隊に来ると大佐は連隊長殿で、どんなにえらいかがわかった。僕らは二等卒で、一つ星。大佐はつまり、星が十三だ。これは大変なことだよ。僕は、まだ、たった二日だが、すこしずつ軍隊のきびしさと深さがわかって来たような気がする」

理窟《くつ》をいうことは不得手なので、伸太郎は、「僕らにはいつ鉄砲がわたるとじゃろうかなあ」と、話題《だい》を転じた。

「基《き》本の各個教練が終ってからだろうな。班《はん》長、……殿がそういってた。おごそかに授与式があって、中隊長殿が手ずから一人一人に銃をわたすのだそうだ」

酒保のなかは、わんわんと賑《にぎ》やかにごった返している。四つほど隔《へだ》てた卓《たく》に、竹下と島田の顔があった。島田は茶碗《わん》も隠《かく》れてしまうほど大きい手で、ゆっくりと、落ちついた様子で、ぜんざいをかきこんでいる。多分、午前の巻脚絆《はん》競争の勝利のたまものなのであろう。

夜になって、消灯喇叭《ラッパ》を伸太郎は耳をすまして聞いた。たしかに、教えられたとおり、「新兵さんは可愛いやねえ、また寝て泣くのかよう」と聞えた。今夜はもう泣くまいと、思いさだめて、「状袋《じょう》」のなかにもぐりこんだ。底冷えのする夜である。

なかなか寝つかれなかったが、不寝番の足音を聞いているうちに、やがて眠った。なにごとか、ざわめく音で眼がさめた。暗い。今朝のことがあるので、もう起床かと起きかけたが、それとは様子がちがっていた。不思議な椿事《ちん》が起こっていた。一人の兵隊が銃架《か》の前に、不動の姿勢で立っている。もう一人、入口のところにいるのは週番下士らしく、かすかに腕章《しょう》が見えた。初めの兵隊は銃に向って敬礼をした。それから、大きな声でいいだした。

「三八式歩兵銃、撃茎発条殿、さぞ御窮屈《きゅう》でありましたろう。陸軍歩兵一等卒竹下銀太郎、ぼやっとして居りました。今度さような目にお合わせ申したなら、竹下は煖炉《ろ》の焚《た》きつけになります。終り」

この騒《さわ》ぎに起きていた二年兵たちが、どっと笑った。週番下士も笑って去った。初年兵たちには、なんのことかわからなかった。銃の手入をしたあとで、引鉄《ひきがね》を引いておかなかったのだと、二年兵が説明してくれた。週番下士が巡察《じゅんさつ》して来て、いちいち銃架《か》の銃の引鉄を引いてみる。忘《わす》れているのはかちっと鳴る。発条《ばね》が弱くなるので、つねづね喧《やかま》しくいってあるのだ。そこで、銃にお詫びの敬礼をしなくてはならないというわけであった。

「ええ夢《ゆめ》ば見よったとにとんと罰《ばっ》があたった」笑いながら、竹下は、照れくさそうに「状袋《じょう》」に辷《すべ》りこんだ。

（下巻に続く）

P+D BOOKS ラインアップ

大陸の細道	木山捷平	●世渡り下手な中年作家の満州での苦闘を描く
変容	伊藤 整	●老年の性に正面から取り組んだ傑作長編
つむじ風（上）	梅崎春生	●梅崎春生のユーモア小説。後に渥美清で映画化
つむじ風（下）	梅崎春生	●陣太郎は引き逃げした犯人を突き止めたが…
淡雪	川崎長太郎	●私小説家の〝いぶし銀〟の魅力に満ちた９編
暗い流れ	和田芳恵	●性の欲望に衝き動かされた青春の日々を綴る

P+D BOOKS ラインアップ

東京セブンローズ（上） 井上ひさし ●戦時下の市井の人々の暮らしを日記風に綴る

東京セブンローズ（下） 井上ひさし ●占領軍による日本語ローマ字化計画があった

天上の花・蕁麻の家 萩原葉子 ●萩原朔太郎の娘が描く鮮烈なる代表作2篇

若い人（上） 石坂洋次郎 ●若き男女の三角関係を描いた〝青春文学〟の秀作

若い人（下） 石坂洋次郎 ●教師と女学生の愛の軌跡を描いた秀作後篇

海軍 獅子文六 ●「軍神」をモデルに描いた海軍青春群像劇

P+D BOOKS ラインアップ

達磨町七番地	獅子文六	●	軽妙洒脱でユーモア溢れる初期5短編収録
陸軍（上）	火野葦平	●	七十年にわたる陸軍と一家三代の因縁を描く
ある女の遠景	舟橋聖一	●	時空を隔てた三人の女を巡る官能美の世界
怒りの子	高橋たか子	●	三人の女性の緊迫した〝心理劇〟は破局の道へ
三つの嶺	新田次郎	●	三人の男女を通して登山と愛との関係を描く
伸予	高橋揆一郎	●	未亡人と元教え子との30年振りの恋を描く

（お断り）

本書は１９６６年に原書房より発刊された単行本『小説陸軍』を底本としております。あきらかに間違いと思われるものについては訂正いたしましたが、基本的には底本にしたがっております。また、一部の固有名詞や難読漢字には編集部で振り仮名を振っています。本文中には不具、満人、小使、百姓、原住民、乞食、漁師、仲仕、車夫、平民、どん百姓、人夫、跛、部落、支那、手子、チャンコロ、立ちん坊、女中、気ちがい、カタワ、看護婦、めくら、女のくさったなどの言葉や人種・身分・職業・身体等に関する表現で、現在からみれば、不当、不適切と思われる箇所がありますが、著者に差別的意図のないこと、時代背景と作品価値とを鑑み、著者が故人でもあるため、原文のままにしております。差別や侮蔑の助長、温存を意図するものでないことをご理解ください。

火野 葦平（ひの あしへい）
1907年（明治40年）1月25日―1960年（昭和35年）1月24日、享年52。福岡県出身。本名・玉井勝則。1937年『糞尿譚』で第6回芥川賞を受賞。代表作に『麦と兵隊』『花と竜』など。

P+D BOOKSとは

P+D BOOKS（ピー プラス ディー ブックス）とは
P+Dとはペーパーバックとデジタルの略称です。
後世に受け継がれるべき名作でありながら、現在入手困難となっている作品を、
B6判ペーパーバック書籍と電子書籍を、同時かつ同価格で発売・発信する、
小学館のまったく新しいスタイルのブックレーベルです。

小説 陸軍（上）

2021年7月13日　初版第1刷発行

著者　火野葦平
発行人　飯田昌宏
発行所　株式会社　小学館
〒101-8001
東京都千代田区一ツ橋2-3-1
電話　編集　03-3230-9355
販売　03-5281-3555
印刷所　大日本印刷株式会社
製本所　大日本印刷株式会社
装丁　おおうちおさむ（ナノナノグラフィックス）

ISBN978-4-09-352420-9

P+D BOOKS